책의
이끌
림

책의 이끌림

발행일   2017년 12월 6일

지은이   배 정 철
펴낸이   손 형 국
펴낸곳   (주)북랩
편집인   선일영   편집   이종무, 권혁신, 오경진, 전수현, 최예은
디자인   이현수, 김민하, 한수희, 김윤주   제작   박기성, 황동현, 구성우
마케팅   김회란, 박진관, 김한결
출판등록   2004. 12. 1(제2012-000051호)
주소   서울시 금천구 가산디지털 1로 168, 우림라이온스밸리 B동 B113, 114호
홈페이지   www.book.co.kr
전화번호   (02)2026-5777   팩스   (02)2026-5747

ISBN   979-11-5987-849-7 03800 (종이책)   979-11-5987-850-3 05800 (전자책)

이 도서의 국립중앙도서관 출판예정도서목록(CIP)은 서지정보유통지원시스템 홈페이지(http://seoji.
nl.go.kr)와 국가자료공동목록시스템(http://www.nl.go.kr/kolisnet)에서 이용하실 수 있습니다.
(CIP제어번호: CIP2017031980)

책의 이끌림

독서를 통한 자기경영,
33권의 책에서 조화로운 삶을 배우다!

배정철 지음

북랩 book Lab

책을 열심히 읽는 제 모습을 보며 아내는 말합니다. 책 속에 파 묻혀 지내는 것이 가끔은 왠지 안쓰러워 보인다고. 뭔지 모르게 세 상을 벗어나고자 하는 일종의 도피처로 생각하고 있는 듯이 보인다 고. 아닌 듯 웃어 보였지만 속을 들켰나 싶어 살짝 놀랐습니다. 책 을 읽는 이유 중에 이 또한 포함되어 있기 때문입니다.

삶이 지치고 힘들 때나 위로가 필요할 때 책에서 위안을 찾는 것 도 하나의 방법입니다. 책 속에는 저와 같은 이유로, 때로는 다른 이유로 아파하고 힘들어하는 사람들의 삶이 있습니다. 더 깊은 아 픔과 더 큰 슬픔을 극복하고 이겨 내는 이들의 이야기도 있습니다. 누군가가 같은 아픔을 겪고 있다는 사실은 작은 위로가 됩니다. 그 러면서 그들을 통해 저 자신을 되돌아보게 됩니다. 책을 통해 새로 운 희망을 보고, 삶의 의지를 다시 세우고, 살아갈 힘을 얻습니다.

책은 '무엇이 될 것인가'라는 질문에 집착하던 자신에게 '어떻게 살 것인가'라는 질문을 하게 만듭니다. '무엇이 될 것인가'라는 질문 은 세상의 중심을 '나'로 한정합니다. 자신 이외의 사람은 모두 경 쟁 상대일 뿐입니다. 그런 '나'는 그들과의 경쟁에서 이기기 위한 존 재입니다. 책에 있는 문장과 지식을 열심히 외워 좋은 대학에 가서 남이 부러워하는 직장과 직업을 갖는 것을 해답이라고 생각합니다. 남보다 더 많은 권력과 더 많은 돈과 더 많은 명예를 갈망합니다.

'어떻게 살 것인가'라는 질문을 하게 되면 세상은 '나' 혼자 살아가는 것이 아니라 다른 사람과 더불어 살아가는 것이라는 사실을 인식하게 됩니다. 자신과 다른 이의 삶이 인식의 영역에 들어옵니다. 다른 사람은 자신의 경쟁 상대가 아니라 친구이고 이웃이며 동료입니다. 그들의 아픔에 공감하고 기쁨을 함께합니다. 세상은 그렇게 서로 다른 이들이 나누고 베풀며 살아가는 공간이라는 것을 알게 되는 것입니다. '사람'이 세상의 중심에 서게 됩니다.

책을 읽는 이유, 책을 읽어야 하는 이유는 이 외에도 무수히 많습니다. 여기서 그런 이유들을 다 열거할 수는 없습니다. 다양한 이유만큼이나 책을 통해 느끼고 배우는 것이 많습니다. 책을 읽은 후, 내부로부터 끓어오르는 주체할 수 없는 마음은 책을 읽는 사람만이 알 수 있습니다. 그런 즐거움을 다른 사람도 함께할 수 있으면 좋겠다고 생각했습니다. 가까이에 있는 선생님들과 독서모임을 만들어 서로의 생각을 나누기도 하고, 블로그나 SNS 등을 통해 공유했습니다. 이 책은 그런 생각 나눔의 또 다른 방법입니다.

걱정이 없지는 않습니다. 책에 대한 생각은 사람마다 다 다르기 때문입니다. 이 책에 풀어놓은 글은 단지 '나'라는 개인의 생각일 따름입니다. 제가 읽은 책과 문장이 저의 머리에, 때로는 가슴에 잠시 머물다 가면서 남겨 놓은 상념일 뿐입니다.

'어차피 이 세상 모든 책은 하나하나가 다 하나의 편견이다. 인간은 모두가 자기가 보고 싶은 것을 보고, 듣고 싶은 것을 들을 뿐만 아니라 쓰고 싶은 것만 쓴다. 사실은 없다. 해석만 있을 뿐이다. 게다가 그 해석조차 패러다임의 지배를 받는다.'

'편견은 수많은 편견을 접함으로써 해소된다.'

강창래의 『책의 정신(알마, 2013)』에 나오는 글입니다. 책은 어차피 편견의 저술이며 한쪽으로 기울어진 해석이라고 합니다. 이런 편견을 해소하는 길은 많은 편견을 접하는 것, 즉 책을 많이 읽는 수밖에 없다는 뜻이기도 합니다. 저의 편견을 풀어놓으면서 그의 말에서 작은 위안을 얻습니다.

박웅현의 『책은 도끼다(북하우스, 2011)』에서 피카소의 작품이 좋아지고 감동을 받게 된 이유가 에른스트 H. 곰브리치의 『서양미술사(예경, 2002)』를 읽었기 때문이라고 합니다. 어느 미학자가 말했던 것처럼 알면 사랑하게 되고 사랑하면 보이고 그때 보이는 것은 이전에 보이는 것과 달라집니다. 각자가 보고 듣고 느끼는 것은 순전히 우리 자신의 몫입니다. 안테나를 높이 세우고 삶의 촉수를 많이 만들수록 삶은 더욱 풍요롭고 행복해진다는 그의 말이 옳은 이유입니다.

그러기 위해서는 책이 이끄는 손길을 따라 천천히 걸어 보는 것이 좋은 방법입니다. 하나의 책은 또 다른 책에게로 이끌어 줍니다. 책의 길을 따라가는 건 여행입니다. 낯선 글들의 마을에 자신을 놓아보는 설렘의 여정입니다. 예전에 한 번 가본 듯한 익숙한 길을 걸을 때도 있고 전혀 낯선 동네에서 길을 잃어 헤매기도 합니다. 때론 잘못 들어갔던 길을 한참이나 되돌아오기도 합니다. 가다 보면 이전에 가 본 길이라 익숙해지고, 그럼 다시 조금 더 앞으로 한 걸음 더 나아갈 수 있습니다. 길을 잃고 헤맨다고 두려워할 필요는 없습니다. 그럴 때면 어김없이 다정한 안내자가 손을 내밉니다. 그 손길을 따라가기만 하면 낯섦이 익숙함으로 서서히 다가오고 익숙함은 편안함이 됩니다.

이 책에는 33가지의 책 이야기가 담겨 있습니다. 하나하나의 책에 대한 내용은 자세하게 담지 않았습니다. '33가지의 책을 통해 바라본 나만의 세상 이야기'를 담았습니다. 여러 책의 이야기를 통해 즐겁고, 행복하고, 남과 더불어서 생각하며 살아가는 삶의 이야기를 하고자 했습니다. 각 장의 말미에는 커피에 대한 이야기를 넣었습니다. 커피 한 모금 마시며 잠시 쉬어 가라는 의미입니다. 우리 삶도 그런 쉼이 필요하듯이….

독자 여러분도 이 책의 이끌림에 따라 여러분이 바라보는, 여러분만의 세상 이야기를 그려보시기 바랍니다.

커피 향이 짙어지는 비 오는 날

배정철

CONTENTS

2장 행복하게 살아간다는 것

COFFEE BREAK

4장 생각하며 살아간다는 것

1장

즐기며 살아간다는 것

진종구, 『들꽃에 그리스 신화를 담아』, 어문학사, 2010

꽃이 오는 건 설렘이 오는 것

세종시에는 정부종합청사가 있는 북쪽과 세종시청이 있는 남쪽 사이로 금강이 흐릅니다. 수량도 많고 주위에 원래 있었던 수풀과 나무가 자연스럽게 자리 잡고 있어 풍광이 참 아름답습니다. 강변을 따라 자전거 도로와 산책길도 잘 정비되어 있어 아침저녁으로 찾는 사람이 많더군요. 자전거 도로는 대청댐에서 시작하여 서해안 금강하굿둑까지 이어집니다. 그 길이가 자그마치 146km입니다. 자전거 마니아들은 한 번쯤 도전해 보는 코스라고 합니다. 봄부터 가을까지는 밤에도 자전거를 타는 사람들이 많습니다. 자전거 동호회 사람들이 무리 지어 라이트를 반짝이며 한밤에 라이딩을 즐기는 걸 보면 부럽기도 합니다. 저도 전기자전거를 하나 가지고 있는데, 충전 배터리의 도움으로 어찌어찌해 보면 그 절반쯤은 가 볼 수 있지 않을까 하는 생각을 해 봅니다. 밤이 아니라 주말에 용기를 내어 봐야겠습니다.

개망초의 억울함과 눈치 없는 달맞이꽃

그 강가 주변 낮은 언덕에 더운 바람이 찾아오면 노랗고 하얀 꽃이 지천으로 흐드러집니다. 어느 날 아침 산책하러 나갔다가 그 모습을 보고서는 가슴이 울렁거렸습니다. 잎이며 꽃 수술이며 온통 노란색 꽃은 (대)금계국이고 하얀 잎에 노란 수술을 가진 작은 꽃은 개망초라고 합니다. 둘 다 북아메리카가 원산지인데, 어디서나 잘 자란다고 합니다. 곽재구 시인은 『길귀신의 노래(열림원, 2013)』에서 새만금 간척지 주변에 피어 있는 미국미역취에서 고단한 이민자의 냄새가 난다고 하더군요. 금계국과 개망초도 그들의 고향인 북아메리카에서 이곳까지 와서 아무 곳에서나 잘 자라는 모습을 보면, 그들이 가진 아름다움 이면에 억센 힘도 가지고 있는 모양입니다.

강가 낮은 언덕에 금계국과 개망초가 무리 지어 있는 모습을 보면 자기들끼리 보듬고 다독이는 서로 간의 정도 많은가 봅니다. 개망초는 우리네 논가에도 마구 피고 자라 농사를 망친다고 해서 옛사람들에게는 예쁨을 받지 못했습니다. 일제강점기에 철도 버팀목에 묻어 들어왔다는 설이 있는데, 꽃이 우리나라의 들에 번져 나갈 즈음 을사늑약으로 나라를 잃었던 터라 망초(亡草)라는 이름을 얻었다고 합니다. 자기 이름이 그런 의미로 붙여지고 불린다는 걸 알면 아마도 개명 신청이라도 하고 싶을 것 같습니다. 이역만리 머나먼 땅으로 온 것도 제 뜻이 아닐 터인데 이름마저 망초라니, 그 억울한 심정을 누가 알아주나 싶어 마음이 짠해집니다.

오랜만에 선선한 저녁 바람을 맞으러 산책하러 나갔습니다. 전례 없이 무덥고 긴 여름의 끝자락이라 그런지 꽃들도 뜨거운 태양 빛에 다 타버려 자취를 감추고 말았더군요. 하긴 사람도 숨이 턱턱 막히는 더위를 견뎌 내기 어려웠는데 햇볕 한 줌 가릴 데 없는 강변에서야 오죽했을까요.

그렇게 더위를 견딘 녀석들 중 가을바람이 오는 줄도 모르고 시든 잎을 여전히 드러내고 있는 꽃들이 간혹 보이기도 합니다. 꽃들도 사람 사는 세상 모양으로 눈치 없는 녀석들이 있게 마련인가 봅니다. 아니, 눈치 없는 녀석이 아니라 제 온몸 꼿꼿이 견디어 낸 억센 녀석일지도 모르겠네요. 가로등 밑에는 노란 달맞이꽃이 드문드문 피어 있고, 어쩌다 쑥부쟁이도 보입니다. 이 달맞이꽃은 가로등이 달인 줄 알고 거기에 자리를 잡고 이렇게 살아가는구나 싶더군요. 제 딴에는 매일매일 달을 볼 수 있어 좋아할지도 모르지만, 가로등에 거미줄을 치고 사는 녀석들은 그걸 보고 웃었겠지요.

쑥부쟁이와 구절초도 구별 못 하는 무식한 놈

요즘에 꽃이 눈에 들어온다고 했더니 누가 그러더군요. "늙으셨나 보네요." 늙었다는 소리가 반갑게 들리지는 않지만, 꽃 이름을 하나하나 알아가는 것이 재미가 있습니다. 들꽃의 생김새는 비슷비슷한데도 이름은 제각각입니다. 책을 보고 사진을 찾아보아도 헷갈리기 일쑤입니다. 그나마 포털 사이트에 '꽃 검색'이 따로 있어 카메라로 꽃을 비춰 보면 가능성이 높은 꽃 이름을 알려 주니 고마울 따름입니다. '모야모'라는 앱에서는 꽃과 식물 이름이 궁금할 때 사진을 찍어 올리면 여러 사람들이 친절하게 이름을 알려 주기도 합니다.

들꽃 이름을 헷갈려 하는 사람이 저뿐만은 아니라는 것이겠지요. 저와 같이 꽃을 보고 헷갈려 하는 사람이 많다는 사실에 살짝 위안이 됩니다. 하긴 들꽃 이름 좀 모르고 산다고 어떻겠습니까. 그냥 예쁘구나 하고 즐기면 그뿐인데요. 그런데 안도현 시인은 쑥부쟁이와 구절초도 구별 못 하는 나를 무식한 놈이라고 합니다. 꽃 이름 좀 모른다고 무식한 놈이라니… 안도현 시인의 '무식한 놈'이라는 시입니다.

> 쑥부쟁이와 구절초를
> 구별하지 못하는 너하고
> 이 들길 여태 걸어왔다니
> 나여, 나는 지금부터 너하고 절교(絶交)다!

아프로디테의 연인, 아도니스

들꽃을 구별하지 못한다고 절교까지 걱정할 일은 아니지만, 산책길에, 등산길에 저마다 얼굴을 내밀고 있는 그들의 이름을 불러 주는 것도 과히 나쁘지 않은 일이겠지요. 게다가 그 꽃에 담겨 있는 사연 한 토막이라도 알면 그 꽃을 머리가 아니라 가슴으로 받아들일 수 있겠지요. 꽃이 가진 화사한 얼굴이 아니라, 그들이 가진 마음이 슬쩍 전해져 올 테니까요. 아네모네가 그렇고 수선화가 그렇습니다.

아네모네는 그리스 로마 신화에 나오는 미소년 아도니스의 또 다른 모습입니다. 아도니스는 사랑의 여신인 아프로디테가 사랑한 청년입니다. 그에게 마음을 빼앗긴 또 다른 여인 페르세포네의 사주를 받은 아레스가 멧돼지로 변하여 사냥을 나온 아도니스를 죽이고 맙니다. 그런 아도니스를 오래 기억하기 위해 아프로디테가 그의 피에 넥타르를 뿌려 꽃으로 다시 태어나게 했다고 합니다. 아네모네의 강렬한 색들은 미소년 아도니스의 이루지 못한 사랑과 신의 질투인가 봅니다.

수선화에도 슬픈 사연이 있습니다. 나르키소스의 죽음입니다. 자신을 모르고 살아야 명대로 살 수 있다는 예언자 테이레시아스의 예언이 실현된 것이죠. 연못에 비친 자신의 아름다운 얼굴에서 눈을 떼지 못하고 시름시름 앓다가 죽은 나르키소스가 수선화로 재탄생했다고 전해집니다.

진종구의 『들꽃에 그리스 신화를 담아』라는 책은 들꽃에 담겨 있는 이런 신화를 하나 둘 들려줍니다. 오직 토종 수꽃에만 발아를 허락하는 토종 민들레에서는 트로이 전쟁에 나간 남편 오디세우스가 무사히 돌아오기만을 기다리는 페넬로페의 절개를, 추석 즈음 선암사 온 천지를 빨갛게 물들이는 꽃무릇에서는 인간에게 불을 가져다준 프로메테우스의 고마움을 떠올린다고 합니다.

가을 들녘에는 그동안 내가 알지 못했던 많은 꽃들이 제각각 제 모습을 드러냅니다. 이름을 알지 못하는 꽃과 그들이 간직한 내밀한 사연은 계절의 변화와 함께 우리에게 그들의 이야기를 소곤거리고 있을 테지요. 선선한 바람이 불어오면 선암사, 불갑사로 꽃무릇 구경을 가볼까 합니다. 제우스에 대항한 프로메테우스의 용기를 굳이 알지 못하더라도, 그저 그 붉디붉은 꽃을 보며 가슴으로 전해 오는 감동을 느끼면 그뿐입니다. 그러면서 누가 뭐라고 하든지, 꽃을 사랑하며 나이 들어가는 것을 즐겨 볼까 합니다. 사실, 꽃이 눈에 들어온다는 것은 그 사람의 마음에 세월이 아니라 설렘이 들어오는 거니까요.

함께 읽으면 좋은 책

- 백승훈 글, 김정란 그림, 『들꽃 편지』, 여성신문사, 2014
  수수꽃다리, 깽깽이풀 등 70가지의 마음을 향기롭게 만드는 들꽃 이야기로, 들꽃의 생태와 쓰임, 전설을 통해 삶의 통찰을 담았다.
- 박중환, 『식물의 인문학』, 한길사, 2014
  사람이 식물을 닮았으면 좋겠다고 말하는 전직 기자의 식물 예찬으로, 왜 사람은 식물과 더불어 살아가야 하는지를 인문학적 관점에서 들려준다.

한병철 저, 김태환 역, 『에로스의 종말』, 문학과지성사, 2015

사랑 없는 세상

클림트의 다나에, 제우스의 다나에

관능적인 여성 이미지와 찬란한 황금빛, 화려한 색채를 특징으로 성(性)과 사랑, 죽음에 대한 알레고리로 많은 사람들을 매혹시킨 화가가 있습니다. 오스트리아의 화가 구스타프 클림트입니다. 그의 작품은 그 화려함으로 인해 광고에도 자주 이용됩니다. 특히 '유디트', '키스', '다나에' 등이 많이 알려졌는데, 작가 이름을 잘 모르는 사람들도 작품은 금방 알아볼 수 있습니다. 그중에서 '다나에'라는 작품은 한쪽 가슴을 드러내고 웅크리고 있는 여자의 다리 사이로 황금색 물방울들이 쏟아져 내리는 그림입니다. 그림이 다소 야하게 느껴지는데, 그림의 내용을 알고 보면 야하기보다는 황당한 느낌이 듭니다. 실제 인물이 아니라 그리스 로마 신화에 나오는 하늘의 신 제우스와 다나에의 사랑을 표현한 것이기 때문입니다.

사랑이라고 하지만 남녀 간의 아름다운 사랑은 아닌 듯합니다. 이야기는 이렇습니다. 그림의 주인공인 다나에는 아르고스의 왕 이크라시우스의 딸입니다. 그런데 이 딸에게서 태어난 아들이 장차 자신, 즉 외할아버지를 죽일 것이라는 신탁을 듣게 됩니다. 신탁을 듣고 자신의 미래가 걱정된 이크라시우스는 자신의 딸을 청동으로 만든 탑에 가두어 버립니다. 다나에가 결혼할 남자를 만나지도, 그래서 결혼을 하지도 못하게 해서 자신을 죽일지 모르는 자식을 낳지 못하게 하기 위해서입니다. 아버지가 살자고 딸을 버린 것입니다.

어느 날, 청동탑에 갇힌 다나에를 발견한 제우스는 그녀의 미모에 반하고 맙니다. 육욕에 눈이 먼 제우스는 황금비로 변신하여 탑의 철창 사이로 스르르 들어가서 기어코 다나에와 관계를 가집니다. 그림에서 다나에의 다리 사이로 흘러내리는 황금비가 바로 제우스가 변신한 모습입니다. 듣고 보니 황당하죠? 아무튼, 그런 이야기를 그린 것이 클림트의 '다나에'입니다. 그림의 이야기는 다소 황당하기는 해도 우리의 시선을 오래도록 붙잡는 아름다운 그림인 것만은 틀림없습니다.

신들의 사랑

제우스는 '다나에' 말고도 숱한 여자들과 염문을 뿌립니다. 제우스에게는 헤라라는 아름다운 아내가 엄연히 있습니다. 그럼에도 제우스는 스파르타 왕비인 레다를 유혹하기 위해 백조로 변신하여 사랑을 나눕니다. 레다는 트로이 전쟁의 단초가 된 헬레네와 클리타임네스트라를 낳습니다. 검은 구름으로 변신하여 강의 신의 딸인 '이오'와 사랑을 나누고서는 나중에 이집트 왕이 되는 에파포스를 낳습니다. 에우로페를 유혹하기 위해서 잘생긴 황소로 변신합니다. 그 사랑의 결실로 크레타의 시조인 미노스가 태어납니다. 테베의왕 카드모스의 딸인 세멜레 역시 제우스의 아이를 가집니다. 이를 시기한 헤라는 세멜레를 꼬드겨 인간이 볼 수 없는 제우스의 원래 모습을 기어이 보게 하고는 그 빛에 타 죽게 합니다. 세멜레의 배 속에 있던 아이는 제우스의 허벅지로 옮겨져 자라게 되는데 이 아이가 술의 신인 디오니소스(바쿠스)입니다.

그렇다고 그리스 로마 신화에 제우스의 육욕적이고 원초적인 사랑만 있는 건 아닙니다. 오르페우스와 에우리디케의 이승과 저승을 오가는 가슴 아픈 사랑 이야기도 있고, 제우스에 버금가라면 서러워할 사랑의 여신 아프로디테와 미소년 아도니스의 이루어질 수 없는 애절한 사랑 이야기도 있습니다. 또 트로이 전쟁의 영웅인 오디세우스와 그를 기다리며 정절을 지킨 페넬로페의 사랑은 후대의 그리스인들에게 두고두고 칭송을 받습니다. 자신을 낳은 아버지를 자기 손으로 죽이고 어머니와 결혼해서 살게 된 오이디푸스의 사랑은 사랑이라는 말보다는 '운명'이라는 단어를 떠올리게 됩니다(그리스 로마 신화는 재미있기는 한데 등장인물의 이름을 기억하려고 하면 너무나 많고 헷갈려서 지레 질려 버리는 것은 누구나 마찬가지의 경험입니다).

지옥에 빠진 동일자의 사랑

그리스 로마 신화에 이렇게 사랑 이야기가 많은 건 우리 인간이 그토록 사랑을 갈구한다는 의미일 것입니다. 신화도 결국에는 사람의 이야기이니까요. 사람은 사랑 없이 살 수 없는 존재입니다. 이성에 대한 사랑이든, 부모와 자식 간의 사랑이든, 친구와의 우정이든 말이죠. 그런데 재독철학자 한병철은 그의 책 『에로스의 종말』에서 사랑이 종말을 맞았다고 선언합니다. 사랑 없이 살 수 없는 인간에게 너무나 충격적인 선언입니다. 그는 그 이유를 이렇게 말합니다.

"사랑이 종말에 이른 이유는 오늘날의 세계가 규격화되고 자본화된 동일성의 지옥이기 때문이다."라고. '동일성의 지옥', 사람들이 서로 너무나 닮았다는 것입니다. 생김새도 닮고, 말하는 것도, 행동하는 것도, 심지어 하고 싶어 하는 것도 말입니다.

올더스 헉슬리의 『멋진 신세계』라는 말의 역설이 떠오릅니다. 요즘 텔레비전에 등장하는 배우들을 보면 어디서 본 듯한 느낌을 받을 때가 많습니다. 어디서 봤는지는 정확히 기억해 낼 수 없지만, 분명 영화나 다른 프로그램에서 본 것 같다는 생각이 들면서 같은 사람 같기도 하고 다른 사람 같기도 합니다. 음악 프로그램이나 콘서트에 등장하는 아이돌 그룹은 남성그룹이든 여성그룹이든 멤버 개개인을 구분하는 건 저와 같은 중년에게는 곤혹스러운 일입니다. 옷차림을 비슷하게 해서 그런 탓도 있지만, 얼굴의 생김새도 닮았기 때문입니다.

그러고 보면, 우리 주위에는 비슷하게 생긴 사람이 참 많습니다. 그런 현상은 남자나 여자나 마찬가지입니다. 대체로 젊은 사람들이 더 그렇기는 하지만 딱히 그렇다고만은 할 수 없습니다. 나이가 좀 든 중년들도 그렇습니다. 이런 현상은 보톡스나 성형 수술 등 의술의 도움을 받은 부분도 있고, 날씬한 몸매를 위한 다이어트의 광풍, 최신 유행을 좇아가는 사람들의 심리 등 그 이유가 다양합니다.

정보통신의 발달도 하나의 이유가 될 수 있습니다. 누구나 가지고 있는 스마트폰은 최신 유행 정보가 실시간으로 공유되게 합니다. 정보의 빠른 공유는 대중의 몰개성화를 부추깁니다. 남과 다름에 대한 우려와 거부감이 자연스럽게 비슷비슷한 얼굴과 옷차림을 만들게 하는 것이죠. 다른 사람이 하는 말과 행동을 확인하고 모방

합니다. 그렇게 사람들은 겉모습도, 생각도 서로를 닮아갑니다. 제각각 다르게 태어난 우리는 살아가면서 같아지려고 애씁니다. '동일자의 지옥'으로 빠져들고 있는 것입니다.

혼자 있지 못하고, 가만히 있지 못하고, 생각하는 시간을 갖지 못하는 현대인들은 한편으로는 끊임없이 타자를 찾아 나섭니다. 카카오톡, 페이스북, 블로그, 밴드, 인스타그램 등 자신의 일상을 드러내 놓고 '좋아요'에 스스로 목줄을 매고 있습니다. 문제는 이렇게 타자를 찾아 나서는 행동들이 타자와의 소통을 위해서 이용하는 것이 아니라는 데 있습니다. 오히려 타자를 통해서 자기 자신을 확인하기 위함입니다. 스스로 다른 사람과 닮아간다는 증거를 찾아가는 것이죠. 그래야 안심이 되니까요.

몸은 비록 이곳에 있지만, 나의 분신은 늘 그곳에 있다, 너와 함께 있다고 외칩니다. 나는 외로운 존재가 아니라고 계속해서 스스로에게 소리를 지르는 형국입니다. 다른 사람과의 소통을 통해 자신만의 개성을 발견하고 자아를 만들어 가는 과정이 아니라 타자를 닮아가는 컨베이어 벨트 위에 서버립니다. 혼자가 되는 것, 남과 다른 것을 두려워 합니다. 이러한 자기 확인은 자기에게만 머물고 다른 사람에 대한 사랑으로 좀처럼 나아가지 못합니다.

자본화된 사랑

닮은 것뿐만 아니라, 자본화되었다고도 합니다. 사람을 사람으로 보지 않고 경제적 가치로 판단합니다. 사랑에 대한 생각도 변해

가고 있습니다. 사랑은 두 개인이 만나 서로 단순히 어울려 사는 것이 아니라, 서로의 존재를 확인하고, 그 사람이 가진 내면을 주고받는 경험이어야 하는데 현대 사회는 그렇지 못합니다. 현대 사회의 나르시시스트적인 개인주의와 모든 것을 시장 가격으로 환산해 버리는 자본주의적 태도가 다른 사람에 대한 근본적인 경험을 방해합니다. 성과중심의 사회, 성공에 대한 맹목적인 긍정의 사회에서는 진정한 사랑이 없습니다. 그래서 사랑이 죽었다고 얘기합니다. 에로스가 종말을 고했다 말합니다.

신영복의 『강의(돌베개, 2004)』에 이런 이야기가 있습니다. 선생과 같은 아파트에 사는 근사한 로펌 변호사와 평범하고 수수한 옷차림을 하고 다니는 그의 아내에 대해 동네 사람들이 수군거립니다. "저렇게 근사한 변호사와 저 여자가 어떻게 결혼을 했을까? 그건 아마도 여자 집에 돈이 많았을 거야. 그렇지 않고서야 두 사람이 결혼했을 리가 없어."

로펌 변호사와 그의 아내가 겉보기에 어울리지 않는다는 거죠. 다른 사람들이 보기에, 그들이 어울리는 한 쌍이 되기 위해서는 여자 쪽에 돈이 많아야 한다고 생각합니다. 그래야 결혼한 이유가 성립된다고 말입니다. 두 사람 사이의 내밀한 사랑과 애정에는 아무도 관심이 없습니다. 두 사람의 근본적인 경험과 관계를 그저 경제적 등가 가치로만 생각합니다. 자본화된 동일성만을 인식의 기준으로 세웁니다.

규격화되고 자본화된 동일성을 무의식적으로 쫓아가는 현대인은 사랑할 대상, 즉 타자를 좀처럼 찾지 못합니다. 타자의 소멸로 인해 자기 확신에 더욱 집착하게 됩니다. 자기 확신에 충만한 사람은 타인을 사랑할 공간을 스스로 만들지 못합니다. 거울에 비친 자신과 사랑에 빠진 나르키소스가 되어 버립니다. 사랑의 공간을 갖지 못한 자아는 긍정에 의한 자기착취, 즉 스스로에게 '할 수 있다'는 주문을 걸면서 끊임없이 성과를 쏟아내는 데 자신을 소진해 버립니다. 한병철이 다른 책에서 말한 '힐링은 곧 킬링이다'라는 말이 이제야 이해가 됩니다. 자아를 위한 힐링이 아니라, 새로운 성과를 위한 힐링, 소진을 위한 힐링이 되어버리는 것입니다.

에로스의 종말, 사랑이 없는 세상을 상상하는 건 끔찍한 일이 아닐 수 없습니다. 올더스 헉슬리가 80여 년 전에 그린 『멋진 신세계』의 모습이 더 짙은 회색빛으로 다가옵니다. 인공 배양으로 태어난 그들처럼, 지금의 우리들이 애써 서로를 닮아 가기 위해 정신없이 질주하고 있다는 저자의 말이 서늘하게 다가옵니다.

함께 읽으면 좋은 책

- 한병철, 『아름다움의 구원』, 문학과지성사, 2016
  아름다움의 긍정성만을 추구할 때 잃어버리는 것과 그것의 부정성에 담긴 의미를 새롭게 인식할 수 있는 기회를 제공한다.
- 한병철 저, 김태환 역, 『투명사회』, 문학과지성사, 2014
  개인의 일상을 공개하고 자랑하는 것이 일상화된 시대에 그런 투명성이 조직과 국가에 의한 개인 착취의 산물이 아닌가 되묻게 된다.
- 한병철 저, 김태환 역, 『피로사회』, 문학과지성사, 2012
  성과중심, 결과중심, 하면 된다의 무한 긍정은 인간의 내면을 끊임없이 자극하여 소모품으로 전락시키고 있는 것은 아닌가?

변방의 목소리

신영복 선생과의 만남

신영복 선생의 책을 처음 만난 건 『강의』입니다. 그 이전부터 이름 정도는 알고 있었지만, 책으로 접하기 전에는 선생을 제대로 알지 못했죠. 『강의』는 동양 고전에 대한 책인데 어려운 내용이 편하게 읽혔습니다. 글로 먼저 쓴 것이 아니라 강의한 내용을 책으로 펴낸 이유도 있을 테고, 그보다는 어려운 내용을 독자에게 쉽게 설명하는 선생의 내공 때문이 아닌가 합니다. 내공이 깊은 사람은 어려운 것을 쉽고 편하게 얘기하는 사람입니다. 청중에게 직접 강의하는 경우 그렇고, 책으로 글을 쓰는 것도 그렇습니다. 반면에 얄팍한 지식을 가진 사람은 쉬운 것도 어렵게, 어려운 것은 더 어렵게 설명한다고 합니다.

『강의』 다음에 만난 책이 『담론』입니다. '마지막 강의'라는 부제가 달려 있는데, 이것 또한 이전의 『강의』처럼 강의한 내용을 책으로 옮겨 놓은 것입니다. 그런 의미는 아니었겠지만, '마지막 강의'라는 부제가 선생의 이른 소천을 예고한 것이 아닌가 싶어 안타깝습니다.

『담론』의 전반부는 고전에서 읽는 세계 인식이고, 후반부는 20년 수형생활에서 얻은 삶의 통찰입니다. 책의 저변에 흐르는 큰 주제는 '관계'입니다. 존재란 개별자로서의 존재가 아니라 개별자 간의 관계로 인식되고 존재한다고 합니다. 우리 개개인이 그렇습니다. 내 이름 석 자로만 존재하는 것이 아니라 누구누구의 엄마로, 아버지로, 남편으로, 아내로, 또는 선배나 후배로, 학교에서는 아이들의 선생님으로 존재합니다. 우리는 모두 가족과 친구, 직장 동료 그리고 또 다른 누군가와의 관계로 존재합니다. 현재뿐만 아니라 과거와 아직 오지 않은 미래의 누군가와도 그렇습니다. 그러한 관계망을 어떻게 인식하느냐에 따라 삶도 달라집니다. 『담론』에 대해서는 뒤에 나올 '세상에서 가장 먼 여행'에서 다시 이야기하겠습니다.

신영복 선생은 2016년에 세상을 떠났습니다. 참으로 안타까운 일입니다. 그가 살아온 길을 생각하면 마음 저림이 더합니다. 서울대학교 경제학과를 졸업하고, 숙명여자대학교와 육군사관학교에서 경제학 강사로 근무하다가 1968년 일명 간첩단 사건인 통일혁명당 사건으로 구속되어 무기징역을 선고받습니다. 1988년에 전향서를 쓰고 특별가석방으로 출소하기 전까지, 20년 20일 동안 수감 생활을 했습니다. 후에 수감 중 지인들에게 보낸 서신을 한 권의 책으로 묶어 세상에 내놓았는데, 이것이 『감옥으로부터의 사색』입니다. 출소후, 성공회대학교 사회과학부 교수를 하다가 2006년 말에 정년퇴임을 합니다.

퇴임 당시, 소주 '처음처럼'의 브랜드 이름을 붓글씨로 써주고 1억 원을 받게 되는데, 그 돈을 모두 성공회대학교에 기부한 일화는 소주와 함께 유명세를 타기도 했습니다. 이후 성공회대학교 석좌교수로 재직하며 '신영복 함께 읽기'라는 수업을 통해 학생들과 나눔과 소통의 시간을 보냅니다. 그때 나누었던 이야기들이 『강의』와 『담론』으로 엮여 나온 것입니다. 선생이 좀 더 우리 곁에 있었다면 더 많은 이야기를 들을 수 있었을 텐데 하는 아쉬움이 참으로 큽니다.

주체와 중심사상으로부터 소외된 곳, 변방

『담론』 이후에 만난 책은 『변방을 찾아서』입니다. 경향신문에 여덟 차례에 걸쳐 연재한 글을 모은 소책자입니다. 150페이지가 채 되지 않으며 사진도 많아 금방 읽힙니다. 선생이 써 놓은 현판 글씨가 있는 곳, '변방'을 찾아다니며 쓴 기행문입니다. 선생은 해남 땅끝마을의 서정분교를 시작으로 강릉의 허균·허난설헌 기념관, 충북 제천의 박달재, 충북 괴산의 벽초 홍명희 문학비와 생가, 오대산 상원사, 전주 이세종 열사 추모비와 김개남 장군 추모비, 작품 '서울'이 걸려 있는 서울특별시 시장실, 고 노무현 대통령의 작은 비석이 있는 경남 봉하마을에 이르기까지 모두 여덟 곳을 답사합니다. 선생이 글씨를 써 준 곳을 직접 찾아다니며, 글을 써 준 인연과 사연을 들려줍니다. 글도 강의도 좋지만, 글씨도 참 좋습니다. 선생의 글씨는 소박하고 정겹습니다. 그러면서 그 속에 강인함이 있습니다. 그것은 글씨 연습만으로 되는 것은 아니겠지요. 글씨는 쓰는 사람의 머리와 가슴에 담겨 있는 것이 밖으로 드러나는 것이니, 글씨에 선생의 살아온 날들의 무게와 사색의 깊이가 오롯이 담겼습니다.

선생이 말하는 변방의 개념에 주목해 봅니다. 공간적, 지형적 개념의 변방을 말함이 아닙니다. 공간적, 지형적 변방이란 중국을 중심에 둔 한반도의 위치가 변방이며, 서울을 중심에 둔 지방이 변방입니다. 하지만 여기에서 변방은 지리적으로 중심에서 멀리 떨어진 곳이 아니라, 주체와 중심사상으로부터 소외된 곳, 변화와 변혁으로부터 무관심한 곳, 그런 생각들이 변방으로 읽힙니다.

변방은 어느 곳에나 존재합니다. 정치권에도 주류가 있고 비주류가 있습니다. 대통령 탄핵 문제로 세상이 떠들썩했던 2016년, 여당(당시 새누리당) 내에서는 주류인 친박이, 비주류인 비박이 있었습니다. 어디 여당뿐이겠습니까. 야당(당시 민주당)에도 주류인 친문과 비주류인 반문이 있었습니다. 직장에서도 마찬가지죠. 학연과 지연을 앞세워 그룹을 형성하고, 그 그룹이 직장의 파워 그룹으로 자리 잡으면 주류가 됩니다. 주류에 합류하지 못하면 정보가 늦고, 관계 네트워크가 약해져 비주류로 남게 됩니다. 그렇게 되면 핵심부서에서 밀려 한직으로 떠돌다 남들보다 일찍 퇴직을 맞이하게 되기도 합니다. 그래서 변방은 끊임없이 주류로 향합니다.

정부 조직도 마찬가지입니다. 중앙부처인 경우 고시 출신과 비고시 출신이 보이지 않는 경쟁을 합니다. 대개의 경우 고시 서열에 따라 탄탄한 체계를 가지고 있는 고시 출신이 주류를 형성하지만, 가끔 비고시 출신이 주류를 차지하기도 합니다. 고시 출신 내부에서, 비고시 출신 간에도 경쟁이 벌어지죠. 그렇게 중심과 변방은 늘 존재합니다. 중심과 변방의 존재가 중요한 것이 아니라, 변방이 중심이 되고 중심이 다시 변방으로 밀려나는 역동성이 중요합니다. 그러한 역동성이 자유롭게 이루어지느냐, 그렇지 못하느냐 하는 것이 조직이나 사회, 국가의 발전과 관계가 깊다는 의미입니다.

창조 공간으로서의 변방

중심과 변방, 그중에서도 변방의 담론에 주목해야 하는 이유가 있습니다. 변방은 주류 담론이 아닌 비판 담론, 대안 담론으로의 변화를 갈망한다는 것입니다. 주류 담론은 중심에서 이루어집니다. 여기서는 단체나 조직, 크게는 국가의 중요 결정사항이 이루어집니다. 그러나 중심이 변화하지 않고 변화를 두려워하면 무너지기 마련입니다. 중심에는 권력이 있기 때문입니다. 권력은 그 권력에 대한 반대의 목소리를 차단합니다. 반대와 이견의 목소리에 귀 기울이지 않는 중심은 고인물이 썩듯이 부패합니다. 그래서 변방의 담론이 중요합니다.

변방은 창조 공간이기도 합니다. 중심이 부패하지 않고 건강함을 유지하기 위해 필요한 것이 비판이자 대안이요, 변화의 목소리입니다. 변방이 창조 공간이 되기 위해서는 변방이 중심부로 끊임없이 흘러들어 가는 순환이 이루어져야 합니다. 그렇게 중심은 쇠퇴해 가고 변방이 다시 중심이 되어가는 것이 역사의 역동성입니다.

이 역동성이 줄어들거나 없어지면 국가나 조직은 망하거나 무너지게 됩니다. 변화와 혁신을 차단하면 결국 마주치게 되는 결과입니다. 그렇다고 하더라도 그 역동성은 인위적으로 만들어 낼 수 없습니다. 변방은 중심을 향해 끊임없이 진격하고, 반면에 중심부는 견고하게 성을 쌓아 변방으로부터의 유입을 차단하려고 하기 때문입니다. 중심은 그것을 지키기 위해 안간힘을 씁니다. 그러나 역설적이게도 그 지키고자 하는 힘이 절대적으로 커지는 지점에서 무너진다는 것을 우리는 역사와 현실 모두에서 목격합니다.

스마트 혁명시대의 변방

변방이 지형적 개념이 아니라 사상과 주체의 문제라는 건 스마트 혁명을 통해서도 알 수 있습니다. 2010년 12월 이래 중동과 북아프리카 나라들에서 일어난 반정부 시위를 '아랍의 봄'이라고 합니다. 이 반정부 시위에서는 파업 참여 운동의 지속, 데모, 행진과 집회뿐만 아니라, 소셜 미디어를 이용한 조직, 의사소통, 인식 확대를 통해 광범한 시민의 저항 운동이 일어났습니다. 아랍의 봄으로 일부 지역에서는 끝날 것 같지 않던 기나긴 독재정권이 마침내 무너졌습니다. 뜨거운 열기에 갇혀있던 중동에 봄이 찾아온 것입니다.

소셜 미디어가 시민들에게 변화의 바람을 불어넣은 거죠. 스마트 혁명 시대의 변방입니다. 변방에서 모여진 힘이 중심으로 향했고, 중심이 그것을 수용하지 않고 거부함으로써 충돌이 발생한 것입니다. 중심의 저항은 변방의 썰물을 결코 막아낼 수 없었습니다. 스마트 시대에는 중심과 변방이 따로 있지 않습니다. 다만 그것을 어떻게 사용하고 받아들일 것인가 하는 것이 핵심입니다. 변방은 소외된 곳이 아니라 변화와 혁신, 창조의 생성 공간이라는 인식이 필요한 이유입니다. 선생이 우리에게 남기고 간 '변방'의 의미를 되새겨 보아야 할 까닭입니다.

함께 읽으면 좋은 책

- 신영복, 『냇물아 흘러흘러 어디로 가니』, 돌베개, 2017
  선생이 생전에 신문과 잡지 등에 발표한 글과 강연록 중에서 책으로 묶이지 않았던 글을 모은 유고집이다.

크리스토퍼 히친스 저, 김영배, 안희정 역, 『파르테논 마블스, 조각난 문화유산』 시대의 창, 2015

귀향을 기다리는 문화재

대마도에서 돌아온 금동관음보살좌상

2017년 초에 무게 38.6㎏의 작은 불상이 많은 사람들의 관심과 이목을 끌었습니다. 한국의 절도범들이 일본 대마도의 간논지에서 훔쳐 온 금동관음보살좌상의 소유권에 대한 판결 때문입니다. 그 금동관음보살좌상은 1973년 일본 유형문화재로 지정된 일본 문화재입니다. 훔쳐 온 문화재이기 때문에 당연히 일본으로 돌려줘야 할 것 같지만, 사정이 간단치가 않습니다. 14세기 초반 제작된 것으로 추정되는 이 불상의 원 소유권을 충남 서산의 부석사가 주장하고 나섰기 때문입니다. 불상 안에서 신도들의 불심을 담은 '복장 결연문'이 발견되었는데, 여기에 서산의 부석사가 언급이 되어 있는 것이 그 소유권 주장의 근거입니다. 부석사는 왜구의 침입 때 이 불상을 약탈당했다고 주장합니다.

대전지방법원의 1심에서는 소유권이 부석사에 있다는 판결이 났습니다. 최종 판결이 나기 전까지 불상의 안전한 보호를 위해 현재 이 불상은 대전 국립문화재연구소에 보관되어 있는 상황입니다. 불상을 돌려받지 못한다는 판결에 대해 일본 관방장관은 매우 유감스럽다는 기자회견을 했습니다. 원래 우리 것인데, 일본이 돌려받지 못한다고 유감을 표명하는 것 자체가 난센스처럼 느껴집니다.

여러분은 이 불상의 소유권이 어디에 있다고 생각하시나요? 일본이 우리 문화재를 강제로 약탈해 간 것이니 당연히 서산 부석사에 돌려주어야 한다고 생각할 것입니다. 하지만 이에 대한 반론도 만만치 않습니다. 첫째는 '약탈'에 대한 명확한 증거를 찾기가 힘들다는 점입니다. 당시 상황을 정확히 알 수 있는 방법이 현재로써는 없으니 '약탈'을 증명할 수가 없다는 거죠. 구매나 증여 등 정당하게 일본으로 건너갔을 가능성도 있습니다. 물론 일본도 약탈이 아니었음을 증명하기 어렵기는 마찬가지입니다. 둘째, 그 불상을 한국의 절도범들이 '훔쳐' 왔다는 사실입니다. 사연이 어찌 되었건, 현재 일본의 문화재로 지정되어 있는 것을 훔쳐왔기에 원소유주의 권리를 인정할 수 있느냐 하는 문제가 논란이 됩니다. 그것을 인정한다고 하면 외국에 있는 우리 문화재를 찾아오기 위해 정부에서 절도범들을 '특파'해야 할지도 모릅니다.

영국박물관의 엘긴 마블스

문화재 반환과 관련되어 가장 유명한 사건은 '엘긴 마블스' 사례라고 할 수 있습니다. '파르테논 마블스'라고도 하는데, 이 조각들은 원래 2,500년 전, 그리스의 아크로폴리스 언덕에 세워진 파르테논 신전 벽면을 장식했던 것들입니다. 현재는 영국박물관에 대부분의 조각들이 소장되어 있죠. 그리스의 유물인 파르테논 마블스를 영국으로 뜯어 간 사람이 엘긴(Elgin) 경이라 그의 이름을 따서 흔히

들 '엘긴 마블스'라고 부릅니다. 문화재 반환에 찬성하는 사람들은 '엘긴 마블스'라고 부르는 것은 잘못된 것이라고 하며 '파르테논 마블스'라고 정확하게 불러야 한다고도 합니다.

파르테논 신전은 그리스의 아테나 여신을 모시는 신전이지만 그 역사가 순탄치 않았습니다. 신전은 기독교 전파 이래 아테네 시민들의 뜻과 무관하게 개신교 교회 등으로 바뀌는 기구한 역사를 가지고 있습니다. 1458년 투르크 점령 뒤에는 이슬람 사원을 거쳐 화약 무기고로 쓰이기도 했죠. 이때 보관 중이던 화약이 터지면서 신전이 큰 상처를 입고 맙니다. 하지만 파르테논의 더 큰 수난은 오스만 제국(1299~1922) 말기, 영국 외교관 엘긴 경이 그리스 주재 영국 대사에 임명된 후 벌어진 일입니다.

오스만 제국에 대사로 갔던 엘긴 경은 1806년 아테네 아크로폴리스 언덕의 파르테논 신전 조각을 떼어 내 런던으로 옮겨 갑니다. 고대유물에 관심이 많았던 그는 전쟁과 폭발로 부서진 잔해들뿐만 아니라 신전 벽면과 기둥을 의도적으로 잘라 내어 100개가 넘는 대리석 조각을 뜯어 갑니다. 이 조각들은 트로이 전쟁과 그리스 신화에 등장하는 수백 가지의 인물과 동물의 형상입니다. 이때 가져간 조각들이 현존하는 파르테논 조각 가운데 절반가량이나 된다고 합니다. 엘긴 경은 조각들을 뜯어간 이유를 '오스만 제국 지배하의 그리스에서 문화재 파괴를 우려해서'라고 하지만 시인 바이런 등의 지식인들은 '탐욕스러운 약탈 행위'라고 비난했습니다.

이렇게 영국으로 가져간 조각들을 나중에 35,000파운드를 받고 영국 정부에 넘겨 버립니다. 파르테논 마블스의 반환 논쟁은 엘긴 경이 재정 위기로 조각상을 영국 정부에 판 직후부터 시작되어 200년간 이어져 오고 있습니다. 그리스에서는 그동안 문화부 장관을 지낸 배우 출신 멜리나 메르쿠리 등이 앞장서 파르테논 마블스 되찾기 운동을 전개했으나, 여전히 그리스 신들은 차가운 영국박물관 전시실에 갇혀 있습니다.

제국주의의 문화재 약탈

영국의 역사학자 토머스 칼라일(Thomas Carlyle, 1795~1881)은 "역사는 문명을 창조했지만, 침략자는 문화재를 약탈했다."라고 말한 바 있습니다. 문화재의 '약탈' 문제가 비단 영국과 그리스에 국한되지 않는다는 의미입니다. 프랑스의 루브르 박물관의 그 많은 전시실을 가득 채우고 있는 문화재도 제국주의 시대 프랑스의 '약탈'의 역사를 보여줍니다.

우리는 '약탈'을 당한 입장에 있는 나라입니다. 5천 년 역사에서 수없이 많은 외세의 침략을 받았고, 특히 근대에 들어오면서 서구 열강과 일본 제국주의의 침탈은 우리 문화재의 운명을 바꿔 놓았습니다. 2017년 국정감사에서 문화재청이 국회에 제출한 자료에 따르면, 현재 외국에 있는 우리나라 국외 문화재는 20개국 16만 800여 점에 이른다고 합니다. 실로 어마어마한 양입니다. 전체 국외 문화재 중 67,708점(42%)은 일본에, 44,365점(27%)은 미국에 있습니다. 일제 강점기와 6·25 한국전쟁 등 정치적, 사회적 격변기에 빠져나간 것들입니다. 구매 등 정당한 절차를 거쳐 '반출'된 것도 있겠지만, 혼란의 시기에 '정당한 절차'가 제대로 지켜졌을 거라고 믿기 어렵습니다.

　가장 대표적인 것이 외규장각 의궤입니다. 1866년 조선을 침략한 프랑스는 여러 보물과 함께 외규장각의 서적도 대량 약탈해 갑니다 (병인양요). 그 수가 무려 174종 296책이나 됩니다. 그중 의궤는 왕실잔치와 세자 책봉, 궁궐 건축 등 왕실의 모든 행사 과정이 상세히 기록된 귀중한 문화재입니다. 소실된 것으로 알려진 외규장각 의궤가 발견된 건 1975년입니다. 서지학자인 박병선 박사가 프랑스 국립도서관 베르사유 별관에 보관돼 있던 것을 발견해 우리 정부에 알린 것이죠. 그 후 정부는 지속적인 의궤 반환 요청을 했고, 오랜 노력 끝에 2011년 4월, 145년 만에 외규장각 의궤는 한국 땅을 밟게 됩니다. 비록 5년마다 임대 기간을 연장해야 하는 형식이긴 하지만, 얼마나 다행스러운 일인지요.

　외규장각 의궤와 같은 사례는 흔치 않은 일입니다. 앞서 이야기한 파르테논 마블스의 경우는 200년 이상 지속된 노력에도 불구하고, 여전히 반환의 기미는 보이지 않고 있습니다. 반환에 찬성하는 영국 지식인들이나 국민들도 적지 않지만, 반환에 반대하는 목소리 또한 높습니다. 크리스토프 히친스가 조사한 바에 의하면 반환에 반대하는 이유는 다음의 다섯 가지 정도라고 합니다.

　'첫째, 조각들을 떼어 내 영국으로 가져간 것은 예술과 고전학 연구에 크나큰 축복이었음. 둘째, 아테네가 아니라 런던에 있었기에 온전했음. 셋째, 아테네보다 런던에 있어야 더 안전함. 넷째, 엘긴 경은 문화재를 보존하겠다는 심정에서 조각을 떼어 냈음. 다섯째, 조각의 반환은 주요 박물관과 컬렉션을 절멸하는 선례로 남을 것'

등입니다.

파르테논 마블스가 영국의 예술과 고전학 연구에 큰 축복이었다거나 런던에 있었기 때문에 온전하게 보전되고 안전하다는 것은 객관적으로 입증되지 않는다고 히친스는 말합니다. 엘긴 경의 반출 의도 또한 문화재 보존과는 거리가 멀다고 주장합니다. 처음 계획된 의도는 스코틀랜드 블룸홀의 자기 집으로 가져가는 것이었고, 나중에 영국 정부에 소유권을 넘길 때의 요구사항을 살펴보면 순수한 의도와는 거리가 멀다는 거죠. 그리스 정부는 모든 문화재 반환을 요구하는 것이 아니라, 단지 파르테논 마블스의 반환을 요구하고 있습니다. 안전한 관리와 보관, 관람을 위해 파르테논 신전이 보이는 곳에 뉴아크로폴리스 박물관도 지어 신들의 귀향을 애타게 기다리고 있습니다.

문화재를 지키려는 자와 뺏는 자

이처럼 한 나라의 문화재가 다시 제자리를 찾아가는 일은 쉽게 해결되지 않는 문제입니다. 관련 국가의 이해관계가 얽혀 반환이 쉽게 이루어지지 않기 때문입니다. 한 번 반출된 문화재가 다시 고향을 찾는 일은 좀처럼 일어나기 어려운 일이라는 뜻입니다. 그런 의미에서 간송문화재단(간송 전형필)이나 호암미술관(호암 이병철), 성보문화재단의 호림박물관(호림 윤장섭)에 소장되어 있는 문화재들이 얼마나 귀하고 반가운 존재인지 새삼 깨닫게 됩니다.

특히 간송 전형필의 문화재 사랑에 대해서는 많은 일화가 전해져 옵니다. 국보 제70호인 훈민정음 해례본에 얽힌 일화가 특히 유명한데요. 훈민정음 해례본은 한글을 창제한 이유와 글자를 만든 원리 및 사용법 등을 수록한 훈민정음 해설서이며, 유네스코 세계기록유산이기도 합니다. 이는 세종대왕이 광산김씨 문중에 여진 정벌의 공로를 치하하는 의미로 내린 서책입니다. 종가 긍구당 서고에 보관되던 가보로 광산김씨 문중 사위였던 이용준이 안동 자택에 옮겨 보관하고 있는 것을 간송이 입수하게 됩니다. 소유자가 제시한 액수(당시 기와집 한 채 1천 원, 쌀 한 가마니 16원)의 11배인 1만1천 원을 주고 구입했다고 합니다.

청자상감운학문매병(국보 제68호)은 일본인 수장가 마에다 사이치로에게서 2만 원에 구입하고, 혜원 신윤복의 풍속화 화첩인 혜원전신첩(국보 제135호)은 한양의 기와집 25채 값인 2만5천 원에 입수합니다. 영국 변호사 존 개스비가 가지고 있던 고려청자를 입수한 일화도 유명한데, 논 1만 마지기를 처분해 40만 원(현재 가치로 약 1천200억 원)에 청자 20점을 구입합니다. 그중 7점이 국보와 보물로 지정되어 있습니다. 겸재 정선이 72세 때 금강산 일대를 둘러보고 남긴 작품인 해악전신첩의 경우, 친일파 손병준의 집에서 불쏘시개로 쓰려던 것을 구해 냅니다. 이 소장품은 겸재 정선에 대한 연구의 물꼬를 트게 한 소중한 우리 문화유산으로 그 가치가 매우 높습니다.

파르테논 마블스의 반환에 반대하는 사람들이 그런 주장을 합니다. 파르테논 마블스가 영국박물관에 있기 때문에 더 많은 사람들이 인류 문화재를 감상할 수 있는 것이라고요. 그럴지도 모릅니다. 외규장각 의궤도 국립중앙박물관이 아니라 파리 루브르 박물관에 전시될 때 더 많은 사람들이 접할 수 있겠죠. 하지만 문화재는 단지 보이는 것으로만 존재하는 것이 아닙니다. 문화재는 그것을 만든 국가의 역사이며 그 민족이 지나온 삶의 흔적입니다. 파르테논 마블스가 영국박물관의 커다란 전시관에 조각조각 전시되어 있는 것을 볼 때의 감흥과 그리스 아크로폴리스 언덕의 쓰러져 가는 파르테논 신전의 원래 자리에 있는 모습을 바라볼 때의 느낌은 다를 수밖에 없습니다.

콩코드 광장에 서 있는 오벨리스크를 보면서 단순한 웅장함이 아닌, 파라오의 신비와 고대 이집트인의 숨결을 느끼기 어렵습니다. 영국박물관이나 루브르 박물관에서 제국주의의 '힘'과 '약탈'이 아닌, 인류의 지혜와 삶의 이야기를 떠올리지 못합니다. 문화재는 그것이 존재해 왔던 곳, 그것들과 함께 숨 쉬며 살아왔던, 그리고 그 후손들과 함께 있을 때 그것이 가지는 고유의 빛을 발하기 때문입니다. 오늘도 세계 여러 나라의 박물관에는 고향을 떠나온 문화재들이 언제 이루어질지 모르는 '귀향'을 애타게 기다리고 있습니다.

함께 읽으면 좋은 책

- 오주석, 『오주석의 한국의 미 특강』, 솔, 2003
  우리 문화재를 바라보는 올바른 시각과 사고의 틀을 제공하는 문화재 해설서로 저자의 친절하고 편안한 강연을 책으로 엮은 것이다.
- 이충렬, 『간송 전형필』, 김영사, 2010
  간송 전형필이 우리 문화재를 지키는 일에 투신하게 된 과정과 문화재 수집에 얽힌 이야기가 실려 있다.
- 도재기, 『국보, 역사로 읽고 보다』, 이야기가있는집, 2016
  국보와 보물, 국보의 지정과 해제, 진짜와 가짜 유물의 감정, 문화재의 약탈과 반환에 대한 이야기를 담고 있다.

오주석, 『오주석의 한국의 미 특강』, 솔, 2003

옛 그림의 여백

2014년 3월부터 6월까지 DDP(동대문디자인플라자) 배움터 2층 디자인박물관에서 간송문화전 1부 '문화로 나라를 지키다'가 열렸습니다. 서울 성북동에 있는 간송미술관의 소장품 중에서 주제별로 묶어 DDP에서 전시회를 갖게 된 것입니다. 간송미술관의 이전 이름은 보화각입니다. 보화각의 설립자인 전형필의 아호를 따서 간송미술관으로 이름을 바꾸었다고 합니다. 간송미술관은 문화재 전시보다는 문화재 보호와 연구에 더 중점을 두는 편이라 소장품에 대한 관람을 까다롭게 하는 것으로 유명합니다. 이전에는 관람 기회가 봄과 가을에 각각 2주일뿐이었습니다.

2013년에 간송미술문화재단이 설립된 이후, 문화의 창조적 계승을 위한 취지로 대중들이 쉽게 접할 수 있도록 문화재가 동대문 광장으로 나온 것입니다. 2017년 4월부터는 9번째 전시회 '훈민정음과 난중일기: 다시, 바라보다'가 열리고 있습니다. 이 전시회에서는 훈민정음 해례본(국보 제70호), 동국정운(국보 제71호), 난중일기(국보 제76호), 충무공 장검(보물 제326호) 등 우리 민족의 영웅인 세종대왕과 충무공 이순신의 정신을 되새길 수 있는 문화재들을 관람할 수 있습니다.

문화재를 향한 우리 민족의 DNA

그동안의 간송문화전을 다 보진 못했지만, 1회 전시회에서 청자상감운학문매병(국보 제68호)과 백자청화철채동채초충난문병(국보 제294호)이 나란히 그 자태를 뽐내고 있던 모습은 지금도 눈에 선합니다.

도자기에 대해서 잘 알지 못하는 사람도 이 도자기를 마주 하면 한참 동안이나 그 자리에 서 있을 수밖에 없습니다. 발이 움직여지지 않는 느낌을 받습니다. "예술품을 체험하는 동안 완전히 반해서 온몸이 부르르 떨리는 경우가 있는데, 이런 반응이란 기실은 우리 내면 영혼의 울림이다."라고 오주석이 말한 것처럼 말이죠. 처음에는 도자기에서 나오는 청자 빛과 투박한 흰 빛에 넋을 놓게 됩니다. 고려청자의 청아함과 백자의 순수함에 대한 맹목적인 복종은 아마도 우리 민족의 DNA 속에 내재되어 있는지도 모릅니다.

그들이 서 있는 자태는 또 어떤가요. 청자는 화려한 복식을 갖춰 입은 귀부인의 모습이고, 백자는 수수한 조선 여인의 모습입니다. 시선이 청자와 백자의 표면으로 옮겨 갑니다. 청자 표면에는 둥근 원안에 학의 문양이 새겨져 있습니다. 수천 마리의 학이 구름 사이로 날갯짓을 하며 날아다닙니다. 백자로 눈길을 돌리면 진한 국화 향이 코끝에 와 닿습니다. 학과 나비, 구름과 국화는 수백 년 세월에도 그 생명력을 여전히 간직하고 있습니다. 문득 이 도자기들은 그토록 오랜 세월을 어떻게 견뎌 왔을까 하는 생각을 하게 됩니다. 처음 도자기를 만든 장인과 그것을 간직해 온 사람들, 그들의 아들, 그 아들들의 손으로, 때로는 다른 이의 손길로 이어져 온 그 긴 세월을 도대체 어떻게 지나 이 자리에 서 있는 걸까요?

우리 옛 그림에 대한 관심

이렇게 우리 옛 그림과 도자기 등에 대해 관심을 가지게 된 것은 순전히 오주석 때문입니다. 그가 간송미술관 연구위원으로 있을 당시 '미술을 통한 세상 읽기-옛 그림을 읽는 즐거움'이라는 주제로 강의한 내용을 2003년에 『오주석의 한국의 미 특강』이라는 책으로 펴낸 것을 접하고부터입니다. 평소 창의성 교육에 대해 관심을 많았는데, 창의성 공부를 하다 보면 그림이나 음악, 조각 등 예술 작품에 대한 사례를 많이 접하게 됩니다. 탁월한 창의성을 발휘한 사람들 중에는 예술가들이 많습니다. 다른 분야에 비해 그림에 대한 책이 많고, 그림을 통해 들려주는 이야기가 더 친근하고 편하게 다가오기 때문입니다. 미술 작품과 화가를 통해 창의성을 배우는 경우가 많습니다.

예를 들면, 19세기 인상파가 그렇습니다. 인상파라는 말은 모네가 그린 '인상, 해돋이'에서 유래된 것인데, 이런 새로움에 대한 도전이 창의성 발현의 대표적인 사례로 자주 인용됩니다. 당대 파리 미술계를 지배한 것은 아카데미였습니다. 기존의 아카데미 화풍인 사실주의에 반기를 들고 시시각각 빛의 변화에 따른 자연과 사물의 모습을 화폭에 담아낸 것이 인상파입니다. 세잔의 사과 그림은 파블로 피카소 같은 입체파와 앙리 마티스의 야수파를 탄생시키는 계기가 되었습니다. 그림은 아니지만 마르셀 뒤샹의 변기 '샘'은 현대 미술에 가장 큰 영향을 끼친 작품으로 존중받고 있습니다. 다른 관점으로, 새로운 시각으로 시도된 작품은 이전까지 없었던 것을 창조해 내는 커다란 힘을 발휘합니다. 그런 의미에서 서양의 미술과 예술 작품에 대한 관심이 오주석의 책으로 인해 우리의 옛것으로 옮겨붙게 된 것입니다.

우리 옛 그림 따라가기

『오주석의 한국의 미 특강』 책 표지에 있는 송하맹호도의 한 부분인 호랑이의 눈빛이 강렬합니다. 우리 옛것에 대한 저자의 마음을 담아낸 듯이 말이죠. 그래서인지 책을 펴는 순간부터 쉽게 빠져들고 맙니다. 강연한 내용을 교정하여 책으로 풀어쓴 탓도 있지만, 저자 특유의 부드러움과 진솔한 말투, 그러면서도 학자로서의 그의 노력과 지적 탐구에 대한 열정이 책 여기저기에 진하게 배어 있기 때문입니다. 저자의 걸음을 느릿느릿 따라가다 보면, 학창시절 미술 시간이나 역사 시간에 배워 익숙하고 잘 알고 있다고 생각했던 우리 옛것을 만나게 됩니다. 그의 이야기를 통해 이전과는 다른 새로움과 경이로움을 경험하게 됩니다.

김홍도의 '씨름(단원풍속첩 중 종이에 수묵 담채, 국립중앙박물관 소장, 보물 제527호)'은 많은 이들이 알고 있는 그림입니다. 이 그림에 등장하는 인물이 몇 명이 되는지 생각해 본 적이 있나요? 스물두 명이나 되더군요. 그림 중앙에서 씨름이 한창인 씨름꾼의 승부는 어떻게 될까요? 그런데 그림을 찬찬히 자세히 들여다보면 알게 됩니다. 승부를 겨루고 있는 두 사람의 신분이 다른 것도 보입니다. 씨름 경기가 한참이나 되었는지 비스듬히 누운 사람도, 저린 다리를 펴고 앉은 사람도 보입니다. 다음 차례를 기다리는 선수의 긴장감도 느껴집니다. 투박한 붓으로 쓱쓱 그린 듯한 선과 점으로 사람들의 미세한 표정을 담아낸 김홍도의 마음을 읽어가는 재미가 쏠쏠합니다. 이 그림을 본다는 건 단순히 씨름 장면만을 보는 것이 아니라, 몇백 년의 시간을 거슬러 올라가, 그림을 보고 있는 저를 씨름판의 어디쯤에 놓이게 합니다. 오주석은 말합니다.

> 선인들의 그림을 잘 감상하려면 첫째, 옛사람의 눈으로 보고, 둘째, 옛사람의 마음으로 느껴야 한다. 공부 더한 사람이 그림을 더 잘 보는 것이 아닙니다. 대상을 사랑하고 생태를 알고 찬찬히 눈여겨보는 것이 더 중요해요.

2005년, 49세의 나이에 백혈병으로 유명을 달리한 저자의 생이 안타깝습니다. "생전에 그는 사람은 하늘과 땅의 마음을 가진 존재(人者天地之心也)라는 말을 즐겨 썼다. 비록 지금 세상은 하늘과 땅의 마음을 잊은 채 약삭빠른 천박함이 판을 치지만 좋은 것은 변하지 않는다는 말처럼 그가 남긴 글과 마음은 오래도록 변하지 않을 또 하나의 새로운 문화유산이 됐다." 라는 어느 신문에 실린 글이 우리 옛 그림의 여백처럼 오래도록 가슴에 머무릅니다.

함께 읽으면 좋은 책

- 오주석, 『그림 속에 노닐다』, 솔, 2008
  故 오주석 선생의 3주기를 맞아 간행된 유고집으로, 옛 그림 읽기의 재미와 그 속에 담긴 사람들의 소소한 일상을 풀어 놓았다.

사람의 온기를 간직한 옛 그림들

DDP의 간송문화전

주말에 모임이 있었습니다. 25~6년 전에 같은 대학을 졸업한 선후배끼리 방학 때마다 모이는 모임인데, 이번 여름에는 서울 나들이를 했습니다. 나이 50살 먹은 남자 여덟 명이 봉고차에 몰려 타고, 종로구 사직동 토속촌 삼계탕도 먹고, 북촌에 있는 백인제가옥도 방문하고 DDP(동대문디자인플라자)에도 갔습니다.

DDP에서는 간송문화전이 열리고 있었습니다. 가끔 서울에 볼일이 있을 때, 시간 여유가 생기면 잠시 와서 전시를 보고 가곤 합니다. 지난번에 왔을 때의 주제는 '5부 화훼영묘_자연을 품다'였고, 이번 전시회의 주제는 '6부 풍속인물화전_일상 꿈 그리고 풍류'입니다. 조선 시대 3원이라 일컬어지는 혜원(蕙園) 신윤복, 단원(檀園) 김홍도, 오원(吾園) 장승업의 그림 외에도 '야묘도추'로 유명한 긍재 김득신 등의 그림을 가까이에서 볼 기회였습니다. 특히 신윤복의 '미인도'와 '월하정인', '단오풍정' 등이 수록된 '혜원전신첩(국보 제135호)', 김홍도의 '단오풍속도첩(보물 제527호)'에 수록된 '씨름', '무동'과 '마상청앵도' 등 유명한 그림들을 실물로 감상하는 호사를 누렸습니다.

실물을 보면 우선 그림의 크기에 놀랍니다. 어떤 그림은 생각했던 것보다 훨씬 크기도 하고, 어떤 그림은 이렇게 작은 그림이었나 싶을 정도로 작습니다. 책을 통해 보는 그림들은 책 편집의 한계 때문에 다들 비슷비슷하잖아요. 도록에 그림의 크기를 표시해 주기도 하는데 그걸 봐서는 그 크기가 가늠이 잘 되지 않습니다. '미인도'의 경우는 길이가 114cm나 되고, '월하정인'이나 '씨름'같이 화첩에 포함된 그림들은 30cm도 안 되게 작습니다. 이런 그림들을 디지털로 복원해 놓았는데, 인간적인 맛이 없긴 하지만 그 화려한 색채에는 한동안 눈을 떼지 못하겠더군요.

이런 우리 옛 그림에 대해서 관심을 가지게 된 것은 순전히 『오주석의 한국의 미 특강』이라는 책 덕분이라고 앞서 언급하였습니다. 그는 우리 옛 그림을 어떻게 가슴에 담을 수 있는지 차근차근 알려 줍니다. 그림 속에 담겨 있는 모습이 바로 우리 조상들의 삶이며 역사라고 말해 줍니다.

기다림에 담긴 사연

그래서 그런 걸까요? 『옛 그림에도 사람이 살고 있네』라는 책 제목이 마음을 확 잡아당깁니다. 옛 그림 속에 사람이 살고 있다고, 그 사람들의 이야기를 듣고 싶지 않으냐고 묻는 듯합니다.

안견의 '몽유도원도'에서는 그림의 소재가 된 꿈의 주인공인 안평대군을 둘러싼 인간 군상의 삶을 얘기합니다. 추사 김정희의 '세한도'에는 어려운 시기에도 시들지 않은 스승에 대한 제자의 의리와 그런 제자에 대한 스승의 사랑이 담겨 있습니다. 신윤복의 그림으로 전해지는 '기다림'에서는 사랑해서는 안 될 사람을 기다리는 여인의 마음을 애틋하게 따라가게 됩니다.

'몽유도원도(夢遊桃源圖)'는 조선의 화가 안견(安堅)이 세종의 셋째 왕자 안평대군의 꿈 이야기를 듣고 그린 산수화입니다. 세종과 문종 때의 화가인 안견은 한국 산수화 발전에 큰 영향을 끼친 인물로, 이 그림을 그릴 당시에 안평대군의 든든한 후원을 받고 있었다고 합니다. 1447년에 그려진 이 그림은 보통의 두루마리 그림과는 다르게 왼쪽 하단부에서 오른쪽 상단부로 이야기가 펼쳐집니다. 왼편 하단부에는 현실 세계, 가운데 부분은 무릉도원으로 가는 길, 나머지 오른쪽 부분은 꿈속 세계인 무릉도원을 표현하고 있습니다.

그림의 첫인상은 우리가 평소 보던 산과 계곡의 느낌과는 좀 '다르구나'입니다. 한국화 같다는 느낌이 들지 않죠. 풍화 작용으로 침식되어 구름이 피어오르는 것 같이 생긴 산을 표현하는 운두준법이나, 가느다란 형태의 나무를 표현하는 세형침수 등 중국 화풍의 영향 때문입니다. 하지만 그런 낯섦은 아마도 꿈속에서나 만날 수 있는 무릉도원의 느낌과 겹쳐지면서 신비감을 가지게도 합니다.

그림 양쪽으로 안평대군의 제서와 시 한 수가 적혀 있고, 신숙주, 정인지, 박팽년, 성삼문 등 당대 20여 명의 찬문이 있는데 모두 친필입니다. 찬문을 쓴 면면을 보면 안평대군의 인품과 인간관계를 미뤄 짐작할 수 있습니다. 하지만 이 그림에 새겨진 충절과 우의도 그리 오래가지는 못합니다. 그림의 주인인 안평대군은 형인 수양대군이 일으킨 계유정난(1453년)으로 귀양을 가게 되고, 얼마 후 결국 사사되고 맙니다. 이 그림에 찬문을 지었던 이들 중에 정세에 따라 안평대군에게 등을 돌리고 수양대군에게 붙은 이들이 있습니다. 특히 안평대군의 총애를 받던 안견은 안평대군의 귀한 먹을 일부러

훔친 일로 인해 안평대군과 고의적으로 멀어지면서 자기 몸을 지켰다는 이야기가 전해지기도 합니다. 그림 속에는 꿈을 꾼 안평대군과 그와 함께 무릉도원을 찾아갔던 신하들, 그림을 그린 안견의 삶의 이야기들이 담겨 있습니다.

'세한도(歲寒圖, 국보 제180호)'는 소나무와 잣나무 네 그루와 소박한 집 한 채가 그려진 그림입니다. 1844년에 제주도에 귀양 가 있던 추사 선생이 제자 이상적에게 그려 준 것입니다. 그림 왼쪽에 있는 발문에 이 그림을 왜 그렸는지에 대한 설명이 있습니다. 정치적 사건에 연루되어 제주도로 귀양을 간 자신에게 역관인 제자 이상적이 북경을 다녀오며 가져온 귀한 서책을 두 번이나 보내 준 것에 대한 고마운 마음에 이 그림을 그려주었다고 합니다.

예나 지금이나 세상의 인심은 권세와 이익을 따르기 십상입니다. 귀양 간 스승에게 마음을 보이는 것은 자칫 본인도 화를 입을 수 있는 위험한 일입니다. 제자 이상적은 그런 세태를 따르지 않고 상관하지도 않은 모양입니다. 그림의 이름이 세한도인데, 발문에 쓰인 내용에 그 사연이 있습니다. '날이 차가워진 이후라야 소나무와 잣나무가 늦게 시드는 것을 안다(歲寒然後 知松柏之後凋, 세한연후 지송백지후조)'라는 『논어』 자한 편에서 인용한 글귀입니다. 날이 차가워져도 시들지 않은 소나무와 전나무의 올곧음을 제자 이상적에게서 느낀 스승의 마음이라는 의미입니다. 추사 선생의 높은 이름 때문이 아니라, 이 그림 속에 담겨 있는 스승과 제자의 늘 푸름이 우리 모두가 소중히 생각해야 하는 국보의 가치를 가지는 것이 아닌가 생각을 해 봅니다.

이 그림의 유래도 그렇지만 지금 우리가 박물관에서 이 그림의 실물을 볼 수 있게 된 이야기가 따로 있습니다. 일제강점기인 1930년대 중반에 이 씨 문중을 떠난 이 그림이 경성제대 교수인 후지쓰카라는 일본인에게 넘어갑니다. 그는 이 그림을 가지고 일본으로 돌아갔고, 후에 그 사실을 알게 된 서예가 소전 손재형 선생이 그 그림을 찾으러 일본으로 직접 건너갑니다. 전해지는 이야기에 의하면, 선생은 근 100여 일을 후지쓰카의 집으로 찾아가 그림을 돌려줄 것을 요청했다고 합니다. 처음엔 돌려 줄 뜻이 없었는데, 선생의 노력에 감복한 후지쓰카가 결국 그림을 돌려주게 되었다는 겁니다.

꿈에도 그리던 그림을 들고 현해탄을 건너오던 소전 선생의 마음을 생각하면 괜스레 가슴이 뜨거워집니다. 그 이후 후지쓰카의 집은 미군의 폭격에 의해 피해를 당했다고 하니 만일 소전 선생의 노력이 없었다면 우리는 '세한도'라는 그림을 알지도 보지도 못했을지도 모릅니다. 그랬다면 추사와 이상적이 나누었던 스승과 제자의 따뜻함도 알지 못했을 겁니다.

그림 하나를 더 소개합니다. 그림 중앙에 담에 기대어 선 여인이 있습니다. 구김이 없는 하얗고 긴 앞치마를 두르고 트레머리를 단아하게 올린 여인입니다. 고개를 왼쪽으로 돌리고 있어서 얼굴의 생김새나 표정을 읽을 수는 없습니다. 그래도 누군가를 애타게 기다리고 있는 모습이 역력하다는 걸 알 수 있습니다.

여인이 기대어 선 담 너머로 버드나무가 흐드러져 있는 거로 보아 만물이 생동하는 봄인가 봅니다. 기대어 선 담장, 버드나무, 여인, '노류장화(路柳墻花)'입니다. 노류장화는 누구든지 쉽게 꺾을 수 있는 길가의 버드나무와 담 밑의 꽃이라는 뜻인데 기생을 비유적으로 이르는 말입니다. 여인이 뒤로 맞잡은 손에 송낙이 들려 있습니다. 송낙은 불가의 승려가 평상시에 쓰는 모자입니다. 아마도 여인이 기다리는 임이 송낙의 주인인 것을 암시하는 듯합니다. 기생과 승려, 누가 알기라도 하면 한바탕 소동이 날 기다림입니다. 여인의 기다림이 얼마나 길어질지 알 수 없습니다. 세속의 여인이, 그것도 기생이 불가의 승려를 기다리는 모습이라 더 애틋하고 아립니다. 여인의 마음은 아랑곳없이 봄바람에 한들거리는 버드나무가 야속합니다. 그림을 가만히 들여다보고 있으면 저 역시 누군가를 기다리고 싶어집니다. 혜원 신윤복이 그렸다고 전해지는 '기다림'이라는 이 작은 그림에서 요즘의 시 한 편을 떠올리게 됩니다. 바로 황지우의 '너를 기다리는 동안'입니다.

네가 오기로 한 그 자리에
내가 미리 가 너를 기다리는 동안
다가오는 모든 발자국은
내 가슴에 쿵쿵거린다
바스락거리는 나뭇잎 하나도 다 내게 온다
기다려 본 적이 있는 사람은 안다
세상에서 기다리는 일처럼 가슴 애리는 일 있을까
네가 오기로 한 그 자리, 내가 미리 와 있는 이곳에서
문을 열고 들어오는 모든 사람이
너였다가
너였다가, 너일 것이었다가

다시 문이 닫힌다

사랑하는 이여

오지 않는 너를 기다리며

마침내 나는 너에게 간다

아주 먼 데서 나는 너에게 가고

아주 오랜 세월을 다하여 너는 지금 오고 있다

아주 먼 데서 지금도 천천히 오고 있는 너를

너를 기다리는 동안 나도 가고 있다

남들이 열고 들어오는 문을 통해

내 가슴에 쿵쿵거리는 모든 발자국 따라

너를 기다리는 동안 나는 너에게 가고 있다.

사랑하면 달리 보인다

『이윤기의 그리스 로마 신화』 서문에 이런 글귀가 있습니다. "알면 사랑하게 되고 사랑하면 보이나니 그때 보이는 것은 이전에 보이는 것과 다르다." 이 문장을 자세히 들여다보면 '안다', '사랑한다', '보인다'라는 세 가지 동사로 연결되어 있다는 것을 알 수 있습니다. 잘 알아야 사랑하게 되고, 서로 사랑하게 되면 그 이전에는 보이지 않던, 보지 못했던 것들을 볼 수 있다는 의미입니다. 우리 옛 그림을 알게 되고 그 속에 살고 있는 사람들에 대한 이야기를 알게 되면, 그 그림을 사랑하게 됩니다. 사랑하게 되면 다시 보게 되고 그때 보이는 그림은 이전에 보았던 그림과 확연히 달라집니다.

내가 보는 그림 속 어디쯤에 어느새 내 마음이 조그맣게 자리를 잡습니다. 유배지에서 쓸쓸히 사약을 받은 안평대군과 무릉도원을 찾아 떠났던 신하들은 지금쯤이면 그들이 함께 꿈꾸던 무릉도원에 모여 술잔을 기울이고 있겠지요. 추사 선생과 제자 이상적은 서로 주고받은 책과 그림에 대해 이야기를 하며 사제의 정을 나누고 있겠지요. 누군가를 애타게 기다리던 담장 옆의 그 여인은 이제는 기다리는 임을 만나 서로의 애틋한 눈빛을 느끼겠지요.

내가 사랑하게 된 옛 그림에는 수백 년의 세월을 지난 오늘도 여전히 사람들의 온기가 남아 있습니다.

함께 읽으면 좋은 책

- 오주석, 『오주석의 옛 그림 읽기의 즐거움 1, 2』, 솔, 2005~2006
  1권에는 11점, 2권에는 6점의 우리 옛 그림과 관련된 일화와 출처, 시문, 그리고 화가가 살았던 당시의 시대와 삶을 담고 있다.
- 백인산, 『간송미술 36: 회화』, 컬처그라퍼, 2014
  신윤복의 미인도, 신사임당의 포도 등 간송미술관이 소장하고 있는 36점의 회화 작품을 자세히 들여다 볼 수 있는 안내서이다.

이주헌, 『지식의 미술관』, 아트북스, 2009

미술관에 가고 싶다

미술관에 가는 이유

외국 여행을 다닐 때 꼭 빼놓지 않고 가는 곳이 박물관과 미술관입니다. 영국에 가면 영국박물관(The British Museum)을, 프랑스에 가면 루브르 박물관(Louvre Museum)과 그곳에서 멀지 않은 오르세 미술관을 꼭 가봐야 하죠. 꼭 가봐야 한다고 해서 의무적인 건 아니지만, 왠지 그곳에는 꼭 가봐야 런던이나 파리를 본 것 같은 생각이 듭니다. 어린 자녀를 데리고 가는 경우에는 더더구나 박물관과 미술관을 빼먹을 수가 없습니다. 아이들에게 한꺼번에 많은 것을 보여주고 싶어하는 부모의 작은 욕심 때문이죠.

사실 박물관이나 미술관을 둘러보는 일은 어른도 힘든 일입니다. 박물관이나 미술관의 규모에 따라 다르긴 하지만, 영국박물관이나 루브르박물관, 오르세미술관, 고흐미술관 등 세계적으로 유명한 곳들은 몇 시간 만에 다 볼 수도 없습니다. 유명한 작품 위주로 눈도장을 찍고 오는 정도라고 해도 며칠 걸릴 텐데, 그걸 단 몇 시간 만에 해결하려고 하다 보니 더 힘들어지는 거죠. 단체관광이라도 가게 되면 사정은 더합니다. 빡빡한 여행 일정 때문에 여러 군데를 짧은 시간에 다 소화하려면 바쁘게 다닐 수밖에 없죠. 경험상으로 아이들은 이곳을 별로 좋아하지 않습니다. 자연사 박물관은 그나마 좀 낫긴 하지만, 아이들은 박물관에 누워 있는 유물이나 미술관의 벽을 채우고 있는 그림에 별로 관심이 없습니다. 그들이 들려주는 이야기에 귀를 기울이지 않습니다.

미술작품은 화가 개인의 생각만을 반영하는 것이 아니라, 그 시대 사람들의 집단적인 사고방식을 반영하는 창 역할을 한다고 합니다. 작품을 통해서 그와 함께 살았던 사람들의 숨결을 느낄 수 있다는 의미입니다. 클로드 모네의 '인상, 해돋이' 속 항구의 일렁이는 물결은 19세기 후반, 새로운 변화가 먼 바다로부터 밀려올 것임을 예감합니다. 아카데미를 중심으로 한 고전주의에 반기를 든 인상파 화가들, 그들에 대한 세상 사람들의 조롱과 비난, 그 속에서 시시각각 변하는 빛에 따른 색채의 변화를 추구했던 화가들의 고뇌가 고스란히 담겨 있습니다.

영국박물관의 한 전시관을 차지하고 있는 그리스 파르테논 신전의 조각상인 엘긴 마블스는 그 아름다움에 감탄하기에 앞서 '왜 여기에?'라는 질문을 먼저 떠올리게 됩니다. 약탈이냐 반환이냐, 세계 문화유산을 더 잘 보호할 수 있는 곳에서 보관하는 것이 옳으냐, 부서지고 닳아가는 것 또한 문화재의 역사가 아니냐 하는 질문들을 던집니다. 수천 년 전 생명 없는 돌에 숨결을 불어넣은 장인이 이 광경을 본다면 뭐라고 할까 하는 생각도 해 봅니다.

인상파 화가들의 혁신적인 작품을 보든, 오래전 그리스 신전의 벽면을 영국의 박물관에서 마주하든, 예술 작품은 단지 겉으로 드러나는 아름다움만을 느끼게 하는 것은 아니라는 사실을 부인할 수 없습니다.

그림 속의 단서, 알레고리

17세기 바로크 시대를 이끈 독일 태생의 벨기에 화가 루벤스는 '파리스의 사과'라는 작품을 여럿 그렸습니다. 작품에 등장하는 인물은 트로이의 왕자 파리스, 전령의 신 헤르메스, 그리고 아름다움을 서로 다투던 헤라, 아테네, 아프로디테입니다. 작품의 배경은 이렇습니다. 올림포스 산에서 열린 펠레우스와 테티스의 결혼식(두 사람은 트로이 전쟁의 영웅인 아킬레우스의 부모)에 단 한 명의 신만 빼고 그리스 신들이 모두 초대를 받았습니다. 그러자 결혼식에 초대받지 못한 불화의 여신 에리스가 심술을 부립니다. 결혼식장에 나타나 황금 사과를 던져 주며 세상에서 가장 아름다운 여인이 그 사과의 주인이 될 거라는 말을 남기고 사라집니다.

헤라와 아테네, 아프로디테는 에리스의 의도대로 서로 자기가 황금 사과의 주인이라고 주장하며 다툽니다. 그러다가 하늘의 신 제우스에게 판결해 달라고 청을 하지만, 여자들의 다툼에 말려들고 싶지 않은 제우스는 그 판단을 트로이 왕자인 파리스에게 맡겨 버립니다. 그 사실을 전령의 신 헤르메스가 파리스에게 전달하고, 세 여신들은 파리스의 결정을 듣기 위해 모여 있는 장면을 그린 것이 바로 '파리스의 심판'입니다.

그림이 들려주는 이야기를 제대로 이해하려면 그리스 로마 신화에 대해서도 어느 정도 알아야 합니다. 좀 쉬운 방법이 있습니다. 그림에는 각각의 인물이 누구인지를 알려 주는 상징인 알레고리가 있습니다. 헤르메스를 알려 주는 건 뱀의 형상이 있는 지팡이와 날개 달린 신발이나 투구입니다. 그것을 알면 그림 속의 두 남자를 헤르메스와 파리스로 금방 구분할 수 있습니다. 여신들도 누가 누구인지 알려 주는 알레고리가 있습니다. 지혜와 전쟁의 신인 아테네를 나타내는 것은 투구입니다. 투구와 가까이 있거나 투구를 쓰고 있는 여인이 바로 아테네인 거죠. 미의 여신 아프로디테에게는 사랑의 화살을 들고 다니는 큐피드가 늘 따라다닙니다. 제우스의 아내이자 결혼의 신인 헤라의 알레고리는 공작새입니다. 공작의 깃털을 두르고 있거나 공작새가 곁에 있으면 헤라라고 알려 주는 것입니다. 루벤스의 그림뿐만 아니라 그리스 신화를 소재로 한 그림이나 또 다른 소재의 그림에도 이런 알레고리가 있습니다. 알레고리를 이해하면 작품이 들려주는 이야기를 좀 더 재미있게 들을 수 있습니다.

잭슨 폴록의 '넘버 5'

잭슨 폴록(Jackson Pollock, 1912~1956)의 그림 '넘버 5'는 2006년 소더비 경매에서 1억 4천만 달러, 한화로 약 2,000억 원에 판매됩니다. 잭슨 폴록은 프란츠 클라인(Franz Kline), 마크 로스코(Mark Rothko) 등과 함께 1940~1950년대 미국 미술계의 동향인 추상표현주의를 대표하는 화가입니다. 추상표현주의라는 용어는 미국 평론가 알프레드 바(Alfred Barr)가 1929년 미국에서 전시 중이던 칸딘스키(Wassily Kandinsky, 1866~1944)의 초기 작품에 대해 사용했던 용어입니다. 추상표현주의는 회화 작품 활동에 있어서 무의식성을 강조합니다. 잭슨 폴록이 그림을 그리는 방식을 생각해 보면 무의식성이 어떤 의미인지 짐작이 됩니다. 폴락은 1940년대 후반부터 마룻바닥에 큰 화포를 펴 놓고 공업용 페인트를 무작위로 떨어뜨리고 뿌리는 방식, 일명 액션페인팅(Action Painting) 방식으로 작업을 했습니다. 그의 액션페인팅 기법은 그가 그린 그림뿐만 아니라, 그림을 그리는 행위 자체도 예술로 승화되어 유명세를 탔습니다.

이런 그의 그림에는 시대의 정치 상황이 얽혀 있습니다. 그가 활동하던 시기는 미국과 구소련의 대결구도가 강했던 냉전 시대입니다. 당시 예술의 중심지는 파리였습니다. 미국은 지적 자유가 충만하고, 창의성이 발현되고, 구소련을 중심으로 한 공산주의 예술을 능가하는 문화적으로 풍부한 민주국가를 표방하고 싶어 합니다. 그러기 위해서는 예술의 중심을 파리에서 뉴욕으로 바꿀 필요가 있었죠. 추상표현주의의 자유분방함이 미국의 자유 민주주의와 어울린다고 생각했습니다. 국가, 특히 CIA에서 전략적으로 예술을 전방위적으로 지원하게 됩니다. 언론과 평론을 통해 분위기를 조성하고, 작가들을 후원하고 현대 미술의 메카로 성장한 뉴욕 현대 미술관(Museum of Moden Art, MoMA)을 설립하는 일을 지원합니다. 이런 노력의 결과로 뉴욕이 세계 예술의 중심으로 성장하게 되었던 거죠. 예술의 발전에 국가, 그것도 정보기관이 개입했다는 사실은 그 결과가 어떠했는지와는 별개로 환영할 만한 일이 못 됩니다. 예술에서 인위적인 조작의 냄새가 나기 때문입니다. 예술이 예술 그 자체로 평가받지 못하고 정치와 국가의 이익에 종속되어 버립니다. 2017년 새해 벽두에 우리를 더욱 참담하게 만든 '블랙리스트' 사건이 국민의 지탄을 받은 이유가 그와 같습니다.

다시 오르세 미술관에 간다면

작품 속에 들어 있는 알레고리를 이해하는 것, 예술의 사조가 탄생하고 변해가는 배경을 이해하는 것은 작품이 들려주는 이야기에 더 귀를 기울이게 합니다. 그래서 이주헌은 『지식의 미술관』이라고 했는지 모릅니다. 그러면서도 그는 단순히 지식의 양이 감상자의 감상 능력과 안목 수준을 결정하는 것은 아니라고도 말합니다. 직관을 활용해 작품의 본질을 들여다보는 능력이 더 중요하다고 강조합니다. 직관이란 감각의 작용으로 직접 외부의 사물에서 얻는 구체적인 느낌을 말합니다. 판단이나 추리 따위의 사유 과정을 거치지 않고 대상을 직접적으로 파악할 수 있는 능력을 말하는 거죠. 이런 직관을 일곱 번째 감각 또는 7감이라고도 합니다. 시각, 청각, 후각, 미각, 촉각을 5감이라고 하고, 6감인 직감과 사고 능력을 합쳐 7감이 됩니다.

직관은 미술 작품을 이해하는 데도 중요하지만, 경영이나 과학의 발명에도 중요하게 여겨집니다. 스티브 잡스는 그 유명한 스탠포드 대학교 졸업식 연설에서 "여러분의 시간은 한정되어 있습니다. 그러므로 타인의 삶을 살며 낭비하지 마십시오. 당신의 마음과 직관을 따를 용기를 가지십시오."라고 자신의 직관을 믿고 따를 것을 강조했습니다. 그가 소비자의 요구와 욕구를 먼저 알아채고 시대를 앞서 나가면서 아이팟, 아이폰, 아이패드로 만든 스마트 세상은 직관의 힘에 의한 것이라고 합니다. 발명왕 에디슨도 이렇게 말했습니다. "발명은 1%의 영감과 99%의 노력으로 만들어진다." 우리는 99%의 노력이 중요하다는 뜻으로 이 문장을 인용하지만, 에디슨의 진짜 의도는 1%의 영감인 직관이 없으면 아무리 노력해도 소용없다는 의미로 한 말이라고 알려져 있습니다.

직관은 경영자의 눈에도, 과학자의 눈에도, 예술가나 감상자의 눈에도 필요한 것입니다. 특히 예술 작품의 본질을 들여다보고 그 안에 담긴 시대정신과 삶, 역사와 변화의 힘을 알아내는 데 직관은 중요합니다. 하지만 그 능력을 배양하기 위해서는 지식과 경험의 확대를 위한 노력이 필수적이라는 것도 사실입니다. 한두 권의 책 읽기만으로 그러한 능력이 생길 리 만무하겠지만, 이주헌이 제시하는 30가지의 미술 키워드를 통해 그림을 좀 더 제대로 볼 수 있는 힘이 생기지 않을까 기대합니다. 그렇다 하더라도 직접 미술관을 찾아 가까운 거리에서 작품의 숨소리를 느끼며 그 속에서 들려오는 왁자지껄한 이야기를 듣는 것에 비할 바는 아니겠지요.

오르세미술관을 가 본 지 10년이나 되었네요. 그땐 그곳에 있던 작품들이 하는 이야기를 들을 준비가 되어 있지 않았습니다. 다시 오르세미술관의 모네 그림 앞에 서면 한동안 가만히 서서 귀를 기울여 볼 수 있을 것 같습니다. 어쩌면 그의 숨소리를 들을 수도 있을 것 같습니다. 그래서 오늘 무척이나 미술관에 가고 싶어집니다.

함께 읽으면 좋은 책

- 이주헌, 『역사의 미술관』, 문학동네, 2011
  나폴레옹, 퐁파두르 부인 등 유명한 역사적 인물이나 흥미로운 역사적 사건과 관련된 그림에 관한 책으로, 그림을 통해 서양의 역사를 들여다 볼 수 있다.

- 이진숙, 『시대를 훔친 미술』, 민음사, 2015
  르네상스, 프랑스 혁명, 양차 대전 등 세계사적 사건들을 표현한 그림을 통해 인간의 역사와 삶을 이야기한다.

- 김창대, 『미술관에 간 CEO』, 웅진지식하우스, 2011
  통찰력, 융합, 일상타파 등 8가지 경영 관점에서 예술가의 눈을 통해 기업이 나아갈 방향과 미래 성장 동력에 대한 시사점을 찾는다.

다방 커피와 핸드드립 커피

- 김훈태, 『핸드드립 커피 좋아하세요?』, 갤리온, 2010

2004년도에 카이로에 살 때의 일입니다. 그때는 커피에 대해 잘 알지도 못하고 관심도 없었을 때죠. 그래도 늘 식사 후에는 커피 한 잔을 했습니다. 손님이 여러 번 찾아오는 날에는 하루에 다섯 잔을 마시기도 합니다. 요즘처럼 아메리카노나 핸드드립 커피를 주위에서 접하기가 쉽지 않았으니, 커피에 프림(인스턴트커피에 넣어 먹는 첨가물, 프림은 콩글리시로 영어로는 Creamer라고 한다. 당시에 대표적인 제품이 '프리마'다)과 설탕을 섞어 마시는 일명 '다방 커피'를 마셨죠.

맛있는 다방 커피를 만들기 위해서는 배합을 잘 해야 합니다. 보통은 커피, 프림, 설탕을 각각 두 스푼씩 넣는 것이 기본인데, 마시는 사람의 기호에 따라 그 비율이 달라지기도 합니다. 단맛을 좋아하는 사람은 설탕을 더 넣고, 부드러운 맛을 좋아하는 사람은 프림을 더 넣는 등 나름 다방 커피의 레시피가 있었던 거죠. 마시는 사람뿐만 아니라 커피를 타는 사람에 따라서 맛의 차이가 확연합니다. 맛도 맛이지만 커피 한 잔을 마시기 위해 커피, 프림, 설탕을 각각 통에 담아 두고 마실 때마다 타는 것도 참 귀찮은 일입니다. 인스턴트 믹스 커피가 나온 이유일 겁니다.

시나이 산에서 마셨던 믹스 커피

인스턴트커피에 설탕과 프림을 함께 넣어 만든 것을 믹스 커피라고 하는데, 1976년 동서식품에서 세계 최초로 개발했다고 합니다. 끓는 물에 이 믹스 커피 한 봉지만 넣으면 쉽사리 달짝 쌉쌀한 인스턴트커피를 마실 수 있다는 편리함이 인기의 이유였습니다. 커피전문점이 우후죽순처럼 생기는 요즘에도 믹스 커피는 여전히 사람들의 사랑을 받고 있습니다.

이 믹스 커피를 정말 맛있게 먹었던 기억이 있습니다. 이집트 시나이반도에 시나이 산이 있습니다. 모세가 이집트에서 고생하는 이스라엘 백성을 구출해 출애굽을 하면서 이 산에 올라 야훼로부터 십계명을 받았다고 해서(출애굽 20장) '모세 산'이라고도 불립니다. 세계 여러 나라의 많은 사람들이 성지순례 코스로 이 산을 오릅니다. 사람들은 대개 낮에 산을 오르지 않고, 산 너머로 솟아오르는 아침 해를 보기 위해 어두운 새벽에 등반을 합니다. 나무 한 그루 찾기 힘든 돌산이지만 아침의 태양빛을 받은 붉은 돌산이 주는 장엄함이 장관입니다. 숭고함이 가슴 저 밑바닥부터 차오르는 것을 느낄 수 있죠.

2~3시간을 천천히 걸어 오르면 정상에 도달할 수 있습니다. 정상 부근에는 꽤 기온이 낮습니다. 어린 두 딸과 함께 정상 근처 매점에서 대여해 주는 담요를 몸에 두르고 부들부들 떨며 해를 기다리고 있을 때였습니다. 한국에서 여행을 오신 분이 추운데 아이들 먹으라고 컵라면을 주면서 맥심 믹스 커피 2개도 함께 주시더군요. 한국에서는 흔하디흔한 것이 컵라면과 믹스 커피지만, 이집트에서는 구할 수 없는 것들이라 귀하디귀한 것입니다. 특히나 쌀쌀한 새벽녘에 마시는 달콤한 믹스 커피라니… 그때 그 산 위에서 마셨던 그 믹스 커피 맛은 이집트 생활을 기억하는 하나의 추억입니다.

예전 어른들은 식사를 마치고 밥상을 물리기 전에 숭늉을 마셨습니다. 어느 순간 숭늉을 대신하게 된 것이 믹스 커피입니다. 도시나 농촌 할 것 없이 식사 후에 커피 한 잔 하는 것이 흔한 풍경입니다. 요즘 직장인은 믹스 커피보다는 아메리카노를 마시는 경우가 많지만, 여전히 믹스 커피를 찾는 사람도 많습니다. 아메리카노와 다르게 믹스 커피에서는 왠지 삶의 고단함이 묻어납니다. 농촌 들녘에서 새참을 먹은 후에 마시는 커피, 이른 새벽 노동시장에서 모닥불을 피워 놓고 하루를 시작하기 전에 마시는 커피, 여름 소나기에 잠시 일손을 놓고 땀을 닦아내며 마시는 커피가 바로 믹스 커피니까요. 믹스 커피의 절반이 설탕 성분이라고 해서 건강상의 문제를 제기하는 사람도 있지만, 그런 사람조차도 가끔씩은 달달한 믹스 커피를 찾게 됩니다. 우리의 입에 착 감기는 그 느낌이 그리울 때가 있거든요.

로부스타 커피와 아라비카 커피

믹스 커피에는 대개 로부스타(Roubusta) 커피 종류가 사용됩니다. 아라비카(Arabica)종을 섞어 쓰기도 하지만 로부스타가 상대적으로 값이 싸기 때문에 더 많이 사용된다고 합니다. 로부스타종은 강수량이 많고 기온이 높은 서

남아프리카와 동남아시아 저지대 지방에서 대규모로 재배됩니다. 인도네시아 만델링이 대표적인 로부스타종 커피입니다. 반면에 아라비카는 강수량이 1,500~2,000mm, 평균기온은 15~24도, 해발 600~2,000m의 선선한 고지대에서 잘 자랍니다. 특히 화산재로 인해 물 빠짐이 잘 되는 토양에서 주로 재배됩니다. 생두의 크기도 둥글고 작은 로부스타종에 비해 크고 길쭉하게 생겼죠. 브라질, 콜롬비아, 칠레, 파라과이 등에서 재배되며 전 세계 커피 생산량의 70% 이상이 아라비카종입니다.

　로부스타에 비해 아라비카종이 더 비싸고 품질이 우수한 것으로 인식되고 있습니다. 어느 커피 광고에 배우 고현정이 나와서 100% 아라비카로 커피를 만든다고 강조했었죠. 로부스타종은 저지대에서 재배되므로 기계로 수확이 쉬워 덜 익거나 벌레 먹은 것 등 품질이 좋지 않은 것이 많이 섞여서 전체적으로 질이 떨어집니다. 반면에 아라비카종은 기계가 들어갈 수 없는 고산지대에서 자라기 때문에 소규모 농장이 많습니다. 농부의 세심한 손길이 많이 갑니다.

　언제부터인가 강원도 강릉이 커피로 유명해졌습니다. 안목 바닷가의 커피 거리를 찾는 사람들이 많습니다. 커피 거리는 아니지만 사실 더 유명한 곳이 박이추 선생의 '보헤미안'과 커피전문점 '테라로사'입니다. 테라로사에 가면 커피로 마실 수 있지만, 커피 묘목도 살 수 있습니다. 몇 달 전에 그곳에서 아주 작고 어린 커피 묘목을 네 그루 사 왔습니다. 그루라고 하기에도 힘들 정도로 작은 나무였습니다. 동봉해 주는 설명서에 3~4년 정도 잘 키우면 재스민향이 나는 하얀 커피 꽃이 피고 열매가 맺는다고 되어 있군요. 각각의 나무에 칼디, 하라, 고흐, 모카라는 이름을 붙여 주었습니다. 커피를 우리에게 알려 준 에티오피아의 목동 칼디, 그가 살던 마을 하라, 마타리를 사랑했던 인상파 화가 고흐, 그리고 아라비아반도의 커피 수출항구 모카. 언젠가 그 나무에 핀 꽃을 보고 그 열매로 만든 커피를 마실 수 있도록 잘 키우고 있습니다.

　커피나무의 열매를 체리라고 하는데 우리가 흔히 아는 앵두의 크기와 비슷합니다. 그리고 열매 속의 씨앗을 건조하여 만든 것을 생두라고 합니다. 생두를 로스팅한 것을 원두, 이 원두를 갈아서 커피를 만드는 거죠. 한국에서는 인스턴트커피를 커피라 부르고, 그냥 원두를 추출한 커피는 원두커피라 부릅니다. 커피전문점이 많이 생긴 이후로는 아메리카노, 카페라떼, 카푸치노 등 좀 더 자세하게 말하는 경우가 많아졌습니다.

일본도 사정은 비슷해서 원두커피를 '레귤러커피'라고 부르기도 합니다. 일본은 커피를 우리보다 훨씬 더 빠른 시기에 접하고, 드립 커피도 발달해서 커피 장인들이 많습니다. 강릉 보헤미안 커피 공장의 한국 커피 1세대 커피 명인인 박이추 선생도 일본에서 공부한 분입니다. 그런데 실제로 일본에 가 보면 커피전문점을 찾기가 쉽지는 않습니다. 도쿄, 오사카, 오키나와, 대마도든 마찬가지입니다. 커피전문점이 어디 있는지 물어도 잘 알아듣지 못합니다. 커피를 일본어인 '고히'라고 해야 겨우 알아들을 정도입니다. 커피보다는 차 문화가 더 발달해서일까요?

핸드드립 커피의 수고로움

분쇄한 커피 빈(Coffee Bean, 커피콩)을 드리퍼에 담고 온수를 통과시켜 추출하는 커피를 핸드드립 커피라고 합니다. 커피를 추출하는 방식은 이 외에도 여러 가지 방식이 있으나, 커피 고유의 맛을 얻을 수 있는 방법 중에서 가장 좋은 방식이 바로 이 드립 방식입니다. 독일의 멜리타 여사가 터키 커피의 찌꺼기를 걸러 내기 위해 종이를 사용하다가, 그 방법을 편리하게 개량해서 깔때기(멜리타 드리퍼)를 만들어 사용한 것이 드립 커피의 시초로 알려져 있습니다. 그 후 드립 기구들이 일본에 넘어와 개량된 것이 지금의 핸드드립이 되었다고 합니다. 일본에서는 멜리타를 개선하여 추출구가 3개인 칼리타, 한 개의 큰 추출구 방식인 고노, 회오리 방식의 하리오 등 다양한 방식을 만들어 냈습니다. 핸드드립은 커피머신으로 내리는 방식에 비해 귀찮은 점이 많습니다. 커피 원두를 알맞게 갈아야 하고, 드립 주전자에 물을 옮겨 담아 적당한 온도로 가늘게 물을 떨어뜨려 추출해야 합니다. 추출한 후에도 커피 찌꺼기와 커피 필터를 처리해야 하는 등 일거리가 많아지죠.

핸드드립을 해 본 지 얼마 되지 않은 어느 날이었습니다. 아내는 동창회 산행을 가고 두 딸이랑 온종일 집에서 같이 있던 날입니다. 아침을 먹고 큰 애가 설거지를 하고, 저는 커피를 내렸습니다. 드립 기구를 살 때 같이 배달 되어 온 원두로 드립을 했습니다. 원두는 로스팅이 많이 되었는지 프렌치(7단계)나 이탈리안(8단계) 정도로 아주 까만 색깔이었습니다. 그래서 그런지, 아니면 추출 시간이 길어져서 그런지 내린 커피를 마셔 보니 원하던 커피 맛이 아니었습니다. 싱크대로 가서 그대로 부어 버렸죠. 그러고서는 다시 물을 끓이고, 주전자에 붓고, 커피를 다시 갈고, 드리퍼에 거름종이를 올리고, 물을 붓고… 설거지를 하던 큰 아이가 한심하다는 듯이 쳐다봅니다.

"왜?"

"무슨 커피를 그렇게 복잡하게 마셔요? 꼭 그렇게 해야 돼요? 그냥 믹스 커피 타서 마시지."

혀 차는 소리는 들리지 않았지만 분명 혀를 찼을 겁니다.

김훈태가 쓴 『핸드드립 커피 좋아하세요?』라는 책에 이런 글귀가 있습니다.

참된 커피를 즐기기 위해서 우리는 수고로움과 주변 사람들의 비아냥거림도 어느 정도 감내해야 한다. 하지만 진실의 힘으로 그들을 감화시켜야 한다.

진실의 힘이 무엇인지, 비아냥거리는 그들을 어떻게 감화시켜야 할지 잘 모르겠지만, 참된 커피를 즐기기 위한 수고로움은 언제나 감내할 준비가 되어 있습니다. 수고로움 뒤에 혀끝에 전해지는 커피 맛은 그럴만한 가치가 충분하니까요.

2장

행복하게 살아간다는 것

빌헬름 슈미트 저, 정영태 역, 『나이 든다는 것과 늙어간다는 것』, 책세상, 2014

주름에 새겨진 내 삶의 흔적

나이 들어가는 것이란

얼굴에 주름이 는다.

이마의 주름 골도 깊어지고, 눈가 주름도 많아졌다.

생각하지도 않던 목주름은 언제 이렇게 생겼는지도 모르겠다.

아침에 세수를 하고 가만히 거울을 들여다보며 언제 이렇게 늙었
나, 세월이 이렇게 지나가 버렸나 하고 가끔씩 생각한다.

거울을 보며 씨익 웃어 본다.

웃으면 주름이 더 선명해진다.

TV에서나 영화에서, 백화점이나 대형쇼핑몰에서 가끔 그런 이들
을 본다.

아름다운 주름을 가진 사람들.

그런 사람들의 주름 사이에는 연한 미소가 보인다.

뭔지 모를 여유로움도 보인다.

나이 듦에 대한 두려움도 없고,

젊은 시절에 대한 후회나 동경도 없어 보인다.

화냄도 없고, 원망도 없다.

나도 그런 주름을 갖고 싶다.

2009년 12월에 '아름다운 주름'이라는 제목으로 제가 운영하는 블로그(배정철의 서재)에 써 놓은 글입니다.

그때로부터 시간이 한참이나 더 흘렀으니 얼굴의 주름은 한층 깊어졌습니다. 나이 듦의 증거는 얼굴의 주름뿐만이 아닙니다. 시력도 나빠집니다. 안경을 벗고 싶어 40대 중반에 라섹 수술을 하고 새로운 세상을 찾았습니다. 그것도 겨우 1년뿐. 가까운 것도 먼 것도 다 잘 보여서 얼씨구나 싶더니 시간이 갈수록 그 밝은 세상은 자꾸만 흐려져 갑니다. 전등 불빛 아래에서 책이나 핸드폰을 볼 때 돋보기를 찾게 되는 건 이제는 자연스러운 일입니다. 돋보기를 챙기지 못한 날은 하루 종일 불안합니다.

늘어나는 뱃살은 또 어떤가요? 하루 이틀 술자리라도 하고 나면 다음 날 아침에 바지 입기가 불편해집니다. 바지가 줄었다고 탓하고 싶지만, 사실은 늘어난 뱃살이 원인입니다. 작심하고 저녁 운동을 나가 보지만 며칠 운동을 한다고 체중계 앞자리가 변하는 일은 좀처럼 일어나지 않습니다. 검은 머리카락이 흰 머리카락으로 빠르게 변해갑니다. 머리카락이 점점 비어가는 주변의 동년배들을 볼 때면 그나마 흰 머리카락이라도 자리를 지키고 있다는 것을 다행으로 생각해야 합니다. 팔이며 목, 배 여기저기에 생긴 빨간 점들은 또 어느샌가 까만 점이 되어 몸 구석구석을 점령해 갑니다. 그것들은 그래도 옷으로 가릴 수 있지만, 얼굴에 생겨나는 검버섯은 어쩔 도리가 없습니다. 이렇게 얼굴에 나타나, 매일매일 눈에 띄는 나이 듦의 표식은 다른 어느 것보다 강력합니다.

어디 신체적인 변화뿐이겠습니까? 스마트폰 스케줄에 메모해 놓지 않으면 출장이나 약속이 자주 겹칩니다. 저녁 약속을 해 놓고서는 집으로 그냥 퇴근해 버리기도 합니다. 등산모임에 가야 하는 날에 골프 약속도 해버려 곤란한 일이 생깁니다. 예전의 기억력을 믿고 있기에는 이제 무리입니다. 사람 이름은 왜 그리도 생각이 나질 않을까요? 얼굴 생김새는 환히 떠오르는데 이름은 도무지 감감입니다. 그래도 끝까지 생각해 내도록 노력해야 치매 예방에 좋다고 하는 데 노력만큼 쉽지가 않습니다. 아침 출근길에, 집을 나왔다가 다시 현관문을 열고 들어가서 뭔가를 가지고 나와야 하는 것도 흔한 일상입니다.

노래는 트로트가 좋고, 우리 가락 민요가 예전보다 정겹게 느껴집니다. 반면에 새로 나온 스마트 기기에는 별로 흥미를 느끼지 못합니다. 원래 있던 것과 오래된 것에 편안함을 느끼고, 새로운 것에 대해서는 거부감이 커져 갑니다. 자식이나 후배와 이야기할 때 흔하게 나오는 말이 "옛날에는 말이야~"입니다. 그러면 '또 시작이시군!' 하고 따분해 하는 표정이 역력해집니다. 변화에 대해 점점 둔감해지고 새로움에 대해 불편함이 커져 가고 있다는 것을 스스로 느낄 때, 문득 슬퍼집니다. 아직 퇴직 직전이거나 손자를 둔 할아버지가 된 것도 아닌데 말이죠.

젊어 보이시네요!

우리는 나이가 들어가는 걸까요, 아니면 그저 늙어가는 걸까요? 빌헬름 슈미트(Wilhelm Schmid, 1953~)는 '나이가 든다는 것을 단순하게 받아들이고 그것에 맞서지 않으며, 아름답게 채색하지도 폄하하지도 않고, 삶의 편익과 어려움, 아름다움과 처참함이 만들어 낸 스펙트럼 속에서 나이 들어가는 것을 인식할 수 있도록 준비하고 있다.'고 말합니다. 나이 듦이 의미 없는 것으로 취급되는 것, 되도록 일찍 발견해서 도려낼 수 있을 때까지 단호하게 싸워야 할 병으로 여긴다는 것이 현대의 문제라고 진단합니다. 그의 글을 읽으면서 나이 드는 것과 늙어 가는 것을 다르게 인식할 수 있다는 것에 놀랐습니다. 나이 듦이 아무런 의미도 없는 것, 그래서 모든 수단을 동원해서라도 무찔러야 할 것이 아니라는 거죠.

중국의 진시황이 불로초를 구하기 위해 기울였던 그 많은 노력이 모두 헛된 것이라는 것을 우리 모두는 이미 알고 있지 않은가요? 서안 진시황릉에 도열한 병마의 어마어마한 규모와 웅장함에 놀라면서도 영생불사의 허망함도 그만큼의 크기로 다가오는 건 저 혼자만의 느낌이 아닐 겁니다.

요즘엔 남녀 구분 없이 사람들이 예전보다 젊어 보인다고 합니다. 예전의 50대는 40대처럼, 60대는 50대로, 10년 정도 더 젊게 보인다고 구체적으로 말하는 이도 있더군요. "나이보다 젊어 보이시네요.", "보기에는 그렇게 안 보이시는데요" 라고 하는 등 실제 나이로 안 보인다는 말이 좋은 인사말이 되기도 합니다. 젊어 보인다는 말이 그만큼 듣기 좋다는 건 사람들이 젊어 보이기를 바란다는 거죠. 이런 현상은 나이 든 사람이나 상대적으로 젊은 사람이나 다 마찬가지입니다.

주름을 없애기 위해 마사지숍을 찾고, 여러 가지 약물 주사를 맞고, 시술을 받기도 합니다. 헬스장을 열심히 다니며 젊었을 때도 가져보지 못한 복근 만들기에 열심인 이들도 있습니다. 웬만한 젊은 사람보다도 더 멋진 근육을 자랑하는 나이 든 사람을 볼 때면, 잃어버린 젊음을 되찾아 오겠다는 불굴의 의지가 때론 부럽기도 합니다. 하지만 한편으로는 측은한 생각이 들기도 합니다. 저 사람은 주름살에 새겨진 삶을 자신 있게 자신의 모습 앞으로 가져오지 못하고 있구나, 나이 듦과 맞서 싸우느라 저렇게 힘을 낭비하고 있구나 싶거든요.

나이 듦의 지혜

나이 들어가는 우리에게 필요한 것은 노화방지(Anti-aging)가 아니라 노화의 기술(Art of aging)이 아닐까요? 나이 든다는 것에 맞서 살아가는 대신에 나이가 들어가는 것을 긍정하고 그것과 함께 살아가기 위한 나이 듦의 기술, 멋지게 나이 들어가는 삶의 기술이 필요합니다. 젊은이처럼 멋진 근육을 자랑하려고 할 게 아니라 건강하게 나이 들어가겠다는 생각, 스무 살 때의 그 팽팽한 피부를 되살려 보겠다는 게 아니라 나이와 더불어 생겨난 삶의 지혜를 빛나게 하는 기술 같은 것 말입니다. 저마다 자기 방식으로 스스로에게 자극을 줌으로써, 인생이 긍정할 만한 가치를 지닌 채 잘 흘러가도록 말입니다.

언젠가부터 죽음에 대한 두려움이 옅어졌습니다. 아마도 40대 중반을 넘어서면서부터인가 싶습니다. 나이가 아주 많은 분을 보면서도 이젠 연민에 빠지지 않습니다. 머지않아 제게도 올 그 시간에 대한 걱정이 없지는 않지만, 그 크기가 이전보다 훨씬 작아졌습니다. 그건 아마도 익숙함 때문일 겁니다. 나이 듦과 죽음이 불쑥 제 앞에 나타나지 않으리라고 믿거든요. 나이 듦은 자기 자신과 친숙해질 수 있을 정도의 느린 속도로 제게 다가올 겁니다. 감사하게도, 위대하고 경이로운 자연은 세상의 작은 피조물인 우리 인간에게 이런 세심한 배려를 아끼지 않습니다. 나이 들어가는 아내의 눈에 비친 제 얼굴의 주름은 나이 든 눈 덕분에 돋보기로 보는 그 주름의 깊이는 아닐 테니까요.

함께 읽으면 좋은 책

- 승효상, 『오래된 것들은 다 아름답다』, 컬처그라퍼, 2012
  우리 시대 대표 건축가인 승효상이 여행길에서 만난 건축과 그것이 이루는 삶의 풍경들을 기록한 에세이로 건축과 인간의 삶과 아름다운 고뇌가 담겨 있다.

- 앤 카르프 저, 이은경 역, 『인생학교: 나이 드는 법』, 프런티어, 2016
  나이 든다는 것은 인생의 전반에 걸쳐 일어나는 과정임을 이해하고, 슬기롭게 나이드는 법에 대한 지혜를 담고 있다.

괜찮은 혼자

1인 가구의 증가

2015년 9월에 창원에서 세종으로 근무지를 옮기면서 어쩔 수 없이 '혼자' 살게 되었습니다. 고등학교나 대학을 다닐 때 고향을 떠나 혼자 자취를 하거나 직장 때문에 혼자 살기도 하고, 결혼을 한 후에도 어쩔 수 없이 혼자 살게 되는 경우도 있습니다. 결혼 생활에 문제가 생겨 다시 혼자가 되거나 한동안 혼자로 지내기도 합니다. 이처럼 때로 사람은 다양한 이유로 인해 혼자 살게 됩니다.

2010년 통계 자료에 따르면 배우자가 있지만 서로 떨어져 지내는 1인 가구 비율이 12.8%라고 합니다. 특히 남자의 경우는 그 비율이 17.5%로 더 높다고 합니다. 이 통계 수치도 7년 전 것이니 아마도 지금은 그전보다 훨씬 높아졌을 겁니다. 이혼이나 비혼처럼 혼자 사는 주체가 원한 것이든, 사별이나 직장 문제 등 원치 않게 혼자 살게 된 것이든, 점점 혼자 사는 1인 가구의 비율이 증가하는 것은 확연한 현실입니다. 통계청이 발표한 '2015 인구주택총조사' 결과에 따르면 대한민국 1인 가구 비율이 27.2%로 역대 최대치를 기록했다고 합니다. 1인 가구가 가장 대표적인 가구 형태라는 거죠. 2006년에 14.4%에 불과하던 1인 가구가 10년 사이에 2배나 증가했습니다.

넷 중의 한 명은 혼자 산다는 의미입니다.

현재 제가 근무하고 있는 교육부 우리 부서 12명 중에서 6명이 1인 가구입니다. 비율로 따지면 50%나 됩니다. 우리부의 다른 부서나 세종시에 있는 다른 정부기관도 이와 비슷한 상황이라고 합니다. 세종특별자치시를 수식하는 말이 '행복도시'인데 가족과 떨어져 사는 사람들이 많은 상황과 연결 지어 생각해 보면 아이러니하게 들립니다.

노명우는 그의 책에서 이처럼 1인 가구 증가 원인이 개인주의 팽창이나 이타주의 몰락이 아니라, 우리가 너무나 익숙해져 있던 가정 중심성이 약화된 징후에 불과하다고 합니다. 우리 가치관이 가족 중심에서 개인 중심으로 이동한, 개인화 경향이 강화된 결과라고 합니다. 개인화로 인해서 여러 가지 사회현상이나 문제가 일어나는 것도 사실입니다만, 그것 또한 현대 사회의 자연스러운 현상 중에 하나라고 생각해야 한다는 거죠.

두 사람이 함께 밥을 먹는다는 것

혼자 살게 된 제게 사람들은 위로인지 농담인지 가끔 하는 말이 있습니다. "3대가 덕을 쌓아야 혼자 살게 된다는데, 축하합니다!" 제게만 그러는 것이 아니라 아내에게도 그런 말을 하는 사람들이 많다고 합니다. 어디서 시작된 말인지는 모르지만, 중년 부부가 따로 떨어져 살게 되는 경우에 흔하게 듣게 되는 말이랍니다. 실제로 이 말은 위로의 의미보다는 약간 부러움의 뉘앙스가 섞여 있습니다. 20~30년을 같이 살았으니 서로의 간섭으로부터 해방되어 좀 떨어져 살게 된 것이 부럽다, 뭐 이런 의미겠죠. 그래서 요즘은 졸혼을 하는 부부도 있다고 하더군요. 이혼은 하지 않더라도 같이 사는 결혼생활을 그만두고 따로 떨어져 각자 살아간다는 거죠. TV에서도 졸혼의 모습을 그리 나쁘지 않게 보여주기도 합니다.

그런데 실제로 혼자 살아 보니, 혼자 된 중년의 삶은 부러워할 게 아닙니다. 하루하루 의식주를 혼자서 해결한다는 것이 결코 쉬운 일이 아니더군요. 그나마 의식주 해결은 약간의 불편함뿐이겠지만 그것보다는 의식주를 나눌 상대가 없다는 것, 작은 일상을 함께 할 사람이 없다는 것이 더 견디기 힘든 일입니다.

요즘엔 혼자 밥 먹고 혼자 술 마신다는 의미로 혼밥, 혼술이라는 말이 흔히 쓰이기는 합니다. 그건 그나마 젊었을 때의 '안타까운 낭만' 같은 게 아닐까요? 젊었을 때의 고생은 사서도 한다는 말처럼 젊으니까 외로움 정도는 능히 견딜 수 있다는 의미도 있겠지요. 하지만 중년의 나이에 혼자 지낸다는 건 다릅니다. 중년뿐만 아니라 젊은이도 사실 외로움이 쉬운 상대는 아닐 겁니다. 따뜻한 음식을 가운데 높고 하루의 일상을 얘기하며 함께 밥을 먹는다는 것이, 흔하지만 소중한 것이라는 생각이 듭니다. 고은 시인도 그렇게 말하는군요.

두 사람이 마주 앉아
밥을 먹는다

흔하디흔한 것
동시에

최고의 것

가로되 사랑이더라

판타지와 리얼리티

우리 사회는 여전히 '혼자' 산다는 것에 대해 어떤 불편한 시각을 가지고 있는 듯합니다. 그게 혼자 사는 사람에 대한 연민일 수도 있고, 안타까움일 수도 있고, 살짝 뒤틀린 부러움이기도 하지만, '혼자'에 대한 부정적인 생각이 강합니다. 가족을 이루어 '함께' 사는 사람은 행복 쪽에, 가족이 해체되거나 아직 가족을 이루지 못한 '혼자' 사는 사람은 불행 쪽에 가깝다고 생각합니다. 우리의 사고 습관은 개개인이 처한 구체적인 모습은 고려하지 않고, 가족관계라는 유일한 기준으로 사람을 바라보기 때문이라고 노명우는 말합니다. 그러면서 "때로는 혼자라는 것은 인생의 전략이자 자신의 삶을 연출하기 위한 지침이 될 수도 있다. 진정한 쉼이 필요할 때나 지난 일을 반추할 때는 물론이거니와 정신적이거나 육체적인 운동을 할 때도 혼자의 시간은 빛날 수밖에 없다."라고도 했습니다. 사실 남들이 혼자인 나를 어떻게 생각하느냐보다는 혼자인 나 스스로가 어떻게 느끼고 어떻게 생각하며 살아가느냐가 더 중요한 문제입니다.

3대가 덕을 쌓아야 혼자 살게 된다는 말은 사실 듣기 좋은 말이 아닙니다. 싱글의 삶이 때론 판타지이긴 해도, 여전히 삶은 리얼리티입니다. 이상이 아니라 현실이라는 뜻입니다. 혼자 살아 보니 그렇습니다. 혹시 현실의 여러 문제로부터 벗어날 수 있다면 싱글의 판타지가 화려한 현실이 될지도 모르겠습니다.

　아침에 샤워하기 전에 세탁기를 돌렸습니다. 저녁에 집에 돌아와서는 마른 옷을 개어 넣고 다림질도 해야 하고, 종이상자에 가득 찬 쓰레기를 분리수거도 해야 합니다. 청소기를 돌리지 못한지가 며칠이나 지났으니, 청소도 해야겠네요. 이것이 현실입니다. 혼자 사는 하루하루는 판타지보다는 리얼리티가 훨씬 강합니다. 그래서 자주 밤하늘을 올려다봅니다. 그러면서 생각합니다. 나에게 주어진 '혼자의 시간'을 '괜찮은 혼자', '성숙한 혼자'로 살아보자고.

함께 읽으면 좋은 책

- 유시민, 『어떻게 살 것인가』, 생각의길, 2013
  어떻게 살고, 어떻게 죽을 것인가. 품위 있게 나이 들어가는 비결은 무엇인가. 정치인에서 자연인으로 돌아온 저자의 삶의 지혜를 담고 있다.
- 사이토 다카시 저, 장은주 역, 『혼자 있는 시간의 힘』, 위즈덤하우스, 2015
  외로움과 고독으로서의 혼자가 아니라 자유로움과 주체적 혼자가 되어야 하는 이유는 수도 없이 많다.

주체적 자아로 살아간다는 것

여자의 물건, 남자의 물건

'괜찮은 혼자'의 생활을 1년 반 만에 청산하고 세종시에 있는 아파트로 이사를 했습니다. 이사 준비를 하면서 깜짝 놀랐습니다. 이사하기 전에 깨지기 쉬운 병 종류와 아내가 아끼는 가방을 자가용으로 따로 옮겼는데 생각보다 가방이 많더군요. 아내가 직접 산 것은 별로 없고, 생일이나 결혼기념일에 제가 선물한 것들입니다. 가방은 더스트백으로 싸인 채 보호를 잘 받고 있었습니다. 아내에게 물어보지는 않았지만, 아내가 사랑하는 귀한 물건임이 틀림없을 겁니다. 대부분의 여자들도 사랑하는 물건이겠지요.

그렇다면 남자들이 사랑하는 물건에는 어떤 것들이 있을까요? 십수 년 전에는 카메라, 오디오, 자동차 등이 주 종목이었습니다. 남자들은 좋은 카메라나 오디오를 갖고 싶어 했고, 경제적 여건이 허락만 된다면 좋은 차를 갖고 싶어 합니다. 차에 대한 남자들의 로망은 지금도 여전합니다.

1991년에 교육대학을 졸업하고 경남 거제시에 교사 초임 발령을 받았습니다. 그 당시 봉급이 60만 원이 채 되지 않았습니다. 둔덕면 소재의 어느 집의 방 2개짜리 아래채를 혼자 썼는데, 월세 5만 원이었습니다. 외양간을 개조해서 만든 방이었는데 그 작은 방에 90만 원에 구입한 인켈 전축이 있었습니다. 가끔 레코드판을 올려 팝송을 들으며 월세방에 어울리지 않는 호사를 누렸습니다. 친구들에게 자랑하는 맛도 있었고요. 어쩌다 놀러 오는 친구들이 무척이나 부러워했습니다. 본체와 스피커를 나란히 놓으면 싱글 침대만큼 컸습니다. 요즘에는 그만한 크기의 전축을 보기 힘듭니다. 그런 것에 관심을 가지는 사람이 거의 없다는 뜻이죠.

시대가 변하면서 남자들이 좋아하고 갖고 싶어 하는 물건에도 변화가 생겼습니다. 카메라나 오디오는 예전의 명성을 이어가지는 못합니다. 요즘 스마트폰의 카메라와 스피커는 예전의 카메라와 오디오만큼의 좋은 성능을 가졌으니까요. 스마트폰에 블루투스 스피커를 연결하면 별도의 오디오가 필요가 없죠. 일부 마니아들은 여전히 커다란 오디오를 찾기도 하지만 예전만 못 합니다.

물건에 담긴 의미

최근에는 사람들의 취미나 관심이 훨씬 다양해졌습니다. 인터넷과 SNS의 발달이 공통의 관심사를 가진 사람들을 부지런히 연결해 줍니다. 비슷한 취미나 관심을 가진 사람들이 온/오프라인에 모여 생각을 나눌 수 있는 기회가 많아진 것이죠. 동호회 활동이 다양해지면서 남자들이 좋아하는 물건에도 큰 변화가 생겼습니다. 카메라, 오디오, 자동차뿐만 아니라 자전거, 골프, 야구, 등산 등 스포츠 활동이나 IT 기술, 요리, 독서, 여행, 패션, 뷰티, 문화예술 등 동호회의 종류가 많아지면서 그에 따른 '물건'도 다양해졌습니다. 다양해졌다는 건 그만큼 사람들이 생활의 여유가 생기고 삶의 질이 높아졌다는 의미라고 생각됩니다.

'덕후'라는 말을 들어보셨나요? 덕후는 일본어인 '오타쿠'를 한국식 발음으로 바꿔 부르는 말입니다. 1970년대 일본에서 등장한 말인데 원래는 집이나 댁(당신을 높여 부르는 말)을 뜻합니다. 원래의 뜻이 조금 변해 집안에 틀어박혀 취미 생활을 하는 사회성이 부족한 사람을 의미합니다. 근래에는 마니아 이상의 열정을 가진, 전문가보다 더 전문가적인 해박한 지식을 가진 사람을 '덕후'라고 부릅니다. 배우 심형탁은 만화영화 캐릭터인 '도라에몽' 덕후로 유명합니다. TV를 통해 보니 그가 사는 집에 엄청난 수의 도라에몽이 있더군요. 그의 근육질 몸매와 도라에몽이 잘 어울릴 것 같지 않지만, 그의 도라에몽 사랑은 정말이지 대단합니다.

'내가 사랑하고 아끼는 물건', '나의 물건'은 무엇인가 생각을 해 봅니다. 생일선물로 아내에게서 받은 일명 '백대가리'로 불리는 몽블랑 만년필, 핸드 드립 커피를 배우면서 구입한 핸드밀, 골프채 중에서 특히 애착이 가는 스카티 카메론 퍼터, 서울 생활을 청산하고 창원으로 다시 내려가면서 큰 맘 먹고 산 일룸 마호가니 책상, 그리고 새 책 가격보다 훨씬 비싸게 주고 산 츠베탕 토도로프의 『일상예찬』, 김훈의 『자전거 여행 1, 2』 등 중고 책 몇 권. '나의 물건'은 만년필, 핸드밀, 퍼터, 책상, 책들인데, 이런 물건들은 제가 좋아하는 것이 독서, 커피, 골프라는 것을 말해줍니다. 물건은 자신이 좋아하고 사랑하는 것, 삶의 즐거움과 의미를 찾는 그 무엇이라는 의미입니다.

글을 쓰기 위해 초안을 잡을 때 만년필로 종이에 글을 쓰면 왠지 정리가 잘 됩니다. 이런저런 생각도 잘 떠오르는 것 같고요. 아침 저녁으로 커피를 자주 내립니다. 핸드밀로 커피를 갈면 커피콩이 으깨지는 소리와 냄새가 손으로 전해집니다. 그렇게 내린 커피가 더 향기롭습니다. 가끔은 퍼팅이 잘 되지 않을 때도 있지만 헤드 부분이 여기저기 찍힌 10년이 넘은 그 퍼터를 들고 그린에 올라가면 언제나 원 퍼팅으로 마무리를 할 것만 같습니다. 주말 이른 아침에 혼자 일어나 마호가니 책상 앞에 앉아 있는 시간은 그 무엇과도 바꿀 수 없이 소중합니다. 책장의 미술 코너에 자리 잡은 몇 권의 중고 책들은 가끔 표지를 만져 보는 것만으로도 새로운 이야기를 쏟아 냅니다.

실제로 제가 생각하는 이런 일이 일어나는 것일까요? 글이 더 잘 써진다는 것, 커피 맛이 더 향기롭다는 것은 모두 저의 상상일 뿐일 수도 있습니다. 그렇더라도 그런 생각이 든다는 것은 그 물건들이 소중한 의미로 제게 다가오고, 보이지는 않지만 무언가를 전해 주고 있다는 의미겠지요. 그건 아마도 편안함과 익숙함, 그런 것을 통해서 얻게 되는 만족감이 아닐까요?

김정운의 『남자의 물건』에 나오는 사진작가 윤광준은 모자를 사랑하는 남자입니다. 그는 모자를 쓰면서 "어때? 잘 어울려?"라고 질문을 하는 사람은 모자를 쓸 자격이 없다고 말합니다. 남들이 자신이 쓴 모자를 어떻게 생각할까, 어색하지나 않을까, 나이에 어울리지 않는다고 하지는 않을까, 하면서 다른 사람들의 시선을 의식하는 사람은 모자를 쓸 자격이 없다는 거죠. 주체적 자아를 가지지 못함을 드러내는 것이기 때문이라고 합니다.

시인 김갑수는 음악을 들을 때 꼭 마셔야 하는 커피를 맛있게 해 주는 커피 그라인더를 가졌고, 교수였던 김정운은 생각을 정리해 주는 만년필을 여러 개 가지고 있습니다. 축구감독 차범근에게는 독일 시절의 추억을 떠올려 주는 계란받침대가, 얼마 전에 작고하신 신영복 선생에게는 벼루가 있습니다. 이처럼 물건에 집착하는 이유를 시인 김갑수는 대상에 함몰함으로써 존재론적 자아를 잊어버리기 위해서라고 말합니다. 존재론적 자아에서 벗어나면 돈이나 명예, 지위 등에서도 벗어나게 되어 자유로울 수 있다는 거죠. 존재론적 자아를 잊어버리고 주체적 자아로 나아가는 좋은 방법이 바로 물건에 몰입하는 이유랍니다.

행복하지 못하는 이유

김정운은 즐거운 삶, 행복한 삶을 주장합니다. 『나는 아내와의 결혼을 후회한다』, 『노는 만큼 성공한다』, 『가끔은 격하게 외로워야 한다』에서 한결같이 하는 말입니다. 행복하지 않은 삶은 무효라고도 합니다.

우리나라 사람에게 왜 사느냐고, 어떤 삶이 좋은 삶이냐고 물으면 대부분 '행복한 삶'이라고 대답합니다. 그런데 행복하냐고 다시 물으면 자신 있게 행복하다고 대답하지 못합니다. 2016년에 발표된 세계행복지수 국가별 순위에서 우리나라는 58위에 올랐습니다. 행복지수를 통해서 순위를 매기는 것인데, 실제로 사람들에게 물어보면 열 명 중 한두 명 정도만 행복하다고 생각한다고 합니다.

특히 한국 남자들은 행복하지 못하다고 느끼는데, 그 이유가 타인의 눈을 의식하며 살기 때문이랍니다. 다른 사람들이 나를 어떻게 생각할까, 나를 어떤 사람으로 볼까, 늘 걱정하고 의식해서 그렇답니다. 옷차림새, 머리 모양뿐만 아니라 타고 다니는 자동차의 종류, 사는 아파트에 대해 남의 눈을 의식하고 끊임없이 비교합니다. 내가 가진 것과 다른 사람의 것을 비교해서 내가 가진 것의 가치를 판단합니다. 내가 가진 것이 좀 나은 것이라 생각되면 만족감을 느끼지만 실제로는 그 반대의 경우가 대부분입니다. 늘 나보다 나은 사람은 있기 마련이니까요. 남의 떡이 더 커 보인다는 옛말이 그냥 있는 것이 아닙니다. 부러우면 지는 거라는데, 어쩔 수가 없습니다. 그래서 더 큰 것, 더 좋은 것, 더 비싼 것을 욕망합니다. 존재론적 자아에서 벗어나지 못합니다. 행복할 수가 없는 이유입니다.

머리 좀 길게 길러 볼 걸

이발을 했습니다. 그런데 날을 잘못 잡아 미장원을 찾아 한참이나 돌아다녔습니다. 매월 넷째 주 일요일은 쉬는 곳이 많다는 걸 깜빡한 탓입니다. 늘 가던 곳에 가면 길이는 어떻게 하고, 옆머리는 어떻게 해달라는 등 이것저것 설명하지 않아도 되어서 편합니다. 그래서 늘 가던 곳으로 가는 편인데 하필이면 그날이 그 미장원의 휴일이었습니다. 그곳뿐만 아니라 근처의 다른 곳도 휴일이라 내일로 미룰까 하다가 밖에 나온 김에 이발을 했습니다. 머리카락은 좀 길어서 이것저것 설명을 해줘야 합니다. 젊었을 때는 일명 스포츠형이라고 해서 짧게 자르고 다녔습니다. 짧게 자른 머리를 해도 보기에 나쁘지 않았고 관리하는 데도 좋으니까요. 관리랄 것도 없죠. 그냥 자주 자르지 않아도 되니 이발비도 적게 들고, 아침에 세수할 때 물만 묻혀 닦아 버려도 되니 편하다는 의미입니다.

나이 들어 너무 짧은 헤어스타일은 남 보기에 좀 민망하다는 아내 말도 있고, 갈수록 머리숱이 적어져 밑이 보이는 것도 감출 겸 제법 길렀습니다. 그런데 긴 머리가 익숙하지 않아서 그런지 옆 머리카락이 귀를 덮는 것이 자꾸 거슬립니다. 아침마다 머리를 감고 말리는 데 시간이 많이 걸리는 것도 마음에 걸립니다. 아내는 파마를 해서 웨이브를 주면 관리하기 편하다고 파마를 해보라고 권하는데 쉽게 마음이 움직이질 않습니다. 아내가 억지로라도 미장원에 같이 가주면 못 이기는 척 해 볼 요량인데, 혼자 가라고 하니 그것도 쉬운 일이 아닙니다. 하긴 파마하려고 몇 시간 동안 머리에 뭘 뒤집어쓰고 있을 자신도 없고, 다른 사람들이 어떻게 볼까 걱정도 됩니다. 머리 모양 하나 제 맘대로 하고 다니기 쉽지 않습니다.

2004년에 이집트 카이로에 한국 학교장으로 파견을 나갔을 때, 그곳에 가면 꼭 해 보고 싶었던 것이 있었습니다. 머리카락을 길게 길러 보는 거였습니다. 머리를 길게 길러서 긴 머리카락을 고무줄 등으로 묶어 보고 싶었거든요. 특별히 그렇게 해야 할 이유는 없었지만, 그냥 그렇게 해 보고 싶었습니다. 아마도 어릴 때부터 늘 짧은 머리를 하고 있어서 그랬던 모양입니다. 외국이니 분위기도 좀 자유로울 거라는 생각도 했고요. 그런데 결국 길러보지 못했습니다. 머리카락을 기르는 것이 힘든 것이 아니라 그곳 분위기가 만만치가 않았습니다. 생각했던 것보다 그곳 교민사회가 꽤나 보수적이었고, 저 스스로가 자기검열을 한 탓도 있고요. 교민사회가 크지 않다 보니 서로가 서로를 잘 알고 지냅니다. 게다가 한국에서 파견을 나온 학교장 등 기관장들은 늘 교민들의 관심 대상입니다. 학교에서 근무하는 사람은 특히 아이들의 본보기가 되어야 한다는 생각이 강하더군요. 머리카락을 길게 기르는 것이 무슨 잘못은 아니지만 그래서는 안 되겠구나 하는 심리적 압박을 스스로 받았죠. 그래서 결국 길러보지 못했습니다.

이집트 사람이 운영하는 이발소에 가서 '단정하게' 깎고 다녔습니다. 교민들이 자주 가는 곳이라 그런지 간판에 아랍어와 함께 한국말로 '이발소'라고 적혀 있습니다. 한국 사람이 가면 젊은 직원이 하지 않고 사장이 직접 이발을 해 줍니다. 비용은 다른 물가에 비해서 좀 비싼 편이었지만, 생각보다 머리를 잘 깎습니다.

2004년 당시 우리 돈으로 5,000원 정도 했습니다. 휘발유 1L에 250원 정도였으니 그에 비하면 이발료가 비쌌죠. 카이로에 있는 동안 머리카락을 길게 길러 보지 못한 것이 가끔 후회됩니다. 그까짓 거 뭐라고 그러질 못했나 싶기도 하고, 너무 소심했구나 싶기도 하고요. 그때나 지금이나 주체적 자아로 살아간다는 건 힘든 일인가 봅니다.

남자든, 여자든 좋아하는 물건, 사랑하고 소중히 여기는 물건이 있다는 것은 의미 있는 일입니다. 좋아하고 관심을 가지는 무언가가 있다는 것은 김갑수의 말처럼 굳이 존재론적 자아를 잊어버리는 일이 아니라 자신을 사랑하는 일이기 때문입니다.

그 물건 속에 나의 일상과 삶, 그리고 추억을 하나둘 쌓아가는 일은 어쩌면 주체적 자아로 살아가는 방법, 행복에 이르는 지름길일지도 모릅니다.

함께 읽으면 좋은 책

- 배철현, 『심연』, 21세기북스, 2016
  고독, 관조, 자각, 용기로 이어지는 성찰의 4단계를 통해 삶은 자신만의 임무를 발견하고 실천해 가는 과정임을 알려 준다.

- 기시미 이치로, 고가 후미타케 저, 전경아 역, 『미움받을 용기』, 인플루엔셜, 2014
  자유로운 삶, 행복한 삶, 지금보다 더 나은 성공적인 삶을 위해서 무엇보다도 필요한 것은 용기라고 설파한다. 미움받을 용기조차 필요하다고 한다.

김훈, 『자전거 여행 1, 2』, 생각의 나무, 2007

아직도 손에서 마늘 냄새가 난다

된장국이나 된장찌개는 한국 사람이라면 누구나 좋아합니다. 아마도 어릴 적부터 먹어온 터라 입맛에 배어 있기 때문일 겁니다. 된장의 역사는 삼국시대 이전까지 거슬러 올라가야 한다는군요. 메주를 쑤어 된장과 간장을 만들었고, 그것들은 우리 음식 맛의 깊이를 한층 깊게 했습니다. 된장이 건강식으로도 아주 좋다는 연구 결과들이 있는 것을 보면, 우리 선조들의 지혜가 얼마나 대단한 것인지 다시금 감탄하게 됩니다. 어린 시절, 이런저런 상처 부위에 된장을 발라 주시던 할머니의 모습이 떠올라 미소를 짓게 합니다. 때론 상처가 말끔히 낫기도 했는데, 약으로서의 효능도 있었던 모양입니다.

냉이 된장국의 평화로운 치정

된장국은 끓이기도 별로 어렵지 않습니다. 초임 교사 시절, 거제도 산골 벽지학교(커다란 오디오가 있던 방 두 칸짜리 집에서 버스로 20분 정도 산방산 쪽으로 올라가야 있던 둔덕초등학교 상동분교)에 근무할 때의 일입니다. 학교 옆, 사택에서 살던 승룡 선배는 찬거리가 없을 때 된장국을 끓입니다. 작은 냄비에 마른 멸치 몇 마리 넣고, 어머니한

테서 얻어 온 된장을 한 숟갈 듬뿍 퍼서 휘저어 팔팔 끓이면 된장국이 됩니다. 감자나 고추는 있으면 넣고 없어도 그만입니다. 어쩌다 그 국물 한 숟갈 맛볼 때가 있는데, 그 맛이 참 기가 막힙니다. 별것 넣지도 않은 그 국물 맛은 도대체 어디에서 오는 걸까요? 늦가을이나 이른 봄에 이 된장국에 냉이라도 몇 줌 넣어 주면 10첩 반상 부러울 일이 없습니다.

우리네 보통 사람은 그저 된장과 냉이가 한데 어우러져 뿜어내는 그 쌉쌀하고 시큰한 맛에 숟가락을 놀리기 바쁜데 김훈은 거기서 치정을 봅니다.

된장의 친화력은 크고도 깊다. 된장의 친화력은 이중적이다. 된장은 국 속의 다른 재료들과 잘 사귀고, 그 사귐의 결과로 인간의 안쪽으로 스민다. 이 친화의 기능은 비논리적이어서 분석되지 않는다. 된장과 인간은 치정관계에 있다. 냉이 된장국을 먹을 때, 된장 국물과 냉이 건더기와 인간은 삼각 치정관계이다. 이 삼각은 어느 한쪽이 다른 두 쪽을 끌어안은 구도의 치정이다. 그러므로 이 치정은 평화롭다. 냄비 속에서 끓여지는 동안, 냉이는 된장의 흡입력의 자장 안으로 끌려 들어가면서 또 거기에 저항했던 모양이다. 냉이의 저항 흔적은, 냉이 속에 깊이 숨어 있던 봄의 흙냄새, 황토 속으로 스미는 햇빛의 냄새, 싹터 오르는 풋것의 비린내를 된장 국물 속으로 모두 풀어내 놓은 평화를 이룬다.

된장과 인간이 냉이와 삼각 치정 관계를 이룬다니요. 치정 관계란 원래 위험한 것인데, 다행히 이들의 그 치정은 평화롭다고 하니 무슨 사단이 날 일은 없는 모양입니다.

천천히 보아야 보인다

냉이 된장국에 대한 글은 김훈의 『자전거 여행 1, 2』에 있습니다. 『자전거 여행』은 그가 1999년 가을부터 이듬해 여름까지 전국의 산천을 풍륜(風輪)이라 이름 지은 자전거를 타고 다니면서 쓴 글입니다. 박웅현이 『책은 도끼다』에서 이 책을 소개하면서 많은 이들에게 다시 알려졌고, 2014년에 재출간되기도 했습니다. 그의 책에 이런 문장도 있습니다.

매화는 질 때, 꽃송이가 떨어지지 않고 꽃잎 한 개 한 개가 낱낱이 바람에 날려 산화한다. 매화는 바람에 불려가서 소멸하는 시간의 모습으로 꽃보라가 되어 사라진다.

매화 꽃잎이 바람에 날려 떨어지는 것을 풍장(風葬)으로 표현합니다. 매화가 바람 속에서 장사지내는 거죠. 매화가 바람에 날리는 것이 아니라 불려 간다는군요. 그렇게 소멸되어 갑니다. 매화 잎이 떨어져 날리는 모습이 느릿느릿하게 우리 시야에 들어옵니다. 그 소멸을 아쉬워하는 듯 시간은 잠시 멈추어 그림 속 한 장면을 눈앞에 그려줍니다.

냉이 된장국에서 된장과 인간, 그리고 냉이의 치정 관계를 읽어내는 것, 바람에 흩날리는 매화를 풍장으로 보는 것은 작가가 사물을 오래도록 그리고 아주 느린 속도로 본다는 의미입니다. 그냥 쓰옥하고 지나쳐 가는 것이 아니라 한참을 들여다보고, 처음과 중간과 끝을 천천히 보는 것, 들여다보는 거죠. 그러면 시각적 정보와 함께 감성이 동행을 하게 됩니다. 그가 자전거를 타고 다녔던 이유가 그것 때문이 아닐까요?

시간이 참 빠르다, 세월이 눈 깜짝할 사이에 지나간다는 말을 자주 합니다. 요즘 같은 정보화 시대, 스마트 시대에는 그 속도가 더 빠르게 느껴집니다. 여름 더위가 한풀 꺾이면 가을이 왔나 보다 합니다. 가을을 눈여겨볼 사이도 없이 찬바람이 붑니다. 계절은 늘 그 시기에 그 속도로 왔다가 가는데 우리가 매번, 매년 느끼는 계절의 변화는 해가 바뀔수록 빨라져만 갑니다. 시간이 빠르게 간다는 것은 우리의 삶이 빨라지고 있다는 의미겠죠. 빨라진 삶은 많은 것을 놓치게 합니다. 자동차를 타고 갈 때와 자전거를 타고 갈 때, 그리고 걸어서 갈 때 우리가 보고 듣는 것이 다를 수밖에 없습니다.

빠른 것은 결과이고 목적입니다. 중간이 없습니다. 여기에서부터 저기까지 오롯이 가는 것이, 도달하는 것이 목표입니다. 오로지 산 정상에 도달하는 것이 목표라면 굳이 힘들게 산을 오를 필요가 있을까요? 여기에서 저기까지 가는 방법은 무수히 많은데도 우리는 가장 빠른 길만을 찾습니다. 빨리 가는 것이 성공이라고 여깁니다. 가는 길을 누구와 함께할지, 어디서 언제쯤 쉬어갈지 생각하지 않습니다. 숨이 목구멍까지 차올라 턱턱 막혀 올 때까지 내 달립니다. 지나온 길을 되돌아보고 다시 일어서 나아갈 방향을 가늠해 보지도 않고 무작정 달려갑니다. 빠른 삶들이 부딪쳐 여기저기 피를 흘리고 아우성을 지릅니다.

삶의 속도를 좀 늦추어야 하지 않을까요? 액셀러레이터에서 발을 옮겨 브레이크를 밟아야 합니다. 속도를 늦추어 깊은 숨을 쉬어 호흡을 고르고 주위를 둘러보는 여유를 가져야 하지 않을까요? 앞만 보고 내달리며 놓친 것들을 다시 생각해 볼 때입니다. 잠시 쉰다고 내가 가야 할 그곳에 더 멀어지는 것도 아니니까요. 느림의 시공간 속에서 이전에 보지 못했던 것들, 듣지 못했던 것들, 느끼지 못했던 일상을 다시 내 앞으로 가져와야 합니다. 반복되는 일상이 행복을 가져다주니까요.

일상의 행복을 느끼려면 삶의 촉수를 많이 만들어야 한다고 『책은 도끼다』에서 박웅현은 말합니다. 우리 삶이 풍요로워지고 행복해지려면 세상과 일상에 대한 촉수가 많아야 한다는 거죠. 세상을 어떻게 보고 받아들이는가는 개인마다 차이가 있습니다. 세상을 보는 관점의 개수도 다릅니다. 사람마다 가지고 있는 촉수의 수가 다르다는 의미죠. 촉수는 세상을 바라보는 관점입니다. 촉수가 한 개뿐인 사람은 세상을 한 가지로 봅니다. 촉수를 여러 개 가진 사람은 그만큼의 세상을 가집니다. 똑같은 사물과 현상을 두고서 사람마다 생각과 느낌과 감흥이 다른 이유입니다. 같은 것을 보고 얼마만큼 감상할 수 있느냐에 따라 풍요와 빈곤이 나뉘게 되는 거죠.

삶의 촉수가 많은 사람은 그렇지 않은 사람보다 세상과의 소통이 쉽고, 더 많은 것을 느끼며 풍요로운 삶을 향유할 수 있습니다. 그런 촉수는 그냥 생기는 것은 아닙니다. 풍요로운 삶을 위한 촉수도 훈련되어 있어야 그 기능을 발휘할 수 있습니다. 삶의 촉수는 책을 읽고, 그림을 보고, 음악을 듣는 등 인문적인 활동을 통해 만들어지고 예민해집니다. 예민해진 촉수는 세상에 대한 안테나가 되어 세상의 더 많은 것을 불러들입니다. 나 아닌 다른 것에 대한 관심을 가지게 합니다. 가까이 있는 것들, 함께하는 사람들을 소중하게 생각하는 마음에 창을 만들어 줍니다.

나만의 된장국 레시피

손에서 아직도 마늘 냄새가 납니다. 어제 된장찌개를 끓이면서 마늘을 다졌는데 그 냄새가 아직도 손가락에 배어 있는 모양입니다. 며칠 전에 김치볶음밥이랑 먹기 위해 처음 끓여 본 된장찌개를 딸들이 무척 좋아했습니다. 한 번 더 끓여 달라는 말에 으쓱해하며 못 이기는 척 다시 부엌에 섰습니다. 이전까지 자신 있게 할 수 있는 요리라고는 김치볶음밥과 김치찌개, 단 두 가지였는데 하나 추가해도 되겠네요. 사실 된장찌개야 맛있는 된장만 있으면, 맛없는 된장찌개를 끓이는 것이 오히려 더 어려운 일이 아닐까 싶을 정도로 쉽습니다.

별로 특이할 것도 없는 조리법을 공개해 봅니다.

뚝배기에 물을 2/3 정도 붓고 굵은 멸치를 열 마리 정도 넣고 끓입니다. 감자는 작은 거 두 개 정도 깎아 크게 썰어 놓고, 양파도 반쪽 정도 썰어 둡니다. 냉장고를 뒤져 먹다 남은 쇠고기도 내어 놓고, 바지락이나 문어 등 해산물도 있으면 미리 내어 씻어 놓습니다. 버섯은 송이버섯, 느타리버섯, 팽이버섯 등 아무거나 써도 좋고요. 마늘도 5~6쪽을 찧어서 준비해 둡니다. 두부도 넣으면 좋은데 집에 없어서 넣어 보질 못했네요. 멸치 넣은 물이 팔팔 끓으면 멸치 건더기를 건져 내고 그때 된장을 숟가락으로 듬뿍 한두 숟가락 넣어 줍니다. 이때 된장을 아끼면 맛이 옅어집니다. 정확한 양은 모릅니다. 그냥 감으로 양을 조절합니다. 넣고 휘휘 저었을 때 약간 탁한 색이 나는 정도가 적당하더군요. 된장을 풀고 나면 감자랑 쇠고기를 넣고, 바지락과 문어를 넣습니다. 그 다음에는 마늘, 버섯 등 나머지 야채 종류를 모두 넣어 주죠. 매운 고추를 한두 개 썰어 넣어 주고, 액젓도 좀 넣어 주면 맛이 깊어집니다.

재료를 모두 넣고 난 다음에는 약한 불로 10분 정도 더 끓여 줍니다. 된장의 오래된 맛이 나머지 재료를 다 품을 수 있는 시간을 주는 거죠. 그래야 재료와 된장이 섞이고 물과 잘 조화되어 된장 국물이 입안에서 제대로 맛을 냅니다. 맛없는 된장찌개는 된장과 물이 따로 논다는 느낌이 드는데, 이는 아마도 금방 끓여 내어 그렇습니다. 봄에는 냉이나 달래를 좀 넣으면 더 좋겠죠.

김훈이 『자전거 여행』에서 얘기한 냉이 된장국에 대한 치정 같은 건 느끼지 못할지라도 그 쌉싸름하고 향긋한 봄맛은 역시 된장과 어울리니까요.

주말에 집에 온 딸을 위해 오늘도 된장찌개를 끓입니다. 스마트 폰에서는 핑크 마티니(Pink Martini)의 '초원의 빛(Splender in the grass)'이 흘러나옵니다.

네가 무슨 생각하는지 알겠어

나도 같은 생각이야

우리가 어떻게 살아왔는지

또 어떻게 새로 시작해야 할지

내가 헛된 꿈을 꾸는 건지도 모르지
혹은 내가 잘못 생각하고 있는지도 몰라
하지만 난 푸른 잔디가 자라는 곳으로 갈 거야
너도 같이 가지 않을래?

난 늘 더 많은 것을 원해 왔어
그런데 뭘 가져도 늘 똑같더라고

돈은 변덕스럽기만 하고
명예를 쫓아다니는 것도 이젠 지겨워
바로 그때 네 눈을 봤더니
너도 똑같은 생각을 하는 것 같더라

더 큰 것만 원하던 우리의 일상
어느새 죄악이 되어 가고 있었던 거야
물론 재미도 있었지. 하지만
이제 그만해야 하지 않겠어?

세상이 너무 빨리 움직여
사는 속도를 좀 늦춰야 할 것 같아
우리 머리를 잔디 위에 쉬게 하면서
잔디가 자라는 소리를 들어보지 않을래?

- 박웅현의 『책은 도끼다』에서 번역한 가사 인용

함께 읽으면 좋은 책

- 박웅현, 『책은 도끼다』, 북하우스, 2011
  저자가 평소 읽은 책 중에서 창의성을 발현하게 하고, 인문적 사고의 깊이를
  더욱 깊게 만들어 주는 것들을 편안하고 감동적으로 알려 준다.

서은국,『행복의 기원』, 21세기북스, 2014

저녁이 있는 삶

어느 정치인이 이런 말을 한 적이 있습니다. "국민에게 저녁이 있는 삶을 돌려 드리겠습니다!" 간단하지만 참 의미 있고 멋진 말이라는 생각이 들었습니다. 바쁘게 살아가는 현대인에게 필요한 것이 무엇인지, 잊고 사는 것이 무엇인지를 한 마디로 명료하게 알려 주니까요. 그가 말하는 '저녁'의 의미는 단지 시간적으로 낮 이후의 밤 시간을 말하는 것은 아닐 겁니다. 그런 '저녁'을 가진다는 건 무슨 의미일까, 어떤 모습의 저녁일까를 생각해 봅니다.

특별할 것도 없는 저녁

직장에서 하루 일을 마치고 퇴근을 합니다. 퇴근 후에는 곧장 집으로 돌아옵니다. 비슷한 시각에 퇴근한 남편과 아내는 같이 저녁 식사 준비를 합니다. 아이들도 그 시간이면 다들 집으로 돌아옵니다. 정규수업을 마치고 방과 후 수업을 하든, 학교도서관에서 공부를 하든, 운동장에서 친구들과 축구를 하든 저녁은 집에서 가족이랑 함께 합니다. 저녁 식사 자리는 늘 떠들썩합니다. 아이들은 할 얘기가 많습니다. 특별한 일이 아니더라도 아이들은 원래 그러니까요. 친구와 가끔 다툰 이야기도 하고, 선생님께 칭찬받은 일도 자랑합니다. 아이들 이야기에는 늘 과장이 있다는 걸 알면서도 모른 척 눈감아 줍니다. 야단을 맞았을 때는 늘 억울하다고 항변합니다.

저녁 식사 후에, 아이들은 부족한 공부를 하거나 따로 하고 싶은 걸 배우기 위해 학원을 갑니다. 부부는 함께 마트에 장을 보러 가기도 하고, 동네를 한 바퀴 산책합니다. 아이들 학교생활이나 진학 문제, 경제적인 문제 등으로 때론 심각해지기도 하지만, 여름휴가는 어디서 보낼지에 대한 얘기를 하면서 작은 행복을 느끼기도 합니다. 가끔은 동네에 생긴 카페에 들러 휘핑크림을 잔뜩 얹은 카페라떼를 한 잔 마십니다.

일주일 한두 번은 각자 친구를 만나 맥주 한 잔도 하고, 취미 동아리에 가서 저녁 시간을 온통 보내기도 하죠. 저녁이 있는 삶은 이런 것이 아닐까요? 이렇게 생각해 보니 별것 아니네요. 특별할 것도 없고, 특별한 사람만이 할 수 있는 일도 아닙니다. 보통 사람들 모두, 아무나 할 수 있는 일입니다. 그런데 우린 지금 이런 저녁을 누리고 있나요? 이게 쉽지 않은 이유는 뭘까요?

사무실에서 보내는 저녁

대개의 직장인에게는 야근이라는 것이 있습니다. 제가 일하는 세종정부청사에 일하는 중앙행정기관 공무원도 야근을 많이 합니다. 6시 퇴근 시간이 지나면 저녁을 먹으러 나갔다가 다시 사무실로 들어가는 사람들을 많이 볼 수 있습니다. 야근을 많이 하는 이유는 여러 가지인데, 첫째는 일이 많아서죠. 맡은 업무가 많은 사람도 있고, 특정한 시기에는 바쁠 때도 있고요. 중앙부처이다 보니, 특히 국회 관련 일이 많습니다. 대정부 질문, 정기국회, 국정감사, 예결산 심의 시기가 되면 밤늦게까지 일을 하고, 새벽이 되어서야 퇴근했다가 다시 아침에 출근하는 날도 잦습니다. 그럴 땐 어쩔 수 없다 하더라도 그렇지 않은 시기에도 야근하는 사람들이 많습니다. 두 번째 이유로는 조직문화 때문입니다. 금요일 퇴근 시간에 직원들이 퇴근하려고 일어섰다가 직장 상사가 야근한다는 말에 부하 직원들이 모두 제자리로 다시 돌아가는 코믹한 상황을 그린 광고가 있습니다. 직장인은 모두가 공감하는 장면이죠. 상관이 퇴근을 하지 않으면 부하 직원도 눈치를 볼 수밖에 없습니다. 제 시각에 퇴근하고 싶어도 하지 못하는 거죠. 야근을 많이 하는 것이 열심히 일하는 사람이고 시간 맞춰 퇴근하는 사람은 일이 적거나 열심히 하지 않는 사람으로 인식하는 직장 문화가 아직 남아 있습니다.

독일에 출장을 간 적이 있습니다. 여러 기관을 방문했었는데 한 가지 인상 깊었던 것은 그곳 사무실에서는 퇴근 시각이 되면 건물 전체 소등을 한다고 하더군요. 그래서 퇴근 시각이 되면 모두 사무실 문을 닫고 건물 밖으로 나가야 한다고 했습니다. 저녁에 사무실에 남아서 일을 하는 걸 원천적으로 차단하는 거죠. 참 부럽더군요. 우리도 그렇게 할 수 없을까요? "부존자원이 없는 나라에서 이만큼이라도 잘살게 된 것은 다 열심히 일한 덕분이다. 남들 놀 때 놀고, 남들 쉴 때 같이 쉬면 어떻게 선진국이 될 수 있겠나?" 이런 이야기를 듣겠죠. 요즘처럼 경제 사정이 안 좋을 때는 더더욱 그런 이야기를 꺼내기 힘듭니다. 그랬다가는 의도하지 않게 눈치 없는 인간이 되어 버립니다.

예전과는 분위기가 많이 바뀌었다고는 해도 여전히 꺼림칙합니다. 퇴근 시각 이후의 근무실적이 승진에도 반영이 되던 시절도 있었습니다. 다행히 요즘엔 분위기가 바뀌어 가고 있습니다. 가능하면 초과근무를 적게 하도록 정부 차원에서 노력은 합니다. 초과근무 총량제를 도입해서 매년 10%씩 시간을 감축하고, 개인별 초과근무 시간을 사전에 정해서 가능한 초과근무시간을 줄이는 정책을 추진하고 있습니다. 매주 수요일과 금요일은 '가정의 날'로 정해서 특별한 사유가 없는 한 초과근무를 하지 못하게 합니다. 그런데 '가정의 날'이라는 말이 참 역설적이긴 합니다. 퇴근 이후 가정으로 돌아가는 직장 문화가 아니라는 걸 인정하는 거죠. 늦은 시각에도 정부세종청사에는 환하게 불을 밝히고 있는 사무실이 많습니다. '저녁이 있는 삶'을 사무실에서 보냅니다. 아침 일찍 출근해서 10시간도 넘게 일한 그곳에서 그렇게 저녁의 삶을 다시 시작합니다.

이집트인 운전사 오마르의 미소

그 정치인이 '저녁이 있는 삶'을 이야기한 이유가 뭘까요? 우리도 이제는 열심히 일만 하는 존재에서 벗어나 삶의 여유를 누리는 존재가 되어야 한다는 얘기를 하고 싶었던 것이겠죠. 정치인으로서 그런 삶을 국민에게 주고 싶다는 말일 겁니다. 우린 누구나 삶의 목적을 '행복한 삶'이라고 말합니다. 열심히 일하기 위해서 산다고 말하는 사람은 없죠. 그런데도 열심히 일하고, 직장에서 인정받고, 승진하고 돈을 많이 벌면 행복해질 거로 생각합니다. 때때로, 아니 아주 자주 마음속으로는 그게 아니라고 생각하면서도 말이죠. 어떻게 살 것인가 보다는 무엇이 될 것인가에 매몰되면서 남과 경쟁하고, 더 높은 지위, 더 많은 부를 갖는 것이 행복하고 보람 있는 삶이라고 생각하면서 열심히 달립니다. 그러다가 어느 순간 뒤돌아보며 그게 아니라는 것을 알게 됩니다. 많이 가졌다는 것은 결코 행복과 직결되지 않는다는 걸 한참 나중에야 느끼게 되는 거죠.

2004년에 이집트 카이로 한국학교에 파견 근무를 할 때입니다. 그 당시 이집트의 1인당 국민소득은 3,000달러가 좀 넘는 수준이었습니다. 카이로 한국학교에 채용되어 근무하는 스쿨버스 운전사 월급이 우리나라 돈으로 15만 원 정도였고, 청소하는 아줌마 월급은 5만 원 정도였습니다. 당시 휘발유 1리터 가격이 250원 정도 했던 가격을 기준으로 해도, 그 정도의 월급은 결코 많은 편이 아닙니다. 운전사 월급 15만 원은 우리 가족 4명이 한국식당에서 삼겹살 구이로 저녁 한 끼 먹는 금액과 비슷한 정도입니다.

적은 월급을 받는 그들은 불행하고 그보다 훨씬 많은 월급을 받는 우리는 훨씬 행복하다고 할 수 있을까요? 그들 속에서 살면서 늘 가졌던 의문이 그런 것이었습니다. 한 번은 한국학교 스쿨버스 운전사 오마르 집에 방문한 적이 있습니다. 카이로 시내에서 좀 떨어진 지역인데, 그렇다고 한적한 변두리는 아닙니다. 상점도 많고 사람과 차량도 많이 오가는 제법 번화한 곳입니다. 도로변에 서 있는 그의 집은 벽돌로 지은 3층 건물입니다. 그 건물 1층에는 그 가족의 장자인 오마르 가족이 살고, 2층에는 둘째 파우지(파우지도 한국학교 스쿨버스 운전사로 근무) 가족이, 3층에는 오마르의 아들이 결혼해서 산다고 하더군요. 이집트인은 대부분 이렇게 대가족을 이루어 모여 삽니다.

건물 옆 골목은 아직 포장이 안 되어 여기저기 물웅덩이가 있고, 파리들이 쉴 새 없이 날아다닙니다. 집 안으로 들어가는 계단도 흙먼지가 쌓여 있기는 마찬가집니다. 방 안에 들어갔더니 손님이 온다고 소갈비찜 요리를 잔뜩 해 놓았습니다. 아마도 월급의 1/3은 썼을 겁니다. 그 집안의 형제가 근무하는 직장의 장이 방문을 했으니 그 건물에 사는 온 가족이 와서구경 겸 인사를 합니다. 낡은 카펫, 다 헐은 소파, 페인트칠도 안 되어 있고 벽지도 안 바른 벽, 빛바랜 텔레비전…. 가난의 흔적이 거실 안에도 가득합니다. 물론 제 눈에 비친, 제 시선으로 본 가난입니다. 남루해 보이는 그들의 옷에서도 풍족하지 않음이 역력합니다. 다만, 그들의 얼굴은 그렇지 않았습니다. 환한 얼굴입니다. 누군가에게 보여주기 위한 미소가 아니라 그냥 행복한 얼굴입니다. 가난이 가득한 그 집 거실에 행복한 가족의 미소도 가득했습니다.

행복은 늘 우리 가까이에 있다

서은국은 『행복의 기원』에서 행복은 객관적인 삶의 조건들에 크게 좌우되지 않는다고 말합니다. 행복은 얼마나 많이 가졌느냐보다는 가진 것을 얼마나 좋아하느냐 하는 것에 달려있다는 거죠. 얼마나 많이 가졌느냐가 행복의 조건이라면 돈을 많이 가진 사람, 권력을 많이 가진 사람이 제일 행복하겠죠. 그러나 현실은 그렇지 않습니다.

미국 남가주 대학의 리처드 이스털린 교수가 주장한 '이스털린의 역설'이라는 것이 있습니다. 엄청난 돈벼락을 맞은 복권 당첨자의 행복 더듬이는 갈수록 둔해져서 일상의 작은 일에는 기쁨을 느끼지 못한다고 합니다. 복권 당첨이라는 큰 자극 때문에 친구를 만나 식사를 하는 것, 재미있는 영화를 보는 것, 쇼핑 등에서는 행복감을 느끼지 못하는 거죠. 그들은 한꺼번에 너무나 많은 것을 가졌는데도 그 행복감이 오래가지도, 반복되지도 않는 역설에 빠져버립니다. 어쩌다 한 번의 큰 자극보다는 작은 일상의 행복이 반복되고 자주 일어날수록, 작은 행복의 빈도가 높아질수록 사람은 더 행복해한다고 합니다.

세계에서 가장 행복지수가 높은 나라인 덴마크 사람들이 행복하다고 느끼는 원천은 무엇일까요? 그들이 행복한 이유는 휘겔리한 일상, '휘게 라이프(Hygge Life)'를 중요하게 생각하기 때문이랍니다. 덴마크 코펜하겐의 행복연구소 CEO인 마이크 비킹은 『휘게 라이프』라는 책에서 지금 행복해지는 '휘게 10계명'을 이렇게 제시했습니다.

1. 분위기: 조명을 조금 어둡게 한다.
2. 지금 이 순간: 현재에 충실하라. 휴대전화를 끈다.
3. 달콤한 음식: 커피, 초콜릿, 쿠키, 케이크, 사탕. 더 주세요!
4. 평등: '나'보다는 '우리'. 뭔가를 함께하거나 TV를 함께 시청한다.
5. 감사: 만끽하라. 오늘이 인생 최고의 날인지도 모른다.
6. 조화: 당신이 무엇을 성취했든 뽐낼 필요가 없다.

7. 편안함: 휴식을 취한다. 긴장을 풀고 쉬는 것이 가장 중요하다.

8. 휴전: 감정 소모는 그만. 정치에 관해서라면 나중에 얘기한다.

9. 화목: 추억에 대해 이야기를 나눔으로써 관계를 다져 보자.

10. 보금자리: 이곳은 당신의 세계다. 평화롭고 안전한 장소다.

2015년 3월에 UN 자문기구인 SDSN(Sustainable Development Solutions Network)에서 발표한 한국의 행복지수는 세계 58위입니다. 경제규모로는 세계 11위임에도 불구하고 말이죠. 많이 가졌다고, 경제적으로 부유하다는 것이 행복과 직결되는 것은 아니라는 뜻입니다. 세계에서 가장 행복한 나라 덴마크의 휘게 라이프는 말합니다. 무언가를 많이 가지는 것이 아니라 편안함, 휴식, 조화, 화목, 달콤한 음식, 다른 사람과 나누기 등이 행복한 삶이라고.

겨울밤은 일찍 찾아옵니다. 자잘하고 소소한 일상의 저녁이 더 길어진다는 의미입니다. 가족이 모인 저녁 식탁에 올려진 된장찌개의 구수한 냄새가 진정한 행복의 향기입니다. 행복은 그렇게 늘 우리 가까이에 있습니다.

저녁 때
돌아갈 집이 있다는 것

힘들 때
마음속으로 생각할 사람이 있다는 것

외로울 때

혼자서 부를 노래가 있다는 것

- 나태주 〈행복〉

함께 읽으면 좋은 책

• 마이크 비킹 저, 정여진 역, 『휘게 라이프, 편안하게 함께 따뜻하게』,
위즈덤하우스, 2016
덴마크 사람들은 '왜 가장 행복할까' 라는 물음에 대한 아주 단순하고 간단한
삶의 방식과 철학에 대해 안내하고 있다.

• 에픽테토스 저, 강분석 역, 『에픽테토스의 자유와 행복에 이르는 삶의 기술』,
사람과책, 2008
삶과 죽음, 운명, 자연과 이성에 대해 생각하고, 과거에 집착하지 않으며 현재
에 충실하게 살아가는 것이 자유와 행복에 이르는 삶의 기술이라고 한다.

리추얼이 많은 사람이 행복하다

즐거운 번거로움

아침에 커피를 내립니다. 핸드드립용 포트에 물을 붓고 스위치를 켭니다. 1주일 전에 로스팅해서 밀폐용기에 담아 놓은 커피 2~3가지 중에 그 날 맘에 드는 걸 골라 분쇄기에 넣고 갈아 냅니다. 2~4인용 거름종이를 접어 드리퍼에 올리고 곱게 간 커피 가루를 붓습니다. 약간 흔들어 윗면을 고르게 편 뒤에 물 온도가 90도 정도 되면 주전자를 들어가는 물줄기로 천천히 붓습니다. 물을 붓고 나면 커피가 오븐에 넣은 빵 반죽처럼 부풀어 오르는데 이 과정을 '뜸 들이기'라고 합니다. 신선한 커피, 로스팅한 지 오래되지 않고 숙성이 잘된 커피는 잘 부풀어 오릅니다. 그런 다음 서너 차례 가는 줄기로 물을 부어 커피를 내립니다. 이런 방식으로 커피를 내리는 것을 핸드드립이라고 합니다.

커피를 내리는 방식은 이 외에도 여러 가지가 있습니다. 커피전문점처럼 에스프레소 머신으로 고압에서 내리는 방법도 있고, 일반 가정이나 사무실에서 흔히 볼 수 있는 커피메이커로 내리는 방법도 있습니다. 핸드드립으로 내리는 건 그중에서 제일 번거롭고 귀찮은 일입니다. 커피콩도 커피를 마실 때마다 직접 갈아야 하고, 물 온도도 알맞게 맞추어 끓여야 합니다. 커피 가루에 물을 붓는 것도 섬세한 기술을 필요로 합니다. 생각해 보니 필요한 도구도 여럿입니다. 커피 분쇄기, 포트, 드립용 주전자, 온도계, 거름종이, 드리퍼, 서버. 여기다가 생두를 사서 직접 로스팅을 한다면 더 번거로워집니다. 로스팅하는 기계나 도구도 있어야 하고, 로스팅 다음에 바로 커피를 식힐 수 있는 쿨러도 필요합니다.

이렇게 번거롭게 커피를 마셔야 할까요? 가끔 그렇게 말하는 사람도 있고, 또 스스로 그렇게 생각할 때도 없지는 않습니다. 그 번거로움을 견디는 건 그것이 즐겁기 때문입니다. 커피를 볶고 갈고 내리는 그 소소한 과정이 작은 기쁨을 줍니다. 커피를 내리면서 시작하는 아침이 하루를 향기롭게 열어줍니다. 이런 걸 리추얼(ritual)이라고 합니다.

의미 있는 일상의 반복, 리추얼

김정운의 책에서 리추얼이라는 것을 알게 되었습니다. 리추얼이란 종교적인 의례, 반복되는 행동패턴을 말합니다. 반복한다는 것이 습관이랑 비슷하긴 한데 다른 점은 리추얼에는 행위를 하는 주체의 의미가 담겨 있다는 점입니다. 리추얼은 일정한 정서적 반응과 의미부여 과정이 동반된다는 거죠. 매일 또는 매주나 매월, 그 행위 자체에 의미를 두고 반복하는 일상을 의미합니다. 쉽게 말해서 어떤 일을 하면 기분이 좋아지고, 즐거워지는 행위나 일을 말합니다. 그래서 반복적으로 자꾸 하게 되죠. 번거롭지만 굳이 핸드 드립 커피를 내려 마시는 것, 출근길에 클래식 음악을 듣는 것이 될 수도 있습니다. 한 주에 한 번 정도 영화를 보는 것, 저녁 무렵에 동네를 걸으며 산책하는 것일 수도 있습니다.

꼭 혼자서만 해야 하는 건 아닙니다. 남편이나 아내와 함께 하거나, 친구나 동료와 함께 하는 것일 수도 있습니다. 이런 리추얼이 많은 사람은 행복하다고 합니다.

리추얼, 남자와 여자

대체적으로 남자보다는 여자가 리추얼을 많이 가지고 있다고 하네요. 아무래도 여자가 감성적이고 정서적인 면이 더 강해서 그런가 봅니다. 차를 한 잔 마셔도 남자는 '왜?'라는 것에 의미를 둡니다. 이유가 있어야 한다는 거죠. 하지만 여자는 '누구와, 어떻게'에 관심을 가집니다. 차를 같이 마시는 사람이 누구인지, 어떤 차를 어디서 마시는지에 의미를 둔다는 거죠. 카페에 남자 둘이 앉아 있는 모습은 찾아보기 힘듭니다. 혹여나 있다 하더라고 계약 같은 업무적인 일 때문에 만나는 경우가 대부분입니다. 여자는 그렇지 않습니다. 분위기가 좋아서, 그냥 수다를 떨기 위해서도 카페를 찾습니다. 특별한 일 때문이 아니라 그냥 차를 마시기 위해서, 이야기를 나누기 위해 카페에 갑니다.

가족끼리 외식을 할 때도 그렇죠. 남편은 무엇을 먹을 것인가가 중요하지만, 아내는 음식 자체보다는 가족이 함께한다는 것, 그런 가족의 분위기를 더 중요하게 생각하잖아요. 그래서 남자보다는 여자들이 리추얼을 더 많이 가질 수 있는가 봅니다. 남자와 여자의 일반적인 삶의 모습이 그렇습니다. 남자는 자녀와 아내보다는 직장,

친구, 동호회 등 외부 활동에 많은 시간을 보냅니다. 남자와 여자의 사회생활 모습이 예전과는 많이 달라지기는 했어도 여전히 그런 생각이 지배적입니다. 남자는 그렇게 하는 것이 사회생활을 잘하는 것으로 생각합니다. 가족에게, 가정에 관심을 더 많이 가지라는 아내의 잔소리는 귓등으로 흘려보냅니다.

그러다가 직장에서 은퇴하고 나면, 일로 맺어진 관계들이 하나둘 허물어져 버립니다. 직장에서 얻은 직위가 사라지고 난 뒤, 남자의 모습은 바람 빠진 풍선 신세 같다고나 할까요? 삶의 너무 많은 부분을 직장에서, 밖에서 찾으며 살다 보니 그것을 잃었을 때 오는 상실감이 오죽하겠습니까? 직장 생활을 그만두고 난 이후의 삶이 낙엽처럼 가볍고 부서지기 쉬운 시간이 되어버립니다. 그것을 느끼며 후회의 감정이 밀려올 때쯤이면 이미 늦습니다. 아이들은 어느새 커버려 놀아 주거나 돌보아 줄 대상이 아닙니다. 아내는 아내대로 여가를 보내고 즐기는 방법을 터득한 후입니다. 시간이 많아진 남편이 찾아 들어갈 자리는 비어있지 않습니다. 중년의 여자에게 가장 힘든 일이 은퇴한 남편이 늘 같이 있자고 하는 것이라는 얘기는 블랙코미디가 아닙니다.

리추얼이 필요한 이유

김정운은 『나는 아내와의 결혼을 후회한다』에서 사랑하는 사람을 잃으면 슬퍼지는 이유가 '함께 했던 리추얼'이 사라지기 때문이라고 했습니다. 두 사람 사이에 리추얼이 많았다면 더 슬프고, 리추얼이 적었다면 덜 슬프다는 거죠. 금실 좋은 노부부가 함께 지내다

할머니가 먼저 죽으면 할아버지는 평균 6개월 이내에 돌아가신다고 합니다. 하지만 할아버지가 먼저 죽으면 할머니는 평균 4년 정도를 더 산다고 하네요. 선생님이나 학부모를 대상으로 강의할 때 가끔 그 이유를 여자가 '더 독해서'라고 농담을 하는데, 그가 말하기는 할머니의 리추얼은 할아버지가 없어도 가능한 것이 많다는 것, 삶이 더 풍요롭다는 이유 때문이라고 합니다.

할머니의 리추얼은 할아버지와의 관계가 아니더라도 많다는 뜻입니다. 반면에 할아버지의 리추얼은 그렇지 못합니다. 은퇴 이후, 노후의 리추얼이 대부분 아내와 함께한 것뿐인데, 그 빈자리를 쉽게 메우지 못하는 거죠. 그래서 아내가 떠나고 나면 리추얼을 나눌 사람이 없어져 버립니다. 새로운 리추얼을 만들기도 쉽지가 않죠. 그래서 혼자의 시간을 견디기가 어려워집니다. 혼자 오래 살아간다는 것이 힘든 이유입니다.

설이나 추석 같은 명절에 고향을 내려가는 일은 힘들기는 해도 즐거운 일입니다. 교통이 좋아져서 몇 시간이면 닿을 거리에 있지만 '살다 보면' 자주 가보지 못하게 되는 그 고향에 어머니가 계시니까요. 나이 여든이 넘은 어머니는 3년 전 아버지가 돌아가신 후, 혼자 사십니다. 아버지가 없는 혼자인 삶이 참 외롭겠다는 생각이 듭니다. 아프더라도 그냥 저 건넛방에 누워만 있어도 산 사람이 있는 것이 낫다고 하신 말씀을 듣고는 마음이 아렸습니다. 아버지 살아계실 때 오랫동안 병간호를 직접하셔서, 돌아가신 뒤에는 어머니 마음이 홀가분하시기도 하겠다는 생각이 들었거든요. 직장 때문에 1년 넘게 혼자 지냈던 저도 자주 외로움을 느꼈는데 나이가 많이 들었다고 해서 외로움의 무게가 가벼워지지는 않겠지요.

다행히 혼자 계신 어머니는 좀 외로워하시기는 해도 잘 지내시는 듯 보입니다. 아파트 내 경로당에도 가시고, 놀이터 평상에서 동네 어르신들과 수다도 즐기십니다. 가끔 전화기를 집 안에 두고 다니시는 바람에 자식들이 걱정을 하게 만드시기는 해도 그런 모습이 건강해 보여 좋습니다. 동사무소에서 노인 아르바이트할 일이라도 생기면 가셔서 용돈도 얼마간 벌어 오신다고 자랑을 하십니다. 동네 할머니들도 가끔 집에 오셔서 주무시고 가신답니다. 어머니가 먼저 돌아가시고 아버지 혼자 남으셨다면 어땠을까 그런 생각을 해 봅니다.

메이슨 커리가 쓴 『리추얼』이라는 책에서는 작가와 예술가의 리추얼을 얘기합니다. 리추얼을 세상의 방해로부터 자신을 지키는 혼자만의 의식이자 삶의 에너지를 불어넣는 만족적 행위라고 하더군요. 예술가에게는 그런 리추얼이 많다고 합니다. 그래서 훌륭한 문학이나 예술 작품을 만들 수 있나 봅니다. 리추얼은 문학이나 예술 작품을 만들기 위해서만 필요한 것이 아니겠죠. 하루하루를 살아가는 소소한 일상이 바로 자신만의 문학이요, 예술일 테니까요. 리추얼이 많은 사람이 행복한 이유입니다.

함께 읽으면 좋은 책

- 메이슨 커리 저, 강주헌 역, 『리추얼』, 책읽는수요일, 2014
  소설가, 철학자, 작곡가, 건축가, 과학자, 화가 등 위대한 창조자들은 평범한 시간을 어떻게 가장 빛나는 시간으로 만들어 갔는지를 소개하고 있다.

70세에 저승에서 날 데리러 오면

『나는 아내와의 결혼을 후회한다』, 『남자의 물건』, 『노는 만큼 성공한다』, 『가끔은 격하게 외로워야 한다』의 저자 김정운은 명지대학교 교수로 안식년에 일본으로 그림 공부를 하러 갑니다. 남들 다 부러워하는 교수 자리도 버리고 그림에 푹 빠져 살았죠. 그러다가 이제는 여수에서 글 쓰고, 그림 그리고, 낮잠 자는 생활을 할 계획이라고 합니다. 진돗개 두 마리도 키울 계획이라네요. 부럽습니다. 가진 것을 버릴 수 있는 용기가 부럽고, 새로움에 도전하는 마음이 부럽고, 그런 선택을 할 수 있는 여유가 부럽습니다. 부러우면 지는 거라는데 어쩔 수 없네요. 이길 방법이 없으니…

외로워야 되돌아본다

자신이 진정으로 하고 싶은 일을 하며 살아야 진정한 자유의 삶이라고 하지만, 그게 어디 쉬운가요? 보통 사람에게는 그림의 떡입니다. 누구나, 항상 그런 건 아니지만 40~50대 중년들은 자주 그런 생각에 젖게 됩니다. 특히 지금 자신이 하고 있는 일이 지치고 힘들다고 느낄 때, 이전에 내가 그렸던 현재의 모습을 떠올려 봅니다. 그때 난 무엇을 꿈꾸었던가? 무엇을 하며 살고 싶었던가? 그런 생각을 하던 그때가 너무 아득하다 싶으면 그냥 '지금의 나'로 시제를 옮겨 와도 좋습니다. '지금 나는 제대로 된 길을 가고 있는가?', '이 길이 내가 가고자 한 그 길인가?', '지금 하는 일이 즐겁고 행복한가?'

현재 자신의 모습이라도 제대로 볼 수 있다면 그나마 다행이죠. 그런 시간조차 가지지 못하고 허겁지겁 아등바등 살아가는 것이 바로 우리 삶의 현실이지 않은가요? 그래서일까, 김정운은 우리에게 가끔은 외로워야 한다고 합니다. 우리 모두는 정상이 아니므로 가끔씩은 아주 격하게 외로워야 한다는 겁니다. 외로우면 스스로를 돌아보게 되죠. 가족, 직장, 친구 등 사회적 관계로부터 어느 정도 거리를 두게 되면 '나'라는 존재를 좀 더 객관적인 위치에서 볼 수 있습니다. 여러 관계망 속에 있는 자신의 모습을 돌아볼 때가 가끔은 필요하다는 거죠. 그래야 작고 사소한 일에 핏대를 세우지 않게 되고, 하루하루 하나하나의 사건에 일희일비하지 않게 됩니다. 좀 더 긴 호흡으로 자신의 삶의 내러티브를 보아야 삶이 힘겨워지지 않으니까요.

좋은 날 좋은 시를 찾고 있다 전해라

이애란이 부르는 '백세인생'이라는 노래가 인기였을 때가 있었습니다. 가사가 우리 마음의 한 곳을 쏙쏙 간지럽힙니다. 가사는 이렇습니다.

육십 세에 저세상에서 날 데리러 오거든

아직은 젊어서 못 간다고 전해라

칠십 세에 저세상에서 날 데리러 오거든

할 일이 아직 남아 못 간다고 전해라

팔십 세에 저세상에서 날 데리러 오거든

아직은 쓸 만해서 못 간다고 전해라

구십 세에 저세상에서 날 데리러 오거든

알아서 갈 테니 재촉 말라 전해라

백 세에 저세상에서 날 데리러 오거든

좋은 날 좋은 시에 간다고 전해라

아리랑 아리랑 아라리요

아리랑 고개를 또 넘어간다

팔십 세에 저세상에서 또 데리러 오거든

자존심 상해서 못 간다고 전해라

구십 세에 저세상에서 또 데리러 오거든

알아서 갈 텐데 또 왔냐고 전해라

백 세에 저세상에서 또 데리러 오거든

좋은 날 좋은 시를 찾고 있다 전해라

백 오십에 저세상에서 또 데리러 오거든

나는 이미 극락세계 와있다고 전해라

아리랑 아리랑 아라리요

우리 모두 건강하게 살아가요

60세는 아직 젊고, 70세는 할 일이 남아서 저승으로 못 간다고 전하랍니다. 80세는 여전히 쓸 만할뿐더러 그 나이에 저승 가기는 자존심이 상한다고 합니다. 90세가 되어야 알아서 갈 때쯤이 되고, 100세가 되어 좋은 날 좋은 시간을 받아서 간다고 전해라는 가사에 사람들이 정말이지 '격하게' 공감을 합니다. 10년 전만 해도 100세까지 산다는 것은 토픽감이었습니다. 그러나 앞으로의 세상, 아니 지금 세상은 100세는 어찌 보면 누구나 도달할 수 있는 나이가 되었습니다. 어떤 분은 이제는 120세 인생이라고도 합니다.

그런데 오래 사는 것이 좋은 거라고 생각하던 노인이 오히려 불안해하는 사회현상이 생겼다는군요. 원래 불안은 미래가 불투명한 젊은이의 정서였으나 지금은 대책 없이 퇴직 이후 수십 년을 살아야 하는 노인의 정서가 되어 버렸습니다. 긴 노년 생활의 미래가 그다지 밝지 않기 때문입니다. 불안해하는 노인은 숲을 보지 못하고 나무를 보게 된다고 합니다. 노인이 가지고 있는 삶의 경험과 경륜이 젊은이에게 위로가 되지 못하면 노인뿐만 아니라 사회 전체가 불안해진다는 저자의 말에 고개를 끄덕이게 됩니다. 사람이나 동물이나 불안해지면 작은 일에도 열을 올리고 짜증을 내게 되니까요. 그런 사람이 많아지는 사회는 마찰과 갈등이 많아질 수밖에 없겠죠.

삶의 게슈탈트를 바꾸어야 한다

TV에서 '은퇴전야'라는 다큐멘터리를 본 적이 있습니다. 여러 에피소드 중에 50대 초반, 어느 철물점 사장의 이야기가 주의를 끌었습니다. 중학교 졸업 학력을 가진 그는 농촌에서 농사를 짓다 어찌

어찌하다 철물점을 하게 되었답니다. 어느 날 부부 동반으로 야유회를 갔다가 커피전문점에서 커피를 마시게 되었는데 커피에 대해서는 아무것도 모르는 자신이 부끄러워 커피 공부를 시작하게 되었다네요. 그렇게 시작한 공부가 식품관리사, 바리스타 자격증까지 취득하기에 이르렀고, 바리스타 자격을 함께 딴 아내와 함께 커피전문점을 꿈꾸고 있다는 내용이었습니다. 인터뷰를 하는 그의 얼굴에는 앞으로의 삶에 대한 기대와 희망, 설렘이 잔뜩 묻어나더군요. 김정운이 말하는 삶의 게슈탈트 전환이 그에게는 아주 자연스럽게 이루어졌다는 의미겠죠.

대기업의 임원, 고위공직자, 군인, 교장 등 지위가 높았던 사람은 정년 후의 삶이 쉽지 않다고 합니다. 명함이 없어서입니다. 사회적 지위와 위치가 사라지고 난 뒤에 자신을 설명할 수가 없기 때문입니다. 그 전에는 명함만 내밀면 되었거든요. 그런데 그 명함이 없어진 다음에는 자신을 설명할 수 없으니 다른 사람과의 관계가 힘들어집니다. 그래서 퇴직 후에는 죽어라 산에만 가는 겁니다. 산을 오르내릴 때는 자신을 설명할 필요가 없기 때문이죠. 좋게 말하면 자연과의 관계 맺기라 할 수 있습니다만, 그것만으로 긴 노년의 삶을 채워 가기에는 뭔가 허전합니다. 그러니 삶의 방식을 바꾸는 일, 현재의 삶에서 미래를 준비하는 무언가가 필요합니다.

저자는 이런 삶의 게슈탈트를 바꾸는 데 세 가지 방법이 있다고 알려 줍니다. 첫째는 사람, 둘째는 장소, 셋째는 관심을 바꾸는 겁니다. 이 중에서 제일 좋은 것이 '관심'을 바꾸는 거랍니다. 관심을 바꾸면 만나는 사람도 바뀌게 되고 장소도 자연스럽게 바뀌게 됩니다. 그러면 희망과 기대가 생기고 세상에 대한 흥미가 공부로 이어질 수 있습니다.

　오스트리아에서 태어난 유대인으로 2차 세계대전 때 유대인 강제수용소인 아이슈비츠에 갇혔다가 살아남아 『죽음의 수용소』를 쓴 빅터 프랭클도 그렇게 말했습니다. 의미 있는 삶을 사는 방법은 거리를 두고 자신을 바라보고, 관심의 초점을 다른 곳으로 돌리는 것이라고요. 어쩌면 지금 우리가 해야 할 일은 은퇴 후가 아니라, '바로 지금' 관심을 바꾸는 일일지도 모릅니다. 바로 앞의 나무만 보지 말고 저 멀리 숲을 볼 수 있어야 합니다. 그래야 저 숲을 헤치고 나가 그다음에 펼쳐진 들판을 걸을 수 있을 테니까요. 그러지 못하면, 70세에 저승에서 날 데리러 왔을 때 아직 할 일이 남아서 못 간다고 우겨 볼 수도 없을 테니까요.

함께 읽으면 좋은 책

• 하라 코이치 저, 윤성원 역, 『극락 컴퍼니』, 북로드, 2011
　정년퇴직 후 평범한 일상을 보내던 주인공의 좌충우돌 제2의 인생 이야기로, 바쁘고 힘든 직장생활을 하는 현대인에게 새로운 사고의 기회를 제공한다.

커피에서 사람 냄새가 난다

- 허영만, 『커피 한잔 할까요? 1~8』, 예담, 2016

만화가 허영만이 그린 커피에 대한 만화책입니다. 예전에는 만화를 보려면 만화 가게로 갔었는데 요즘엔 서점에서 주로 만화책을 사서 보게 됩니다. 초등학교에 다닐 때는 일요일 아침에 눈을 뜨자마자 만화방으로 달려가기도 했었는데, 그때의 기억이 새롭습니다. 만화를 보려고 아버지 호주머니에서 몰래 동전을 꺼내 썼다가 혼난 적도 있습니다. 중, 고등학교 때는 좋아하는 이현세의 까치와 엄지 이야기에 푹 빠졌던 적도 있죠. 컬러 TV도 없었고 인터넷이라는 말도 없던 그 시절은 만화가 훨씬 친숙한 존재였습니다. 지금도 어느 만화방에서 추억을 하나둘 쌓아 가는 아이들도 있을지 모르겠네요. 하긴 요즘에는 만화 말고도 아이들의 시선을 붙잡아 둘 것들이 너무 많고, 스마트폰으로 언제 어디서든지 만화를 볼 수 있으니 굳이 만화방에 가지 않겠네요.

커피가 생각나는 날

허영만의 만화는 커피와 사람에 대한 이야기입니다. 책에는 커피를 마시고 싶은 날에 대한 이야기, 그냥 기계로만 쉽게 뽑아낸다고 생각했던 에스프레소의 깊은 맛에 대한 이야기가 있습니다. 그가 그린 커피 자판기에서는 그 속에 담긴 누군가의 추억과 달콤한 믹스 커피 향이 섞인 사람 냄새가 슬며시 흘러나옵니다.

가끔은 커피가 무척이나 그리워지는 날이 있잖아요. 가족은 모두 잠들어 있고 혼자 일찍 깬 날 아침, 기대하지 않았던 첫눈이 내리는 날, 그런 날엔 커피 생각이 납니다. 크리스마스가 다가오는 겨울 거리에서 10대 시절에 듣던 이글스(Eagles)의 '호텔 캘리포니아(Hotel California)'가 흘러나오는 날은 왠지 찐한 커피를 마셔야 할 것 같습니다. 신호등에 멈춰 선, 차장에 떨어지는 빗방울이 눈에 들어오는 날에는 커피 향이 그리워집니다. 평소에 커피를 즐겨 마시지 않던 사람도 이런 날에는 커피 향이 코끝에 몽글몽글 모여들기 마련입니다.

커피 마니아라면 에스프레소를 마셔야 제격이죠. 강한 쓴맛이 입안을 한 바퀴 돌아 목구멍을 따라 흘러갈 때는 내 몸의 세포 하나하나가 톡톡 깨어나는 느낌을 받습니다. 처음 접할 땐 쓴맛에 몸서리치다가도 두어 번 모험을 하고 나면 그런 짜릿함이 문득문득 생각날 때가 있습니다.

커피와의 행복한 만남

인스턴트 믹스 커피만을 먹다가 아메리카노를 시작으로 커피를 알게 된 것이 벌써 10년이나 되었네요. 예전 근무지였던 경남교육청 건너편 경남신문사 1층에 새로 생긴 카페에 발을 들여놓으면서부터입니다. 그곳은 다른 카페들이 문을 열기 전인 이른 아침에도 커피를 살 수 있는 곳이라 좋았습니다. 한 손에는 서류가방, 한 손에는 커피 한 잔을 든 자신의 모습이 좀 괜찮아 보인다고 착각하며 살던 시절이었죠. 2,500원짜리 커피 한 잔이 주는 아침의 행복은 나름 괜찮았습니다.

그러다가 커피에 대한 책을 사보기 시작했습니다. 신기욱의 『커피 마스터 클래스』, 김훈태의 『핸드드립 커피 좋아하세요?』, 최유미, 서지연의 『스타일이 살아있는 핸드드립 커피』 등을 통해 커피의 여러 모습을 접하게 되고, 핸드드립 커피도 알게 되었죠. 스튜어트 리 앨런의 『커피견문록』, 마크 펜더그라스트의 『매혹과 잔혹의 커피사』를 읽으면서 커피가 지나온 길과 그 길을 함께했던 아프리카, 아랍, 남미 사람들의 이야기에도 귀를 기울이게 되었습니다.

사람들이랑 커피를 마시다 '모카' 커피의 유래에 대해 얘기를 해 주면 다들 놀랍니다. '모카(Mocha)'를 그저 커피의 한 종류로 알고 있는 경우가 많습니다. 하긴 카페 메뉴에 '모카커피'가 있으니 그럴 만도 하죠. 모카치노, 모카라떼, 카페모카⋯ 커피 메뉴에 모카라는 단어가 들어가 있으면 커피에 초콜릿 시럽이 들어간 것이라는 의미입니다. 달달한 커피를 원하시면 모카가 들어가 있는 커피를 주문하면 된다는 뜻이죠. 모카치노는 에스프레소에 초콜릿 시럽을 넣은 것이고, 에스프레소에 스팀 우유를 넣고 초콜릿 시럽을 올리면 모카라떼가 되고, 여기에 휘핑크림을 올린 것을 카페모카라고 합니다.

사실 모카는 중동에 있는 예멘의 항구 이름입니다. 사우디아라비아가 있는 아라비아 반도 남서쪽에 있는 나라가 예멘인데, 이 나라의 서쪽 해안가에 있는 도시입니다. 홍해 건너편에 커피의 원산지 에티오피아가 있죠. 제가 4년 동안 살았던 이집트에서도 그리 멀지 않은 곳입니다. 그때는 커피를 잘 알지 못해서 에티오피아나 예멘에 가볼 생각을 못 했던 것이 못내 아쉽네요.

커피가 최초로 시작된 곳으로 알려진 에티오피아의 커피가 홍해를 건너 모카로 들어가게 됩니다. 그곳으로 전해진 커피가 15~17세기에 본격적으로 경작되고 수확되어 이웃 중동 지역과 유럽, 그리고 아메리카 대륙으로도 퍼져 나가게 된 거죠. 모카에서 재배되는 커피인 '예멘 모카 마타리'는 '자메이카 블루마운틴', '하와이안 코나'와 함께 세계 3대 커피로 불립니다. 특히 예멘 모카 마타리는 인상파 화가인 고흐가 어려운 형편에도 이 커피를 즐겼다는 얘기가 전해지면서 '고흐의 커피'로도 알려져 있습니다. 그의 작품 중에 '밤의 카페테라스'가 있는데, 이 그림을 볼 때마다 고흐가 그 카페 어디쯤에 앉아 마타리를 마시고 있는 모습을 상상하게 됩니다.

사람 냄새가 나는 커피숍

대학로 서울대병원 옆에 학림다방이 있습니다. 1956년에 처음 문을 열었다고 하니 60년이 넘었네요. 다방에 들어가려면 요즘엔 보기 힘든 좁고 가파른 계단을 올라가야 합니다. 문을 열면 옛 시절의 향기가 새벽안개처럼 밀려옵니다. 복층으로 되어 있는 구석 자리가 특히 아늑한데, 그곳을 스쳐 간 많은 이들의 흔적들도 드문드문 볼 수 있습니다. 학림다방은 비엔나커피로 유명합니다. 비엔나커피는 아메리카노에 달콤한 휘핑크림을 듬뿍 올려서 만듭니다. 첫맛은 크림의 부드러움을, 그다음엔 커피의 쓴맛을, 시간이 지나면 둘이 어우러진 새콤달콤한 맛을 즐길 수 있습니다. 문득 비엔나커피의 여러 가지 맛은 우리가 삶에서 만나게 되는 것들과 비슷하다는 생각이 드네요.

비엔나커피의 이름은 오스트리아의 수도 빈(Vienna)에서 유래한 것입니다. 비엔나에서도 비엔나커피가 유명할까요? 답은 '아니오'입니다. 비엔나에는 비엔나커피가 없습니다. 비엔나커피의 원래 이름은 '아인슈패너(Einspanner)'입니다. 아인슈패너는 '말 한 마리가 끄는 마차'라는 뜻인데, 그 옛날 마차를 몰던 마부들이 마차에서 내리지 않고 뜨거운 커피에 크림을 올려 마시던 것에서 유래되었다고 합니다. 2010년 KBS 드라마 '시크릿 가든'에서 주인공 현빈과 하지원의 카페라떼를 이용한 일명 거품 키스가 방송되면서 비엔나커피를 찾는 사람들이 많아졌다는 에피소드도 있습니다. 대학로에 가면 비엔나커피의 크림을 입술에 묻혀 가며 마셔 보는 것도 괜찮은 추억 만들기가 되겠네요.

경남 진주 남강 변 경남문화예술회관 뒤편에 있는 '자연 담은 이야기'의 남자 바리스타가 내려주는 커피 맛이 참 좋습니다. 진주 신도시 한쪽에 자리 잡은 '문희정 커피'의 핸드드립 맛은 아무나 낼 수 있는 맛이 아닙니다. 창원시 대방동 뒷길의 '더 하우스' 커피점 사장님은 그 투박한 손으로 어떻게 그렇게도 부드러운 커피 맛을 낼까요? 김해시 김해교육지원청 건너편에 있는 '폴인커피'의 하와이안 코나 맛은 비가 오는 날이면 늘 생각납니다. 창원시 용호동 가로수길 뒤편에 있는 '소리고을' 안주인이 내리는 케냐AA의 진한 풍미는 커피를 좋아하는 사람만이 누릴 수 있는 사치입니다. 세종시에서 장군면 너머 공주 가는 길에 있는 '달비채'의 젊은 사장님의 핸드드립 커피도 일품입니다. 강릉의 박이추 선생의 '보헤미안'이나 주말이면 사람들이 북적이는 '테라로사'로 커피만을 위한 주말여행도 해볼 만합니다. 바다 건너 제주도 송당리 풍림다방의 풍림브레붸의 달콤한 맛을 즐기는 것은 약간의 운도 따라 주어야 가능한 일입니다.

한동안은 볶은 커피콩을 사서 핸드밀로 갈아 핸드드립을 해서 커피를 마셨습니다. 요즘엔 로스팅 기계도 사고, 전동 그라인더도 구비해서 제법 커피 마니아 흉내를 냅니다. 일전에 누군가가 그 귀하다는 '코피 루악'을 구해 준 적이 있는데, 맛을 보고 사진도 찍어 블로그에 올려 두었었습니다. 그 사진과 글을 본 『식물의 인문학』을 쓰신 박중환 님이 그의 책에서 이미 '커피마니아 배정철 님'이라고 써주셨으니 이미 나름 공인을 받은 거나 마찬가지죠.

비가 오는 날입니다. 비 오는 날에는 커피 향이 더 진해집니다. 공기 속에 있는 습기가 커피 향을 더 오래 잡아 두기 때문이겠죠. 아니 그보다는 그런 날에는 그리운 사람들이 커피 향 가까이 모여들기 때문일 겁니다.

오늘 같은 날에는 사랑하는 사람과 커피 한 잔 어떨까요? 커피 향처럼 사람의 향기도 오래 머물 수 있도록….

3장

더불어 살아간다는 것

세상에서 가장 먼 여행

  최근에 책 두 권을 구입했습니다. 『냇물아 흘러흘러 어디로 가니』와 『손잡고 더불어』입니다. 일 년 전 세상을 떠난 신영복 선생의 1주기를 추모하며 나온 책들입니다. 『손잡고 더불어』는 신영복 선생이 20년이 넘는 수형 생활을 마치고 출소한 이후부터 타계하기 직전인 2015년까지 나눈 대담 중 10편을 뽑아 수록한 대담집입니다. 선생의 육성과 사유가 오롯이 담긴 인터뷰를 날짜순으로 수록한 것입니다. 강의한 내용을 책으로 접하는 것보다 이번 대담집에서는 선생의 생각이 더 살아 움직입니다. 『냇물아 흘러흘러 어디로 가니』는 신문과 잡지 등에 발표한 글과 강연록 중에서 생전에 책으로 묶이지 않은 글을 모은 유고집입니다. 이 유고집의 글은 선생이 구속되기 전에 쓴 글이 수록되어 있습니다. 20대의 청년 신영복을 만날 수 있는 반가운 글입니다.

  이 책들을 접하면서 1년 전 새해 벽두에 날아든 선생의 부고 소식에 한동안 멍했던 기억이 새롭습니다. 선생을 생전에 한 번 만난 적도 없고, 그분의 강의를 직접 들어 본 적도 없습니다. 선생의 글을 처음 접한 것도 몇 해 되지도 않았습니다. 그런데도 선생의 죽음은 마음 한편이 뭉텅 잘려나가는 느낌이었습니다. 선생의 말과 글이 더 이상 세상 밖으로 나오지 않을 거라는 아쉬움 때문입니다. 선생과는 몇 해 전의 『강의』로 첫 대면을 했습니다. 오래전에 나온 『감옥으로부터의 사색』은 책은 알고 있었지만 직접 읽어 보지는 못했습니다.

『강의』는 우리 사회에 인문학 열풍이 거세게 불 때 만난 책입니다. 동양 고전에 대한 갈증이 있었는데, 『강의』는 도서관 구석 어디쯤에서 먼지를 뒤집어쓰고 웅크리고 있던 고전 하나하나에 세상의 빛을 씌워주더군요. 그렇게 고전들을 세상 밖으로 불러냅니다. 익숙한 듯하면서도 생소하고, 그 뜻을 알 듯하면서도 고개를 갸우뚱거리게 하지만 어느 책보다 훨씬 친근하게 다가왔습니다. 그 후로 『담론』, 『변방을 찾아서』, 『더불어 숲』, 『처음처럼』으로 만남이 이어집니다.

모든 존재는 수많은 관계 속에 놓여 있다

그중에 오늘은 『담론』에 대한 이야기입니다. 『담론』의 전반부는 고전에서 읽는 세계 인식이고, 후반부는 20년 수형생활에서 얻은 삶의 통찰인데 책의 저변에 흐르는 큰 주제는 '관계'입니다. 모든 존재는 고립된 불변의 존재가 아니라 수많은 관계 속에 놓여 있는 것이며, 그러한 관계 속에서 비로소 개인의 정체성을 갖게 된다고 합니다. 정체성을 개인의 본질에서 찾지 않고 관계에서 찾는 발상이 놀랍습니다. 그러고 보면 우리 모두는 단독자로 존재하는 것 같지만, 실상은 수많은 타자와의 가깝고도 때로는 먼 관계로 존재합니다. 태어나 이름을 얻는 순간부터, 아니 그 이전에 어머니의 배 속에 있을 때부터 관계 속에 놓이게 됩니다. 누구의 아들이나 딸이고, 누구의 형이나 누이가 되고, 누구누구의 친구가 됩니다. 몇 학년 몇 반 학생이고, 모 씨 집안의 장손이기도 합니다. 사회에 나오고 결혼을 하게 되면서 그 관계의 선은 더욱 복잡해지고 범위는 넓어집니다. 한 번 이어진 선이 끊어지기도 하고 헝클어지기도 하지만 여전히 '나'라는 존재는 그런 관계망 속에 존재합니다. 그 관계의 선을 인위적으로 끊어 낼 수도 있지만 그렇게 되면 자신과 이어진 존재는 크고 작은 고통을 느끼게 됩니다. 주위 사람을 따듯한 시선으로 자주 둘러보아야 할 이유입니다.

머리에서 가슴까지의 여행

다른 책에서도 그렇지만 『담론』에는 보석 같은 말이 참 많습니다. 한겨울 망망대해에서 그물에 걸려 올라오는 은빛 물고기같이 파닥거리는 말들입니다. 그중에 가장 빛나는 것이 '세상에서 가장 먼 여행'입니다. 세상에서 가장 먼 여행은 머리에서 가슴까지라고 합니다. 머리에서 가슴까지의 물리적 거리는 30cm나 될까요? 그 거리가 가장 멀다고 합니다. 이 말을 듣고 가만히 생각해 보면 고개를 끄덕이게 됩니다.

머리는 생각, 분석, 논리입니다. 가슴은 애정이고 공감입니다. 머리는 누가 옳고 그른가를 따지고, 나에게 이득이 되는지 해가 되는지를 가늠합니다. 일이 일어난 이유와 원인을 가려 잘잘못을 가립니다. 누구나 할 수 있고, 잘하는 사람도 많습니다.

반면에 가슴은 느낌입니다. 있는 그대로를 보는 눈입니다. 내가 중심이 아니라 나와 관계를 맺고 있는 사람에게 시선을 둡니다. 기쁨과 고통을 함께합니다. 쉽지 않은 일입니다. 공부하고 노력하고 연습한다고 잘할 수 있는 일도 아닙니다. 스스로를 돌아보고 자신의 위치를 제대로 알 때라야 가슴에 도달할 수 있습니다. 그래서 세상에서 가장 먼 여행이라고 하나 봅니다.

그런데 이 여행이 가슴에서 멈추면 안 된다고 합니다. 손과 발로의 여행으로 이어져야 합니다. 손은 실천적 연대이고 발은 입장의 동일함입니다. 애정과 공감이 삶의 실천으로 이어지고, 관계망 속에 있는 사람들과 같은 위치에 설 수 있어야 합니다. 그래서 선생은 이렇게 말합니다.

머리 좋은 것이 마음 좋은 것만 못하고, 마음 좋은 것이 손 좋은 것만 못하고, 손 좋은 것이 발 좋은 것만 못한 법입니다. 관찰보다는 애정이, 애정보다는 실천적 연대가, 실천적 연대보다는 입장의 동일함이 더욱 중요합니다. 입장의 동일함, 그것은 관계의 최고 형태입니다.

그래야 함께하는 여행이 됩니다. 단독자로서의 삶이 아니라 손잡고 더불어 사는 삶이 됩니다.

엄격하게 그리고 관대하게

대인춘풍 지기추상(待人春風 持己秋霜). 선생이 붓글씨로 가장 즐겨 쓰는 글귀라고 소개합니다. 다른 사람을 대할 때는 봄에 부는 바람같이 부드럽게 하고, 자신에게는 가을의 서리처럼 차갑게 하라는 삶의 철학입니다. 우리 같은 사람들은 그 반대로 자신에게는 관대하고 다른 사람에게는 엄격하기가 쉽습니다. 자기가 한 잘못에는 늘 이런저런 이유와 핑계가 있어 쉽게 이해되지만, 다른 사람의 실수나 잘못은 용납이 안 됩니다. 잘된 일은 내 덕분이고 잘못된 일은 네 탓입니다. 잘되면 내 덕이고 잘못되면 조상 탓이라는 말이 있는 걸 보면 그렇게 생각하며 사는 사람이 예전부터 많았나 봅니다. 흔한 우리 삶의 모습은 대인춘상이요, 지기춘풍입니다.

이 글귀를 보면서 언젠가 주말에 골프장에서 본 모습이 떠올랐습니다. 앞서 가는 팀에 중년의 여자 네 분이 운동을 하고 있었는데, 그런 위에서 시간을 많이 보내더군요. 뒤에서 기다리는 시간이 길어지니 자연히 그들을 좀 더 자세하게 보게 됩니다. 거리가 짧은 파 3홀에서 사인을 받고(골프를 도와주는 캐디끼리 서로 무선을 주고받고 앞 팀이 홀을 빠져나가기 전에 바로 뒤의 팀이 플레이를 하는 것을 말함) 공을 치고 가보니 가까운 거리에서도 컨시드를 주지 않더군요. 보통 아마추어끼리 플레이를 할 때는 볼이 홀에 1~2m 정도 거리에 있으면 컨시드 사인을 주어 볼이 홀에 들어간 것으로 인정해 줍니다. 그런데 그들은 그것에 인색했습니다. 먼저 플레이를 마치고 홀 아웃 한 사람은 동반자가 끝날 때까지 옆에서 지켜봐 주는 것이 에티켓인데도 자기 플레이가 끝나자마자 카트(전동차)를 향해 가버립니다. 그러면서 멀리서 힐끗 쳐다봅니다. 동반자가 친 볼이 홀에 들어가나 안 들어가나 확인하는 거죠. 서로 믿지 못한다는 겁니다. '저분들은 저럴 거면 뭐하러 같이 골프를 칠까? 저렇게 몇 시간을 같이 보내는 것이 즐거움이 아니라 고통일 수도 있겠구나.' 하는 생각이 들었습니다.

골프 규칙이 책 한 권이 될 정도로 많기는 한데 단 한 줄로 정리하면 이렇습니다. '자신에게는 엄격하게, 동반자에게는 관대하게 적용하라.' 동반자가 슬쩍 볼을 옮겨 놓지나 않는지, 긴 풀에 들어간 공을 발로 차서 치기 편한 곳으로 맘대로 꺼내 놓지는 않는지, 스코어를 한두 개 적게 말하는 것은 아닌지에 신경을 쓰기 시작하면 자기 플레이에 집중하기 힘들어집니다. 동반자에게 관대해지면 편안해지고 즐거워집니다. 그러면서 자신은 엄격하게 규칙을 지킵니다. 그러면 푸른 하늘과 초록빛 잔디가 눈에 들어오고, 머리칼을 쓸고 지나가는 바람도 만져집니다. 마음에 여유가 생기고 함께하는 시간이 즐거움이 됩니다. 그러나 이 또한 쉽지 않은 일입니다. 알면서도 잘 안 되는 일입니다. 머리에서 가슴까지의 여행이 먼 까닭입니다.

함께 읽으면 좋은 책

- 신영복, 『강의』, 돌베개, 2004
  관계론의 관점에서 동양 고전의 의미를 재조명하고 궁극적 삶의 가치는 인성의 고양이며, 인성은 결국 인간관계임을 고전을 통해 하나하나 해석해 준다.
- 신영복, 『변방을 찾아서』, 돌베개, 2012
  선생이 생전에 쓴 글씨, 현판이 있는 곳을 찾아 글씨에 얽힌 사연과 변방의 새로운 의미를 잔잔하게 들려준다.
- 신영복, 『손잡고 더불어』, 돌베개, 2017
  저자의 1주기를 맞아 나온 대담집으로, 자유로운 대담을 통해 보다 날 것의 생각들을 들을 수 있다.

싸가지 있게 사는 법

이집트에서의 국정감사

이집트 카이로에서 한국 학교장으로 파견 근무(2004~2008년)를 할 당시의 일입니다. 한국에서 대사관 등에 대한 국정감사를 하러 국회의원들이 여럿 왔었습니다. 9월 정기국회를 개회하고 난 후에 중앙부처나 지방기관에 대한 국정감사를 끝마치고 나면, 재외 한국 기관에 대해 감사를 합니다. 대사관이 감사 준비를 주관했고, 감사장은 대사관 회의실에 마련되었습니다. 카이로 이집트 대사관의 대사, 공사를 포함한 대사관 직원들은 물론이고, 대한무역투자진흥공사(KOTRA)의 관장과 한국국제협력단(KOICA) 단장, 그리고 한국 학교장등 관련 기관장들이 모두 참석했습니다.

한국에서 근무할 때도 국정감사를 여러 차례 경험해 보긴 했습니다. 그때는 맡은 업무와 관련해서 국회의원들이 요구하는 자료를 교육청을 통해 취합하고 정리해서 제출하는 정도였죠. 이번처럼 국감장에 직접 참석하는 일은 없었던 터라, 생소하고 떨리는 경험이었습니다. 혹시나 나올 질문에 대비해서 한국학교와 현지 교육현황에 관한 이런저런 자료를 미리 준비해서는 대사가 앉은 뒷줄에서 긴장한 채 꼿꼿이 앉아 있었습니다. 결론적으로 말하면 다행인지 불행

인지 한국 학교에 대한 질의는 나오지 않았습니다.

무역관장의 무안함

이집트는 국제관계에 있어서 우리에게도 중요한데, 국교 수립은 우리보다 북한이 한참이나 앞섭니다. 북한과는 1963년, 우리와는 1995년에 정식 국교를 맺었으니 우리보다는 북한과 우호 관계가 깊습니다. 북한은 이집트가 4차 중동전쟁에서 기습작전을 준비할 때 이집트 공군 조종사들을 북한에 데려와 비밀리에 훈련시키고 미그기의 부품까지 대 줍니다. 그뿐만 아니라 전쟁이 벌어지자 북한 조종사를 직접 파견해 이집트 영공을 지켜주기도 했으니 양국이 혈맹이 될 수밖에 없었던 거죠. 이집트 전쟁박물관에 가면 북한 예술작가가 그린 그림이 전시되어 있습니다. 그림의 내용은 이집트 전쟁 영웅담인데, 한눈에 봐도 북한 사람이 그렸다는 것을 알 수 있을 정도입니다. 하지만 냉전 시대가 끝나고 안보보다는 경제가 중요한 시대가 되면서 한국과 북한의 위상이 많이 달라졌습니다.

그런 이집트이다 보니 안보와 경제문제에 대한 질의가 많았습니다. 안보 문제에 대해서는 대사가 답변을 잘했습니다. 국제 정세에서 이집트의 역할, 그에 따라 우리가 어떤 자세로 접근해야 하는지 등 답변이 만족스러웠습니다. 정치 문제에 이어 경제와 관련된 질문이 이어졌고, 이에 대한 질의와 답변이 이루어지고 있는 상황이었습니다. 정확한 내용까지는 기억이 나지 않지만, 이집트와의 무역과 관련된 질문과 대답이었습니다. 질문과 답변이 오고 가는 중에 대사 옆에 앉아 있던 KOTRA 관장이 보충 설명을 해 주겠다고 나섰습니다. 아무래도 그 부분에 있어서는 대사보다는 무역관장이 자세히 알고 있는 사항이었기 때문입니다.

"그 부분에 대해서는 제가 보충 설명을 드리겠습니다."

"어디서 건방지게 관장이 나서요?"

무역관장이 말을 꺼내자마자 감사반장으로부터 바로 그런 말이 나왔습니다. 무역관장은 말을 더 이어가지 못한 채 무안해 했고, 감사장은 그렇잖아도 무거웠던 분위기에 싸늘함이 더해졌습니다. 좀 더 자세한 설명을 드리겠다고 했는데 왜 못하게 했을까요? 무례하게 나선 상황도 아니었는데 그렇게 제지를 했어야 할까요? 그 당시 50대 후반의 무역관장이 무안해 하며 어쩔 줄 몰라 했던 모습을 생각하면 지금도 마음이 아픕니다. 무역관장이 나서는 게 무례하게 보였다면 감사반장은 좀 더 정중하게 제지하지 못했던 걸까요? 아무리 생각해도 싸가지가 없었다는 생각밖에 안 듭니다.

싸가지가 있는 말과 없는 말

흔히 말을 한 번 내뱉으면 주워 담을 수가 없다고 합니다. 같은 말이라도 '아' 다르고 '어' 다르다고 합니다. 말을 할 때 신중히 하라는 의미를 나타내는 격언이나 속담은 무수히 많습니다. 어떤 때는 칼보다도 말이 사람에게 더 큰 상처를 남기기도 합니다. 가끔은 다른 사람에게 상처를 주기 위해서 의도적으로 모진 말을 하는 사람도 있지만, 별생각 없이 다른 사람의 입장을 생각하지 못하고 하는 경우가 더 많습니다. 지위가 올라갈수록, 역할의 범위가 넓어질수록 말을 함부로 하기 쉽습니다. 그의 말에 저항하지 못하고 속수무

책으로 들어야 하는 사람 수가 많아지기 때문입니다.

서울대 소비자트렌드분석센터에서 매년 펴내는 책인 『트렌드 코리아 2014』에 보면, 2014년의 주요 트렌드 중 하나로 '직구로 말해요'를 꼽았더군요. 돌려 말하지 말고 직설화법으로 말하라는 뜻입니다. 자신의 감정과 의사 표현을 직설적으로 잘하는 게 트렌드라는 겁니다. 요즘 젊은 세대의 감성에도 어울리는 것 같긴 합니다.

제 별명 중 하나가 '돌직구'입니다. 최신 트렌드에 맞나 싶기도 한데 그 별명으로 저를 일컫는 후배들 입장에서는 별로 좋은 뜻은 아닙니다. 다른 사람의 마음을 다 헤아려주지 못하고 아프게 말한다는 뜻이니까요. 선배들보다는 후배들이 주로 부르는 별명이니 알만하죠. 후배들도 제 돌직구에 저항하지 못하고 속앓이를 한 경우가 많지 않았나 하는 생각도 듭니다.

우리가 말을 하는 목적은 의사소통을 하기 위해서입니다. 제 뜻을 상대방에게 제대로 전달하고, 상대방의 생각을 정확히 파악하기 위해서죠. 상대방에게 전해지는 말이 본래의 의도와는 다르게 무례와 불쾌, 혐오와 짜증으로 포장된다면 어떨까요? 자신의 말 속에 담긴 본래 '의미'는 그 잘못된 '포장' 때문에 퇴색되거나 변질되어 버립니다. 말의 본래 목적인 의사소통은 물 건너가고, 그 자리에 소모적인 싸움만 남습니다.

강준만은 『싸가지 없는 진보』라는 책에서 "기품 없음이 무기가 되면, 싸움이 진행될수록 당사자들은 점점 더 기품이 없어진다. 그래서 점점 더 깊은 상처를 주고받게 된다. 그러다 보면 아픔을 느끼는 능력이 가장 모자란 사람이 최후의 승자가 된다."라고 지적합니다. 아픔을 느끼는 능력이 가장 모자란 사람, 남의 입장은 전혀 생각하지도 배려하지도 않는 사람, 자기만을 생각하는 사람이 승자가 된다는 겁니다. 결국은 마음 약하고 착한 사람만 힘들어지게 된다는 뜻입니다.

진보와 보수의 싸가지

책 제목이 『싸가지 없는 진보』라고 해서 진보를 비난하고 '보수'를 옹호하는 책이라 생각할 수도 있는데, 내용을 들여다보면 오히려 '진보'에 대한 사랑의 글입니다. 진보에 대한 애정이 짠합니다. 강준만은 진보적 지식 엘리트는 자신의 학벌 자본을 이용해 경제적으로 풍요를 누린다고 주장합니다. 당위만을 놓고 보자면 진보가 보수에 비해 멋져 보이는 데다 그럴듯한 도덕 자본까지 누릴 수 있으므로 지식 엘리트의 이념 구성은 현실 세계와는 달리 진보 지향성이 비교적 높은 편이라는 거죠. 한마디로 '강남좌파'라는 겁니다.

이런 생각은 진보적 지식 엘리트에 국한되는 것만은 아닙니다. 우리 같은 보통 사람들도 마찬가지입니다. 나 자신과 내 가족의 문제에 대해서는 보수적이고 조직과 사회 문제에 대해서는 진보적인 시각을 가지는 것이 일반적입니다. 무엇이 옳고 그르다는 것, 무엇이 지향해야 할 방향이라는 것은 누구나 알고 있고, 말하기도 쉽다는 거죠. 높은 아파트 분양가에 대해서는 정부 정책에 불만을 가지지만 내 집의 가격은 좀 올랐으면 합니다. 사교육비에 허리를 졸라매며 공교육이 부실하다고 목소리를 높이지만 내 아이는 좋은 학원에 보내서 좋은 성적을 받았으면 합니다. 우리 같은 보통 사람들의 보통적인 삶의 모습입니다.

진보는 가치 지향적이고 보수는 이익 지향적이라지만 현실에서 우리는 늘 가치와 이익을 함께 지향합니다. 우리는 때로는 진보이고 때로는 보수라는 거죠. 그래서 항상 진보적이거나 늘 보수적인 사람들에 대해서는 원칙을 지키는 사람으로 여기기도 합니다. 우리 사회는 그런 사람들에게 의지하는 부분이 없지 않습니다. 그렇다고 모든 사람들이 그럴 수도, 그럴 필요도 없는 것도 사실입니다.

사실, 진보냐 보수냐가 문제가 아니라 강준만의 말처럼 우리가 더 관심을 기울여야 할, 정을 붙여야 할 것은 보다 '사회적인 것'이 아닐까요? 내가 서 있는 곳이 어디인지 가끔씩 돌아보고 나를 둘러싼 환경에 대한 인식을 가지는 거요. 나와 내 가족의 테두리를 조금 벗어난 그곳에 있는 이웃과 다른 사람들의 삶의 모습을 좀 더 눈여겨보는 거요. 그래야 싸가지를 가지고 살 수 있다는 겁니다. 진보든 보수든 사람답게 살려면 싸가지가 있어야 합니다.

함께 읽으면 좋은 책

- 조국, 오연호, 『진보집권플랜』, 오마이북, 2010
  문재인 정부의 초대 민정수석을 지내고 있는 전 서울대 법대 교수인 조국과 오마이뉴스 대표기자인 오연호가 7개월 동안 나눈 심층 대담의 기록이다.

- 강준만, 『강남좌파』, 인물과사상사, 2011
  '이념은 좌파적이나 생활은 강남 사람과 같다' 라는 좌파정치인들의 유형과 실상을 심층적으로 분석하여 정치의 또 다른 모습을 보여준다.

마이클 본드 저, 문희경 역, 『타인의 영향력』, 어크로스, 2015

우리는 한 개의 병에 담긴 물이다

한 달에 한 번, 교육부 전 직원이 참석하는 행사가 있습니다. 이번 주제는 '청렴'입니다. 부총리(2015년 당시, 황우여)의 특별 말씀도 있다고 직원 모두가 잠시 바쁜 일손을 놓고 강당을 가득 메웠습니다. 청렴 교육 강사로 나오신 분은 사단법인 한국공익신고지원센터 이지문 소장으로, 1992년 14대 국회의원 선거 당시 군대 내 부재자 투표 비리를 고발해서 화제가 된 분입니다.

이런 분을 모시고 청렴 교육을 하는 건 얼마 전 교육부 고위공직자의 수뢰사건 때문입니다. 중앙부처 국장급 간부가 구속이 된 사건이라 그 파장이 컸습니다. 언론의 관심도 아주 높았고, 부내 직원들 사이에서도 이런저런 말들이 아주 많은 사건이었습니다. 구속된 그 국장과 가까이에서 근무해 보지는 않았지만, 그분이 사무관이던 시절부터 어느 정도 아는 사이였습니다. 평소 생각하고 있던 수수하고 열심이던 모습과는 선이 그어지지 않는 사건이라 놀라기도 했고, 정말 사실일까 하는 의구심이 들기도 했습니다.

공직사회는 병에 든 물이다

청렴 교육 중 나온 내용 중에 한두 가지가 기억에 남습니다. 대구 시장이 그런 얘기를 했다며 소개한 내용입니다. 공직사회는 병에 든 물과 같다고 합니다. 그래서 작은 오물이 그 속에 들어오면 병의 물은 마실 수 없게 된다는 것이죠. 좋은 비유라는 생각이 듭니다. 어느 한 사람의 작은 실수나 잘못이 전체 집단의 이미지로 국민이나 시민에게 비치게 된다는 것이죠. K 국장의 잘못은 교육부에 근무하는 모든 직원들의 부패 이미지로, 한 고등학교의 급식 비리는 전체 학교의 나쁜 급식 이미지로, 어느 선생님의 과한 체벌은 전체 교사의 폭력 이미지로 각인됩니다. "나는 그렇지 않은데, 뭘."하며 자기 위안을 하고, "우리가 전부 그런 것도 아닌데." 하며 억울해 해도 소용없는 일입니다. 우리는 한 개의 병에 담긴 물이기 때문입니다.

또 한 가지는 내부고발이나 동료의 잘못에 대해 어떻게 할 것인가 하는 갈등 상황에 관한 것입니다. 친구가 운전하는 차를 같이 타고 가다가 과속과 운전 부주의로 사람을 치었을 때, 과속에 대해 사실대로 얘기할 수 있는가? 아니면 친구의 중과실을 면해주기 위해 과속 사실을 숨길 것인가? 동료나 직장 상사의 비리나 잘못을 그냥 두고 볼 것인가 아니면 신고를 할 것인가? 아니 적어도 그 사람이 그렇게 하지 못하도록 말이라도 할 수 있겠는가? 그런 갈등 상황들을 제시하는 강의를 들으면서 나는 과연 어떻게 할지 판단이 쉽게 서질 않았습니다. 제게는 그런 상황이 생기지 않기를 바라지만, 살면서 가끔씩 마주하게 되는 상황입니다.

하버드 대학 마이클 샌델 교수의『정의란 무엇인가』라는 쉽지 않은 책이 한동안 베스트셀러가 된 적이 있습니다. 이 책에서도 도덕적 딜레마 상황을 여러 가지로 제시하고 생각해 보게 합니다. 역시 판단은 쉽지 않습니다. 우리는 누구나 객관적인 상황, 내가 제삼자인 경우에는 무엇이 옳고 그른지를 쉽게 판단합니다. 내가 개입되지 않은 상황에서는 말이죠. 하지만 막상 내가 당사자가 되는 주체가 되면 판단을 쉽게 하지 못합니다. 다른 사람의 말이나 행동에 대해서는 무엇이 옳고 그른지에 대해 쉽게 판단을 하면서도 자신의 문제에 대해서는 그렇지 못합니다. '나만 아니면 돼' 또는 '나는 그래도 돼' 하는 자의적 정의를 해 버리는 경우가 많습니다.

우주왕복선 챌린저호 폭발의 이유

부총리는 강의가 끝난 후 여러 가지 당부 말씀을 하셨습니다. 상사는 부하 직원의 충언에 귀를 기울이고 고맙게 생각하라고 했습니다. 잘못된 일에는 적극적으로 의사 표현을 하는 것이 조직의 건강을 위해서 좋은 일이라고도 했습니다. 조직에 개인이 매몰되어 버리는 '집단사고'를 경계하라는 뜻이죠.

'집단사고'는 예일대학교 심리학자 어빙 재니스(Irving Janis, 1918~1990)가 40년 전에 만든 용어입니다. 집단의 규범에 동조해야 하는 압력에 의해 정신의 효율성, 현실 검증, 도덕적 판단이 약화되는 현상을 말합니다. 집단에 속해 있는 개인은 자의든 타의든 집단의 견해와 분위기에 압도되어 자유로운 의견이나 다른 견해를 밝히기 어렵다는 거죠.

집단사고의 폐해로 자주 인용되는 유명한 사례가 있습니다. 리먼 브라더스(LHEMAN BROTHERS)의 파산과 우주왕복선 챌린저호 폭발 사건입니다. 리먼 브라더스 최고 경영자 리처드 펄스는 회사 내부의 충성 문화를 조장했다고 합니다. 당연히 반대 의견을 내는 것은 불가능한 분위기였죠. 회사 내에 위기의 신호들이 감지되었지만 그런 것들은 충성 문화 속에 묻히고 말았습니다. 그 결과 2008년 많은 사람들의 놀라움과 함께 파산으로 이어집니다.

1986년 1월 28일, 세계의 주목을 받고 발사된 챌린저호는 발사 후 73초 만에 공중에서 폭발하면서 탑승한 7명의 승무원이 모두 사망하는 참사가 벌어집니다. 폭발 원인은 어이없게도 'O'링이 낮은 기온에 얼어 제 역할을 하지 못했기 때문으로 밝혀집니다. 그런데 문제는 발사 전에 'O'링 전문기술자가 이 문제를 예상하고 발사 연기를 건의했지만 받아들여지지 않았다는 사실입니다. 성공에 집착한 NASA 내부 분위기가 문제 제기의 통로를 막아버린 거죠. 그 결과는 결국 대형 참사로 이어졌습니다.

구글 회장이었던 에릭 슈미트는 "나는 회의실에서 발언하지 않는 사람들, 의견을 밝히기를 두려워하지만 반대 의견이 있는 사람들을 찾아내려고 애쓴다. 그들이 마음속에 품은 생각을 말하게 하면 토론이 활기를 띠고 바람직한 결과가 나온다."고 했습니다. 반대 의견이 없는 조직이 건강하지 않다고 단정할 수는 없습니다. 그러나 반대 의견이 자유롭게 표현되는 조직이 건강한 것은 확실합니다. 많은 공무원들에게 큰 자괴감을 주는 '영혼 없는 공무원'이라는 말이 공무원 사회, 그리고 제가 소속되어 있는 조직의 문화를 한 마디로 대변하는 것 같아 씁쓸해집니다.

박경철의 선한 영향력

언젠가 '시골의사' 박경철의 강연회에 간 적이 있습니다. 선한 영향력에 대한 얘기를 하더군요. 수년 전 어느 병원에서 외과의로 일할 때 있었던 에피소드였습니다. 내과에서 진단을 받은 암 환자의 수술 의뢰가 들어왔답니다. 환자는 남편을 여의고 홀로 남매를 키우며 요구르트 아줌마로 일하고 있었습니다. 수술을 위해 개복을 한 후, 이내 봉합을 했다고 합니다. 암세포가 뱃속 여기저기 퍼져 있어서 수술이 불가능한 상태여서 어쩔 수 없었다고요. 그 환자는 결국 수술 후 10여 일 만에 사망했습니다. 심전도 소리가 멈춰가는 그때, 침대 옆에서 엄마 손을 잡고 가만히 고개 숙이고 있던 남매. 그들의 어깨를 두드리며 엄마의 사망을 알리는 순간, 고개를 든 그들의 셔츠는 가슴까지 온통 젖어 있었답니다. 아픔을, 울음을 그렇게 삼키고 있었던 거죠. 아버지도 돌아가시고 이제 어머니도 세상을 떠나게 되었으니 천애 고아가 된 두 남매의 심정이 어떠했을지 짐작이 됩니다.

그런 일이 있었던 후, 세월이 한참 지난 어느 날, 개업한 병원으로 신부님 한 분이 찾아오셨답니다. 여느 환자처럼 치질 수술을 받으러 온 줄 알았는데, 그 신부가 그때 그 환자의 아들이었다고 했답니다. 여동생은 교사가 되어 결혼도 하고 행복하게 산다는 말을 전하며, 문득 박경철 의사를 찾아보고 싶다는 생각이 들어 찾아왔다고 하더랍니다. 엄마를 잃은 슬픔에 젖어 있던 그들에게, 남겨진 그들의 아픔만 생각하지 말고 그들을 두고 떠나는 엄마의 마음을 헤아려 보라고, 그 마음을 헤아리며 살아 보라고 했던 그 말이 그 남매를 지금까지 살아오게 했다는 말을 전하고 싶어서였다고요.

이 이야기를 하면서, 박경철은 '선한 영향력'이라는 말을 했습니다. 내가 누군가에게 용기가 되고 힘이 되고 삶의 희망이 되는 것이 선한 영향력이 아닌가 하고요. 그러면서 세상에는 선한 영향력뿐만 아니라 '악한 영향력'도 있다는 것을 늘 기억해야 한다고 말이죠. 나의 어떤 말에 용기와 힘을 얻는 경우도 있지만, 그 반대의 경우도 있을 수 있습니다. 타인에게 주거나 혹은 받는 영향력은 겉으로 드러날 수도 있고 눈에 보이지 않게, 그렇지만 아주 큰 영향을 미칠 수 있습니다.

저명한 저널리스트인 마이클 본드(Michael Bond)도 그의 책『타인의 영향력』에서 타인이 나에게 끼치는 영향을 가장 악하고 부정적인 면에서부터 선하고 긍정적인 면까지 드러내어 보여줍니다. 단순히 말에 의해 전해지는 개인 대 개인의 영향력뿐만 아니라 감정 전염부터 군중심리, 집단사고, 동지애, 이타주의, 고독의 사회학과 같은 사회심리학의 성과를 역사적 사건, 사회적 이슈를 통해 타인의 영향력이 얼마나 큰 파급 효과가 있는지를 말합니다.

우리는 살면서, 자의든 타의든 서로에게 영향을 받기도 하고 주기도 합니다. 그 영향이 선한 것인지 악한 것인지 바로 알 수는 없지만, 최소한 나로 인해 병 속의 물이 흐려지지 않도록 노력을 할 수는 있지 않을까요?

함께 읽으면 좋은 책

- 박경철, 『시골의사 박경철의 자기혁명』, 리더스북, 2011
  청춘의 멘토인 저자가 청년들에게 들려주는 자기 고뇌와 그것을 이겨 낸 노력의 결실을 통해 보내는 자기 혁명의 메시지를 담고 있다.

표현한다는 것은 내 마음을 보여주는 일

유시민의 『표현의 기술』을 읽었습니다. 그의 책을 읽을 때마다 느끼는 거지만 글을 참 쉽게 잘 씁니다. 본인 말처럼 커리어 밀리언셀러 작가가 그냥 되는 건 아니겠지요(겸손하게 그렇게 말했지만 요즘 서점가의 분위기로 봐서는 '커리어'라는 말을 빼도 될 듯합니다). 글에서 따뜻한 마음도 느껴집니다. 날카롭게 상대방을 찌르기도 하지만 사람에 대한 존중의 마음이 글 속에 배어 있습니다. 책에서도 그런 말이 있지만, 말과 글이 다른 사람들도 많다던데, 이 분도 좀 그런 편이 아닌가 싶습니다. 말하는 걸 들어 보면 글에서 보이던 따뜻한 온기가 덜 느껴지거든요. 그런 느낌은 나만 갖는 것이 아닌지, 요즘 〈썰전〉이라는 프로그램에서 말하는 걸 보면 많이 달라졌다는 느낌을 받습니다. 주위에서 하는 소리를 듣기는 들은 모양입니다. 남 말만 할 게 아니네요. 나에게도 그런 말을 하는 사람이 더러 있습니다. 책을 나름 열심히 읽는다는 걸 알고 나서 흔히 하는 말입니다.

"보기와는 다르시네요."

아내도 가끔 그럽니다.

"책 많이 읽으면 뭐해, 마음이 좁쌀 같은데."

아이들의 마음이 담긴 일기

책 마지막 부분에 일기 쓰기와 관련된 내용이 나오는데, 젊은 교사 시절 때의 일이 생각났습니다. 경남 창원 소재 초등학교에 근무할 때이니까 1995~1996년도쯤의 일입니다. 시간이 참 빠르다고 하더니 벌써 20년이나 지난 일이 되었습니다. 그때 우리 반 아이들은 지금 서른이 넘었겠네요.

5학년 담임할 때의 일입니다. 지금도 기억이 생생합니다. 그 당시 학급 담임을 하면서 일기지도, 검사를 참 열심히 했습니다. 일기지도를 열심히 한 이유는 아이들의 글쓰기 능력을 키워 주기 위해서였습니다. 철자법, 띄어쓰기도 봐주고, 자기의 느낌이나 생각이 많이 들어가게 지도를 했습니다. 빨간 펜으로 틀린 글자를 고쳐 주기도 하고, 말미에는 두어 줄 정도 아이들과 소통하는 글도 써 줬습니다. 일기검사를 하고 다시 아이들에게 돌려줄 때 선생님이 뭐라고 썼는지 그것부터 조심스럽게 확인하는 아이들이 많았습니다. 자기 글에 대한 선생님의 반응이 궁금했던 거죠. 칭찬하는 말이라도 적혀 있으면 좋아하는 모습이 역력했습니다. 그런 기대감이 아이들로 하여금 힘들지만 일기를 쓰게 하지 않았나 생각합니다.

두 번째 이유는 생활지도, 인성지도를 위한 것이었습니다. 사실이건 좀 부수적인 것이기는 합니다. 의도적으로 사전에 계획했던 것은 아니라는 거죠. 아이들의 글을 읽다 보면 아이들끼리의 친밀도나 다툼 등이 여기저기 글에서 드러납니다. 선생님이 모르는, 보지 못했던 아이들의 세상이 그 속에 들어 있습니다. 여러 아이의 글을 종합해 보면 직접 보지 못하는 우리 반의 민낯을 볼 수 있습니다. 누가 다른 아이를 힘들게 하는지, 누가 힘들어하는지도 알 수 있습니다. 덕분에 왕따나 폭력 문제 같은 큰 사고 없이 학급을 운영하는 데 도움이 참 많이 되었던 기억입니다.

　일기를 쓴다는 것, 그것도 매일 쓴다는 것이 여간 힘들지 않습니다. 사실 저 역시 초등학교에 다닐 때 일기검사를 열심히 하는 담임 선생님 때문에 힘든 기억이 있습니다. 쓴 분량이 너무 적다고 야단을 치실 때는 글자 수까지 세어서 일기장 한쪽에 살짝 표기하는 오기를 부리기도 했었으니까요. 그래서 가능하면 아이들이 자발적으로 즐겁게 참여하도록 애썼습니다. 일기가 선생님과 아이들이 소통하는 공간이 되기를 기대했습니다. 어쩌면 그 당시 아이들 중에 지금도 그 일기장을 가지고 있는 이도 있겠죠.

　반 아이들 중에 특히 명수랑 연정이라는 두 아이는 정말 열심히 일기를 썼었습니다. 처음엔 일기장 한 쪽도 채우지 못했는데 나중에는 두세 쪽을 써오기도 했습니다. 금방 그렇게 된 건 아니고 몇 달이 지나면서 그렇게 되더군요. 그 당시에는 전국 어린이 일기 쓰기 대회(정확한 명칭은 기억이 안 남)가 있어서 두 아이 일기장을 출품해서 상도 받았었습니다. 그러다가 여름 방학을 지나 개학을 했을 때, 명수라는 아이는 소설을 써오더군요. 글쓰기에 재미가 단단히 붙었던 모양입니다. 소설가가 되는 것이 꿈이라고도 하더군요. 계속 그렇게 글에 대한 열정을 가지고 있었다면 소설가가 되었을지도 모릅니다. 혹여 소설가가 되지는 않았더라도 지금의 저처럼 이런저런 글을 쓰면서 살지 않겠나 싶네요.

　언젠가부터 초등학교에서 일기장 검사나 지도는 하지 않습니다. 않는 것이 아니라 못하게 되었죠. 2005년에 국가인권위원회가 "초등학교 교사가 학생의 일기장을 검사하는 것은 사생활의 비밀과 자유, 양심의 자유 등 헌법에 보장된 아동 인권을 침해하는 것"이라고 결정했기 때문입니다. 그 당시에는 찬반논란이 크게 일었지만, 지금은 그런 논쟁도 사그라졌죠. 아이들도 개인 사생활을 가지고 있고, 다른 사람에게 보여주고 싶지 않은 일상의 비밀이 있는 건데, 그걸 매일 선생님이 본다고 생각하면 아이들 입장에서는 많이 불편했겠다 싶네요. 그래도 그땐 그게 교육적으로 장점이 많다고 생각했었습니다. 그 당시 아이들을 만나게 되면 한 번 물어봐야겠네요.

짜증과는 다른 분노

인터넷이 발달하고 누구나 글을 쓰고 공유할 수 있게 된 이후에는 누구나 쉽게 글을 씁니다. SNS에 짧게 댓글을 달기도 하고, 블로그나 밴드 등에는 자기 생각을 사진이나 그림과 함께 장문의 글을 올리기도 합니다. 가끔 촌철살인의 번득이는 참신함을 보기도 하지만 그것과는 거리가 먼 글도 아주 많습니다. 그냥 '짜증'을 쏟아 내는 글입니다. 욕설과 비난, 사실인지 아닌지도 모르는 추측, 나와 다른 생각을 가진 사람에 대한 모욕, 다른 사람의 일탈에 대한 도가 넘치는 호기심을 표현하는 글이 그렇습니다. 분노하여야 할 일에 짜증만 냅니다. 그런 글들이 아무런 거름 장치도 없이 마구 쏟아져 나오는 세상입니다. 짜증은 그저 배설에 지나지 않습니다. 짜증만 쏟아 내는 글에는 뒤처리도 대안도 없습니다. 그저 자신의 감정을 무작정 드러내 버리고 마는 거죠. 그 글을 읽는 사람들은 아랑곳하지 않습니다. 생각이 아니라 불편한 감정만을 전달합니다.

짜증에 비해 분노는 변화를 만들어 냅니다. 세월호 사고에 대한 분노는 어린 학생들의 무고한 희생에 대해 어른들의 가슴에 처절한 미안함 하나씩을 심어 두었습니다. 구의역에서 안타깝게 목숨을 잃은 김 군 사고에 대한 분노는 비정규직의 문제가 단지 노동의 문제에 국한된 것이 아니라는 진실을 생각하게 합니다. 짜증이 아니라 분노해야 잘못된 세상을 변화시킬 수 있습니다. 프랑스 레지스탕스 출신 스테판 에셀(Stephane Hessel, 1917~2013)은 2010년, 그의 나이 아흔세 살에 발표한 『분노하라』라는 책에서 젊은이들에게 이렇게 외칩니다.

나는 여러분 모두가, 한 사람 한 사람이, 자기 나름대로 분노의 동기를 갖기 바란다. 이건 소중한 일이다. 내가 나치즘에 분노했듯이 여러분이 무언가에 분노한다면, 그때 우리는 힘 있는 투사, 참여하는 투사가 된다. 이럴 때 우리는 역사의 흐름에 합류하게 되며, 역사의 이 도도한 흐름을 우리들 각자의 노력에 힘입어 면면히 이어질 것이다. 이 강물은 더 큰 정의, 더 큰 자유의 방향으로 흘러간다.

표현의 기술은 마음이다

유시민의 책 제목이 '표현의 기술'이라고 되어 있어서 무척 딱딱한 글쓰기 기술에 관한 책이라고 생각이 들 수도 있겠다 싶은데 그렇지 않습니다. 글을 왜 쓰는가, 진보나 보수, 악플에 대한 대처, 감정이입과 비평…. 저자 자신의 경험과 다른 사람들의 반응들을 소개하면서 우리 자신도 가끔 생각하고 혼란스러워하는 문제들에 대해 한두 가지 해결책을 제시해 줍니다. 길든 짧든 누구나 글을 쉽게 쓰는 요즘, 꼭 읽어 보아야 할 내용이 많습니다. 그중 밑줄 그은 문장을 소개합니다.

어린 시절에는 무엇을 배우려고 책을 읽었습니다. 그러나 날이 갈수록 귀하게 다가오는 것은 배움보다 느낌이었어요. 여러분도 '배우는 책 읽기'를 넘어 '느끼는 책 읽기'에 도전해 보시기 바랍니다. 넓고 깊고 섬세하게 느끼다 보면, 자신도 모르는 사이에 문자 텍스트로 타인과 소통하고 교감하는 능력이 생길 겁니다.

표현의 기술은 마음이라고 합니다. '내 마음대로'의 마음이 아니라 내 마음을 진실로 이해하고 그 마음을 그대로 받아 줄 마음이라는 뜻이겠지요. 표현한다는 것은 내 마음을 보여주는 일입니다. 그 마음이 내 마음에 제대로 와 닿아야 소통이 일어나는 거죠. 소통이 필요 없는 내 마음만 쏟아낸다면 그 마음이 서로 부딪혀 고통스러운 신음을 만들어 낼 겁니다.

문득 그런 생각이 듭니다. 지금 '내가 쓴 이 글은 내 마음이 글을 읽은 저 마음으로 제대로 전달이 되는 걸까?'

글을 쓰면서 늘 두려움이 앞서는 이유입니다.

함께 읽으면 좋은 책

- 고종석, 『고종석의 문장』, 알마, 2014
  간결한 글쓰기, 올바른 우리글, 좋은 글쓰기를 위한 테크닉과 자세에 대한 가장 기본적인 것이 무엇인지에 대한 실천적인 조언을 담고 있다.

- 서민, 『서민적 글쓰기』, 생각정원, 2015
  기생충학 교수이며 신문 칼럼니스트로 활동하는 저자의 해학적이면서 날카로운 은유를 담은 글쓰기의 비법을 담고 있다.

올더스 헉슬리 저, 이덕형 역, 『멋진 신세계』, 문예출판사, 1998

모두가 똑같은 사회

아이들은 모두 제각각이다

몇 해 전, 초등학교 교감으로 근무할 당시의 일입니다. 늦가을이 되면 학예회를 합니다. 당시 근무하는 학교는 시내 중심 소재의 40 학급이 넘는 제법 규모가 큰 학교였습니다. '꿈 나눔 끼 자랑'이라는 이름의 학예회를 이틀 동안 축제 형식으로 진행했습니다. 강당에서는 아이들이 공연을, 운동장에서는 전통놀이 체험을, 교실에서는 공작체험을 할 수 있도록 기획했습니다. 학교 건물들 사이의 아늑한 공간인 '도담뜰'에서는 학부모회에서 운영하는 먹거리 장터도 열리고, 벼룩시장도 열립니다. 이틀 동안 학교가 그야말로 축제의 장입니다. 아이들과 학부모 모두 즐겁게 참여할 수 있도록 교사와 학부모가 머리를 맞댄 결과였습니다.

학예회 시작 전날, 한 학부모로부터 전화를 받았습니다. 말의 요지는 학부모가 자기 자녀에게 주는 꽃다발을 들고 오지 못하게 금지시켜 달라는 거였습니다. 강당에서 공연을 할 때, 학부모 중에 자기 자녀에게 줄 꽃다발을 들고 오기도 하는데, 이것을 학교 측에서 공식적으로 못하게 막아달라는 거였죠. 꽃다발을 받지 못하는 아이들, 부모가 사정상 참석하지 못하는 아이들이 마음의 상처를 받는다는 이유입니다.

그분이 그렇게 주장하는 마음이 어느 정도 이해는 됩니다. 아이들이 축제를 하며 즐거워야 하는데 꽃다발 때문에 마음이 상하면 안 되니까요. 그러면서도 한편으로는 어른들은 서로가 다름을 인정하지 못하는구나 하는 아쉬움이 들었습니다. 아이들은 오히려 꽃다발에 대해서 어른들이 생각하는 것만큼 심각하지는 않을 것이라는 생각, 모두가 똑같을 수는 없지 않나 하는 생각이 들었거든요.

아이들은 모두 제각각입니다. 얼굴도, 키도, 성격도, 재주도 다 다릅니다. 서로 다른 아이들을 학교라는 하나의 울타리에서 같은 교육을 시키고 있다는 사실을 부인하지 못하는 것이 현실이긴 합니다. 그렇다고 학교 교육의 목적이 제각각 개성을 가진 아이들을 똑같은 아이들로 길러 내자는 것은 결코 아니며 그렇게 해서도 안 됩니다. 아이들이 가진 각각의 가능성과 잠재력을 발견하고 발휘할 수 있도록 기회를 주는 것이 되어야 하죠. 그러면서 서로가 다르다는 것을 알고, 인정하고, 존중하는 것을 배워가는 것입니다. 학부모의 민원이 과하다는 것이 아니라 우리가 언제부터인가 다름을 인정하지 않고 형식적이고 맹목적인 같음을 무비판적으로 지향해 가는 것이 아닌가 하는 염려가 컸습니다.

헉슬리가 그린 신세계의 역설

겨우 34층밖에 되지 않는 나지막한 회색 빌딩. 중앙현관 위에는 '런던 중앙 인공부화 조건반사 양육소'라는 간판이 붙어 있고 방패 모양의 현관에는 '공유-균등-안정'이라는 세계국가의 표어가 보인다.

올더스 헉슬리가 1932년에 발표한 『멋진 신세계』의 첫 문단입니다. 그는 이 책에서 그가 살던 시대보다는 먼, 우리가 살고 있는 시대보다는 가까운 세상을 '디스토피아(dystopia)'로 그렸습니다. 그가 그린 세상에서는 사람들은 실험실에서 인공부화를 통해 태어납니다. 결혼과 출산을 미개한 방식으로 생각하죠. 아이들은 부모가 누구인지 알지 못합니다. 세상에 나오기 전에 태아는 모두 인공부화병에서 조건반사 훈련을 받게 됩니다. 이 과정을 통해서 태아들은 알파, 베타, 감마, 델타, 입실론 등 다섯 개의 계급으로 정해집니다. 철저한 계급 구분을 통해서 사회에서 맡을 역할도 미리 정해집니다.

델타나 입실론 등 낮은 계급은 뇌나 신체에 인위적으로 부정적 영향을 주어 정상적이지 못한 상태로 세상에 나오게 됩니다. 이는 단순한 일, 반복적인 일, 하층 노동력을 얻기 위해서입니다. 최상위의 알파 계급은 사회 지도층에 속하는 엘리트 계층, 두 번째의 베타 계급은 행정 업무를 맡는 중산층, 세 번째 순위인 감마 계급은 하류층을 이룹니다. 인공배양을 통해 인간이 만들어지다 보니 같은 얼굴, 같은 체형의 쌍둥이가 많이 태어나는데, 이 쌍둥이는 둘 혹은 셋이 아니라 수십, 수백 명이 되기도 합니다. 범죄도 없고, 갈등도 없고, 괴로움도 없습니다. 혹시나 스트레스를 받게 되면 소마라는 일종의 마약을 먹으면서 해결합니다. 이런 사회가 과연 행복한 사회, '멋진 신세계'일까요?

1932년에 올더스 헉슬리가 그린 미래 사회가 지금 우리의 모습과 많이 닮았다고 여겨지는 건 과장일까요? 지금 우리 사회에서는 금수저, 흙수저 논란이 한창입니다. 어느 사람은 부모를 잘 만나서 좋은 환경에서 태어나 자라고, 비싼 사교육을 받고, 외국으로 어학연수를 다녀오고, 좋은 대학에 입학합니다. 졸업 후에도 사람들이 선망하는 전문직을 하거나 부모의 재산이나 사업을 물려받아 남들보다 편안한 삶을 살아갑니다. 금수저들은 군 생활도 편하게 합니다. 고위공직자의 자녀를 코너링 좋아서 운전병으로 뽑았다는 어느 경찰 간부의 말은 많은 흙수저들에게 어이없음과 상실감을 안겨 주었습니다. 반면에 흙수저들은 아무리 이를 악물고 노력해도 사회계층의 한 단계 올라가기도 힘듭니다. '개천에서 용 난다'는 말도 옛말이 되어 버린 지 오래고, 희망의 사다리도 여기저기 부러져 제구실을 하지 못하는 세상입니다.

헉슬리의 신세계를 닮아가는 현실

그래서일까요? 보건복지부에 따르면, 미혼자 비율(25~39세)은 2001년 22%에서 2005년 38%, 2010년에는 41%로 크게 높아졌습니다. 미혼자만 많아진 것이 아니라, 출산율도 낮아져 배우자가 있는 여성의 출산율은 2001년 1.4명에서 2005년 1.2명으로 감소한 이후 2013년 1.4명으로 겨우 회복하는 수준입니다. 2017년부터는 만 15~64세 생산가능인구가 감소하고 있어 이른바 '인구절벽'이 현실화되고 있습니다.

미혼이나 출산율 저하가 단지 결혼이나 출산을 미개한 방식으로 생각하는 '멋진 신세계'의 이유와는 다를 겁니다. 그보다 훨씬 다양한 이유가 있겠지만, 출산을 기피하는 현상이 불러올 미래의 모습이 우울한 것만은 사실입니다. 유전이나 생명공학 발달로 인공수정이 훨씬 간편해지면서 비용이 줄어들게 되면 태아를 군이 엄마 뱃속에서 열 달 동안 키우지 않은 사람이 많아질 것이라는 가까운 미래의 모습도 달갑지만은 않습니다.

출산 후의 현실은 어떤가요? 자아실현이든, 경제적 이유든 맞벌이를 하는 가정은 아이들을 돌보기가 힘듭니다. 조부모가 같이 살면서 돌봐주면 다행이지만, 그렇지 않으면 어릴 때부터 어린이집, 유치원에 맡겨지고 종일반에서 긴 시간을 보냅니다. 초등학교에 입학해서도 수업 후에 방과 후 교실, 돌봄교실에서 어른도 견디기 힘든 긴 시간을 학교에서 보냅니다. 중, 고등학교에 진학하면 기숙사가 있는 학교로 가기도 하죠. 아이가 자라서 성인이 될 때까지 실제로 부모와 보내는 시간은 예전보다 많이 줄었습니다. 국가와 사회는 부모에게 밖에서 일을 하도록 권합니다. 아이는 우리가 돌봐주겠다고 하면서요. 헉슬리가 그린 세상과 많이 다른가요? 의도했든 그렇지 않든 우리 사회는 그런 방향으로 가고 있습니다.

성형이 취업을 위해 갖추어야 할 스펙 중에 하나라는 말은 이제 진부해졌습니다. 아름다움을 위해서 눈을 크게 하고, 코를 높이고, 턱을 깎는 일은 너무나 흔해졌습니다. 젊은이뿐만 아니라 나이 든 사람도 주름을 없애고, 늘어진 피부를 잡아당깁니다. 의료기술은 사람들의 생김새를 비슷비슷하게 만들어 갑니다. 미디어의 발달과

SNS의 확산은 혼자만 다르다는 것에 대한 두려움을 조장하여 서로가 비슷해져 가도록 인류의 새로운 진화를 추동합니다. 보는 것, 듣는 것이 비슷해지면서 생각하는 것마저도 닮아가는 거죠. 유전자가 다음 세대를 복제하는 것이 아니라 같은 세대의 다른 개체를 복제하고 있습니다.

개인은 성장하면서 변해간다

'멋진 신세계'가 멋지게 생각되지 않는 이유는 무엇일까요? 신세계에서는 '개인'이 존재하지 않기 때문입니다. 모든 인간은 하나의 개별자로 존재하는 것이 아니라 사회의 필요조건에 의한 부속품으로 존재하기 때문입니다. 국가나 사회라는 전체를 위한 한 부분일 뿐입니다. 소모되는 존재입니다. 그 소용이 끝나면 다시 다른 부품으로 대체하면 그뿐입니다. 존재에 대한 가치와 존엄이 없습니다. 개인이 개별자로 존재하지 못한다는 의미입니다.

개별자로서의 개인은 자율의지를 가집니다. 내가 하고 싶은 것, 하고자 하는 것을 스스로 결정할 수 있습니다. 결정을 위한 갈등과 고민의 고통이 따르더라도, 설령 그 결정이 잘못되더라도 말이죠. 그런 결정을 스스로 할 수 없다는 것은 인간으로서의 존재 자체를 부정하는 일입니다. 우리 개개인은 세상에서 단 하나뿐인 유일무이한 존재입니다. 유일한 존재라는 것은 생김새뿐만 아니라 그가 가지고 있는 생각과 가치관도 유일하다는 의미입니다. 똑같은 것을 보고, 들어도 느낌은 서로가 다를 수 있다는 것을 인정하고 인정받는 존재라는 것입니다.

개인은 성장하면서도 달라집니다. 세상을 바라보는 깊이도, 삶에 대한 통찰도 넓고 커집니다. 변화하는 존재이기 때문입니다. 변화는 세상과의 끊임없는 소통과 자극으로 일어납니다. 웃고 울고 때로는 분노하고 그러면서 자기 삶의 주름이 깊어집니다. '나'라는 존재가 유일하지 않고, 변하지도 않고, 스스로 결정하지도 못하는 세계는 결코 멋질 수 없습니다.

그런 사실을 알면서도, 지금의 세상이 어쩌면 올더스 헉슬리가 오래전에 그려 놓은 세상과 닮아가는 것은 아닌지 오싹함을 느끼는 건 나뿐만이 아니겠지요?

함께 읽으면 좋은 책

- 조지 오웰 저, 김기혁 옮김, 『1984』, 문학동네, 2009
  전체주의적인 절대 권력 앞에서 한없이 무력해지는 개인을 그린 조지 오웰의 대표작으로, 인공지능이 인간의 한계를 넘어서는 이 시점에서 다시 읽어야 할 책이다.

토머스 웨스트 저, 김성훈 역, 『글자로만 생각하는 사람 이미지로 창조하는 사람』, 지식갤러리, 2011

반쪽만 열심히 해 온 우리도
결국 난독증이다

난독증을 가진 사람들

최근에 난독증에 대한 책을 여러 권 접하게 되었습니다. 난독증에 특별히 관심을 가지고 일부러 관련 책을 찾아 읽을 의도는 아니었는데 여러 책에서 난독증 얘기가 나오더군요. 난독증에 대한 글을 처음 읽은 건 말콤 글래드웰의 『다윗과 골리앗』에서입니다. 약육강식의 세계에서 약자가 살아남는 전략이 무엇인지에 대한 이야기입니다. 약자가 가진 여러 가지 역경 중에서 난독증을 하나의 예로 들면서 그것을 '바람직한 역경'으로 묘사합니다. 물론 난독증을 직접 겪은 사람들은 절대로 '바람직한'이라고 얘기하지는 않겠죠. 난독증을 가졌으면서도 그것을 슬기롭게 이겨 낸 성공한 사람들의 모습에서 역경을 긍정적으로 평가한 것이라 생각했습니다.

김용규의 『생각하는 사람』은 지식과 생각의 기원, 생각을 만드는 다섯 가지 생각인 은유(메타포라, metaphora), 원리(아르케, arche), 문장(로고스, logos), 수(아리스모스, arithmos), 수사(레토리케, rhetorike) 등을 소개합니다. 다양한 이미지를 활용하는 시각적 사고가 글자로

만 생각하는 사고보다 얼마나 창조적일 수 있는지에 대해 강조하면서 토머스 웨스트의 『글자로만 생각하는 사람, 이미지로 창조하는 사람』을 인용합니다. '글자에 갇혀버린 창조력의 한계를 뛰어넘어라.'라는 책머리의 문구가 글을 열심히 읽는 사람에게 그것을 열어 보라고 부추기는 듯합니다.

토머스 웨스트는 1841년 대장장이의 아들로 태어나 독학으로 영국 빅토리아 여왕 시대에 뛰어난 과학자로 칭송받았던 마이클 패러데이 이야기로 시작합니다. 이어지는 제임스 맥스웰, 알베르토 아인슈타인, 레오나르도 다빈치, 앙리 푸앵카레, 조지 패튼, 윈스턴 처칠, 토머스 에디슨, 니콜라 테슬라, 루이스 캐럴, 윌리엄 예이츠 등 이 책에서 소개하는 과학자, 예술가, 수학자, 군인, 정치인, 발명가, 문학가, 시인은 모두 글 읽기와 글쓰기 또는 셈하기 등에서 어려움을 겪은 사람들입니다. 이런 난독증은 어떤 증상을 말하는 것일까요? 인터넷을 검색해 보니 서울대학교 의학정보에 난독증에 대한 정의가 나와 있더군요. 그대로 인용해 보면 다음과 같습니다.

난독증(dyslexia)이란 듣고 말하는 데는 별다른 지장을 느끼지 못하는 소아 혹은 성인이 단어를 정확하고 유창하게 읽거나 철자를 인지하지 못하는 증세로서, 학습 장애의 일종이다. 이는 지능 저하나 부모의 사회적, 경제적 지위와는 관련이 없는 것으로 알려져 있다(네이버 지식백과, 서울대학교 의학정보, 서울대학교).

한편 한국난독증협회(www.kdyslexia.org)에서는 '난독증은 신경학적 원인에 의한 특정 학습장애다. 난독증이 있으면 단어를 정확하고 유창하게 인지하지 못하고 철자를 잘못 쓰고, 문자 해독을 어려워한다. 이러한 어려움은 전형적으로 음소 인식 능력의 부족 때문에 생긴 것으로, 다른 인지능력의 문제나 효과적인 교육이 제공되었는지 여부와 연관성이 없다고 여겨진다. 2차적으로 독해력의 문제와 독서 경험이 적어서 생기는 어휘력이나 배경지식 부족 문제가 발생할 수 있다(국제난독증협회, IDA).'라고 제시해 놓고 있습니다.

초등학교 교사 생활 10년, 교육연구사, 장학사, 교육연구관, 교감 등 교육행정직과 관리직을 18년간 하면서도 현장에서 난독증을 직접 접한 적은 한 번도 없습니다. 어쩌면 접하지 못한 것이 아니라 곁에 엄연히 있던 '난독증'을 인식하지 못했을지도 모릅니다. 현재와 마찬가지로 난독증이라는 증상을 겪고 있던 아이들이 그 당시에도 분명히 있었을 텐데 말이죠. 교육대학에서나 학교 현장에서, 그리고 각종 연수를 받으면서도 난독증에 대해서 들어 본 적이 없습니다. 그러한 증상에 대한 기본적인 지식을 가지고 있지 못했으니 알아 볼 도리가 없었던 거죠.

난독증, 즉 읽기나 쓰기, 셈하기 등에서 어려움을 겪는 아이는 아마도 공부를 못하는 아이, 공부하기 싫은 아이, 게으른 아이, 머리가 나쁜 아이 등으로 불렸을 겁니다. 그나마 학습부진아에 대한 진단과 지원책이 생기고부터는 학습부진아로 분류되어 '학습부진아 지도 대책'에 의한 추가 지도라도 받을 수 있었다면 그나마 다행입니다. 부진아에 대한 지도는 학급에서 담임 선생님이 직접 지도를 하기도 하고, 학년 단위나 과목별로 모아서 지도하기도 하죠. 때로는 학습부진아 지도 강사를 채용해서 지도를 합니다. 학습에 필요한 기초적인 능력인 한글의 읽기나 쓰기, 셈하기 등을 지도하는 거죠.

물론 이것도 학부모의 동의가 있어야 가능한 일입니다. 아이들을 학교에 남겨서 추가 지도를 하게 하면 공부 못하는 아이로 낙인을 찍히게 된다고 해서 꺼리거든요. 차라리 다른 아이들도 같이 다니는 학원을 보내시는 분도 많습니다. 학교든 학원이든 '난독증'에 대한 개념보다는 '학업능력'에 대한 개념으로 접근하면서 이들은 그저 우리가 설정해 놓은 목표에 도달하지 못하는 부분에 대한 '지도'와 '교육'의 대상으로만 여겨져 왔던 것이 사실이자 아픈 현실입니다.

거제에서 만난 아이

오래전 일입니다. 교사 2년 차 때이니 1992년도의 일이네요. 첫 발령지인 거제도 둔덕면의 산골 학교인 상동분교에 근무할 때입니다. 학생 수가 적어 교장, 교감 없이 교사들만 있는 4학급으로 운영되는 학교였습니다. 발령 첫 해와 마찬가지로 2개 학년을 한 교실에서 가르치는 복식학급을 맡았습니다. 우리 반 아이들은 6학년이 6명, 2학년이 3명으로 총 9명이었죠. 도시학교에서는 이런 광경을 거의 볼 수 없지만 섬이나 산골 학교에서는 3개 학년을 모아 놓은 복식학급도 가끔 있던 시절입니다. 그해 맡은 2학년 세 명 중에 한 아이는 전학을 온 아이였습니다.

가까운 통영 시내에서 전학을 왔는데, 문제는 이 아이의 학습 수준이 매우 낮았다는 것입니다. 2학년이면 한글은 어느 정도 읽고 쓸 수 있는 수준이어야 정상인데, 자기 이름만 겨우 쓸 정도였습니다. 그 아이가 아는 글자는 자기 이름 석 자와 ㄱ, ㄴ, ㄷ 한글 자음

3개가 전부였습니다. 신기한 점은 이 아이가 2년간 유치원도 다녔다는 사실입니다. 유치원 2년과 초등학교 1학년, 도합 3년 동안 공부(?)를 했는데, 그 3년 동안 배운 한글이 자음 3개가 전부였던 거죠. 1년에 자음 한 개씩을 익힌 꼴이니 좀 의아했습니다.

그래도 아이는 밝고 장난기도 많았습니다. 아버지는 원양어선을 타러 가고 엄마는 도회지에서 식당 일을 하는 등 가정사가 있어서 학교 근처에 있는 외할아버지에게 임시로 맡겨진 거였습니다. 알고 보니 엄마가 지적 장애를 가진 분이셔서 그쪽으로 유전이 되었구나 생각을 했었죠. 당시에는 단순히 유전적인 이유로 학습하는 데 어려움이 있는 것으로만 생각했습니다. 배우는 속도가 매우 느리긴 했지만, 학년이 마칠 때쯤에는 어느 정도 글을 읽는 정도의 수준은 되었습니다. 학생 수가 적은 학교였으니 선생님의 관심을 아무래도 더 받기도 하고, 초임교사의 열정이 어느 정도 효과가 있었구나 하고 나름 소소한 자부심을 가지기도 했었죠. 학년이 바뀌어 3학년에 진학할 시기에 다시 도시 학교로 전학을 가버려서 그 뒤로는 어떻게 되었는지 알지 못합니다. 이 책에서 이야기하는 창의력을 가진 난독증 아이였는지, 시각 공간적 능력을 가진 아이였는지, 아니면 정말 유전적으로 지능이 많이 부족한 아이였는지, 지금 생각해보니 몹시 궁금해집니다.

우리가 놓치고 있는 소중한 것

뇌 과학자들의 연구에 의하면 대뇌의 좌반구와 우반구가 어떤 특화된 역할을 담당한다고 합니다. 뇌의 한쪽 부위가 손상된 환자에 대한 임상연구 등에서 밝혀진 내용입니다. 난독증의 원인은 현재 여러 가지 가설이 있기는 하지만 대체적으로 좌뇌와 우뇌의 불균형으로 인해 발생한다고 알려져 있습니다. 특히 언어 기능을 담당하는 좌뇌의 기능이 제대로 이루어지지 않아 일어나는 것으로 여겨집니다. 하지만 좌뇌가 제 기능을 다 하지 못하더라도 우뇌의 기능에는 문제가 없는 경우, 언어를 읽고 쓰는 것에는 어려움을 겪을지라도 듣고 이해하는 것 등 다른 언어적 능력에는 문제가 없을 수 있습니다.

그러하니 우리가 더 관심을 가져야 하는 것은 어느 한쪽이 제대로 작동하지 못할 경우 그것을 대체하기 위한 다른 부위의 기능이 더 강화되는 경향이 종종 발생한다는 사실입니다. 좌뇌가 제 기능을 다 하지 못하는 경우, 우뇌의 역할이 더 커지면서 그런 부족한 부분을 메워간다는 사실에 주목해야 한다는 거죠. 이런 부분에 대해서는 우리가 종종 간과하고 있는, 그러면서 아주 중요한 점이라는 것을 이 책은 줄곧 강조하고 있습니다.

우리는 흔히, 좌뇌의 기능 저하 등의 문제를 가진 아이나 성인을 대할 때 그들의 약점에만 시선을 고정시켜 버립니다. 그들이 잘하지 못하는 부분에 초점을 맞춤으로써 정상적이지 않은 '장애'나 '부족'으로만 인식합니다. 그러면서 부족한 부분을 개선, 치료, 보완해야 한다고만 생각하는 거죠. 그 약점의 반대편에서 솟아오를지도 모르는 다른 능력이나 강점을 놓치고 있을지도 모릅니다.

『새로운 미래가 온다』의 저자 다니엘 핑크의 말을 들어 보면 그런 의미가 더 와 닿습니다. 그는 미래 사회를 '하이터치, 하이컨셉의 시대'라고 했습니다. 하이터치는 다른 사람과 공감하고, 미묘한 인간 관계를 잘 다루며, 자신과 다른 사람의 즐거움을 잘 유도하는 능력과 관련이 있습니다. 하이컨셉은 패턴과 기회를 감지하고, 예술적 미와 감정의 아름다움을 창조해 내며, 훌륭한 이야기를 창출해 내고, 언뜻 관계가 없어 보이는 아이디어를 결합해 새로운 것을 창조해 내는 능력과 관계가 있습니다. 미래 사회는 이러한 하이터치와 하이컨셉의 능력을 갖춘 사람이 필요하고 인정받는 사회가 될 것으로 내다본 거죠. 하이터치와 하이컨셉은 뇌 과학자가 말하는 우뇌의 기능과 관련 있는 것입니다.

뇌 과학자에 의하면 좌뇌는 언어, 논리, 분석, 수리 등의 분야를 담당하고, 우뇌는 시각적 사고, 공간지각 능력, 패턴인식, 문제해결력, 창조성 등에 관여한다고 합니다. 미래에는 형식화, 조직화, 체계화된 지식 등 좌뇌가 담당하던 역할을 점점 컴퓨터가 대신하게 될 것으로 예상됩니다. 인간은 비형식적이고 직관적이며 감각적인 부분을 맡게 되는 거죠. 컴퓨터와 인공지능이 발달한 사회에서는 단순히 지식을 대량으로 암기하는 좌뇌의 역할보다는 다른 사람과 공감하는 능력, 새로운 것을 만들어 내는 능력 등 우뇌의 역할이 훨씬 더 필요한 시대가 될 것입니다. 좌뇌 중심의 시대에서 우뇌가 중심이 되는 시대가 된다는 거죠.

이런 변화는 한편으로 보면 아이러니합니다. 문자가 발명되기 이전의 시대에는 글을 읽고 쓰는 언어적 능력보다는 인간을 둘러싸고 있는 자연의 변화를 이해하고, 변화를 감지하고, 위험으로부터 자신과 동족을 보호할 수 있는 직관적이고 감각적인 능력이 더 필요한 시기였다는 걸 생각하면 말이죠. 문자의 발명 이후 인간의 문명이 더욱 발달한 시대에 문자 발명 이전 시대에 더 유용했던 능력이 다시 필요한 시대가 도래했다는 사실이 그렇습니다. 그래서 인간에게 좌뇌와 우뇌의 역할이 불멸의 DNA 속에서 이어져 왔는지도 모릅니다.

그동안 우리는, 창의적인 난독증을 가진 사람의 약점에만, 글을 바르게 읽고 쓰지 못하고, 셈을 제대로 하지 못하는 것에만 우리의 시선과 관심을 집중시켜 왔습니다. 그들이 가졌을지도 모르는 장점에 대해서 눈을 감고 있었다는 점에서 우리 역시 일종의 난독증을 가진 존재입니다. 모자라고 부족한 부분만 볼 것이 아니라 잠재력과 가능성, 기회를 볼 줄 아는 눈이 필요하다는 저자의 말에 공감하지 않을 수 없습니다.

모든 사람을 똑같은 방식으로 교육하려고 애쓰기보다는 그 결과가 어땠는가에 더 신경을 써야 한다는 것이다. 낡은 지식을 흡수해서 넘겨주는 것보다 새로운 지식을 창조하는 데 많은 관심을 가진 경우라면 더욱 그렇다. 어떤 경우에는 기존의 교육 체계가 최고 수준의 재능을 가진 사람들, 특히 언어적 재능보다는 시각적 재능이 두드러지는 사람들을 도태시키기도 한다.

이와 같은 저자의 말은 교육자로 살아온 나에게 따끔한 일침이 됩니다. 학습 곤란을 겪는 사람들을 이해하려고 노력해 왔지만 결국은 우리가 할 수 있는 일들 중에서 반쪽만 열심히 해 왔다는 것을 부인할 수 없습니다. 그동안 보지 못한, 아니 보려고 시도조차

하지 않았던 그 반쪽을 찾아야 할 때입니다. 너무 늦지는 않았겠
죠?

함께 읽으면 좋은 책

• 김용규, 『생각의 시대』, 살림, 2014
  인류 보편의 문명을 창조하게 만들었던 가장 혁신적인 지혜는 다름 아닌 '생각'
  이며, 생각을 만든 5가지 생각(은유, 원리, 문장, 수, 수사)을 소개한다.

말콤 글래드웰 저, 선대인 역, 『다윗과 골리앗』, 21세기북스, 2014

약자의 바람직한 역경

다윗은 어떻게 골리앗을 이겼나

3,000년 전, 구약성서 시절입니다. 이스라엘 왕국과 블레셋 군대가 맞붙었습니다. 예루살렘과 베들레헴의 남서쪽 엘레의 계곡에서 두 군대가 진영을 마주합니다. 블레셋은 그 키가 2m가 넘는 골리앗을 앞세우고 이스라엘 진영의 사기를 꺾어 놓고 있는 상황. 골리앗은 이스라엘 진영 앞으로 나와서 일대일의 결투를 신청합니다. 골리앗에 대적할 만한 적당한 병사가 없어 전전긍긍하고 있는 사울 왕 앞에 베들레헴에서 온 양치기 소년이 용감하게 나섭니다. 그가 바로 다윗입니다. 블레셋 군대의 거인 골리앗은 이스라엘의 양치기 소년에게 "내게 오라. 내가 네 살점을 새와 들짐승들에게 주리라."며 큰소리를 칩니다. 다윗은 당시 싸움의 관행이던 근접 전투 방식에 따를 뜻이 전혀 없었습니다. 소년 다윗은 노련한 무릿매질로 거인의 이마에 총알 같은 돌을 날립니다. 이마를 정통으로 맞은 골리앗은 싸움을 제대로 해보지도 못하고 쓰러집니다. 다윗은 기절한 그에게 달려들어 목을 베어 버립니다.

숙련된 투석병이 35m 거리에서 날린 돌은 시속 122㎞로 날아가는데, 오늘날 권총과 맞먹는 위력을 낼 수 있다고 합니다. 골리앗은 다윗이 싸움의 규칙을 완전히 바꿔버렸다는 것을 알아채지도 못한 채 허무하게 그의 목을 내어 주고 말았던 거죠. 이 이야기는 구약성서의 '사무엘서' 상 17장에 나와 있는 이야기입니다. 이후 '다윗과 골리앗의 전투'로 불리며 거인과 약자의 싸움으로 회자되어 왔습니다.

말콤 글래드웰의 『다윗과 골리앗』은 이 이야기로 시작합니다. 이 책에서 강자를 이기는 약자의 기술, 오만한 골리앗을 쓰러트린 다윗의 지혜를 소개합니다. 실제로도 전쟁, 스포츠, 정치, 그리고 일상생활의 모든 분야에서 유리한 고지를 차지한 강자가 항상 이기는 것은 아니죠. 말콤 글래드웰은 그의 이전의 책들 『아웃라이어』, 『티핑포인트』, 『블링크』, 『그 개는 무엇을 보았나』와 마찬가지로 역사와 문화를 아우르는 전방위적인 시각으로 사례를 수집하여, 통념과 달리 약자는 보기보다 강하다는 것을 증명합니다.

조선 수군은 어떻게 왜군을 격파했나

1597년(선조 30년) 9월 16일, 전남 해남과 진도 사이에 좁은 해로에서 조선 수군과 왜군이 마주합니다. 이곳은 물살이 빨라 마치 물이 우는 것 같다고 해서 울돌목으로 불리는 곳입니다. 왜군의 133척의 전함에 맞선 조선 수군의 전선(戰船)은 겨우 12척. 칠천량해전에서 왜군에 대퇴하고 삼도수군통제사 원균이 전사한 후 겨우 도망쳐 나온 바로 그 12척의 배였습니다. 원균에 이어 삼도수군통제사로 임명된 이순신은 "싸움에 있어 죽자고 하면 살 것이고, 살려고 하면 죽을 것이다."라고 외치며 전의를 상실한 조선 수군을 이끌고 울돌목에 섰습니다. 이순신이 병사들의 사기를 높였다고 해서 전세가 뒤바뀌기는 힘든 일이죠. 그도 다윗처럼 수가 많은 왜군의 전략에 맞대응할 생각은 없었습니다. 빠른 물살을 타고 전진해 오는 왜군 함대에 맞선 조선 수군은 조용히 때를 기다렸습니다. 조류의 방향이 바뀌기를 기다린 거죠. 이윽고 울돌목의 조류의 방향이 바뀝니다. 이때를 이용해 조선 수군은 왜군 함대 쪽으로 물살을 타고 빠르게 나아가 적선을 격파합니다. 빠른 물살을 타고 전진하던 왜선들은 바뀐 조류로 인해 앞선 배들과 뒤따르던 배들이 부딪치고 엉기면서 혼란에 빠집니다.

싸움에서 왜군은 30여 척이 넘는 배를 잃고 3,000여 명의 전사자를 냈지만, 조선 수군은 단 한 척의 배도 잃지 않고 인명 피해도 거의 없는 대승을 거둡니다. 이 해전이 바로 '명량대첩'입니다. 2014년에 개봉된 영화 '명량'이 바로 이 전쟁을 영화화 한 것인데, 개성 있는 배우 최민식이 이순신 역을 맡아 열연했습니다. 당시, 한국 영화 사상 최다인 1,760만 명이 넘는 관객 기록을 세웠다고 합니다. 관객들이 이 영화에 환호를 보내는 것은 어려운 시기에 나라를 지켜낸 우리 조상들의 강인한 힘에 대한 자긍심과 불리한 여건에서도 불굴의 의지와 슬기로 위기를 극복해 내는 모습에 카타르시스를 느낄 수 있었기 때문이겠죠.

영국은 어떻게 무적함대 스페인을 이겼나

이순신의 조선 수군이 12척의 배로 133척의 왜군을 물리치기 10여 년 전인 1588년, 영국 인근 바다에서도 큰 해전이 있었습니다. 당시 해양 패권을 장악하고 아메리카 식민지에서 들어오는 막대한

금으로 부를 축적하던 스페인과 새로운 도전자 영국 간의 싸움입니다. 당시의 국력이나 군사력으로 보아서는 영국이 스페인을 이길 수 없는 싸움이었는데도 결국 영국이 승리하게 됩니다. 이 해전 이후, 스페인의 자리가 영국으로 빠르게 교체되게 됩니다. 다른 국가나 민족의 입장에서는 수탈하는 대상이 바뀌는 것 이상의 의미는 없었겠지만, 아무튼 이 해전 이후로 영국이 패권을 쥐게 됩니다. 영국이 스페인을 이길 수 있었던 원인을 한두 가지로 단정할 수는 없겠지만 한마디로 요약해 보면 '생각의 전환'이라 할 수 있습니다.

당시 스페인은 육군이 매우 강했기 때문에 커다란 배에 육군을 태워 영국에 상륙시켜 싸우는 전략을 세웠습니다. 반면에 영국은 섬나라 특성상 육군보다는 해군이 더 필요하다는 생각으로 해군의 힘을 기르는 데 더 투자합니다. 어차피 육군끼리의 싸움으로는 승산이 없다는 걸 인정했던 거죠.

영국 해군은 덩치가 큰 스페인의 범선에 비해 기동력 빠른 배를 개발하고, 해상에서의 전투력을 강화합니다. 또한, 대포를 만드는 재료인 청동이 가격이 비싸고 구입하기 힘들다는 점을 알고는, 값싸고 구하기 쉬운 주철을 재료로 쓴 대포를 개발합니다. 개발이 쉽지 않았지만, 주철로 만든 대표는 청동으로 만든 스페인의 대포보다 사정거리가 더 길어 스페인 함대의 사정거리에서 벗어난 지점에서 공격할 수 있었습니다.

강자를 이기는 약자의 전략

골리앗은 다윗에 비해 너무나 컸기 때문에 방심했는지도 모릅니다. 133척의 왜군도 12척밖에 되지 않는 조선 수군은 큰 문제가 되지 않으리라고 생각했을 테죠. 무적함대 스페인은 작은 섬나라 영국쯤은 상대가 안 될 거라 여겼습니다. 골리앗도, 왜군도, 스페인 무적함대도 싸움의 상대가 이전에 해 왔던 전략과 다른 방식으로 대항할 것이라는 걸 추호도 생각해 보지 못했던 겁니다. 자기의 입장, 강자의 입장에서만 생각했던 거죠. 그들이 그런 고정관념을 가질 수밖에 없었던 이유는 무엇일까요?

외형적인 조건에 연연했기 때문입니다. 2m가 넘는 키에 청동 투구와 45kg의 청동 갑옷을 걸친 골리앗은 적에게는 두려움 그 자체였습니다. 왜군과 스페인 함대는 조선 수군과 영국군에 비해 병선도 많았고 병사도 많았습니다. 상대방보다 덩치가 크고 수가 많다는 것이 이기는 조건이라고 생각했던 겁니다.

그런데 강자의 실패 원인을 살펴보면 오히려 이러한 점이 약점이 됩니다. 골리앗은 청동 투구와 무거운 청동 갑옷으로 인해 빨리 움직일 수 없었고 다윗의 돌팔매를 피할 수 없었습니다. 왜군은 갑자기 조류가 바뀜으로 인해 한 방향으로 몰려가던 많은 배들이 오히려 악조건이 됩니다. 앞선 배들이 조류에 밀려 전진하지 못하고 자기편 배에 부딪히면서 침몰합니다. 스페인의 큰 배는 영국의 작고 빠른 배에 비해 기동성이 떨어졌고, 값비싼 청동 대포는 오히려 사정거리가 짧았습니다.

약자들은 생각이 달랐습니다. 다윗은 골리앗과 일대일 근접 전투에서는 이기지 못할 것을 알았고, 조선 수군이나 영국 함대는 왜군과 스페인과 같은 방식으로 싸워서는 승산이 없다는 걸 알았습니다. 다른 방법이 필요했던 거죠. 궁하면 통한다고 했던가요. 약자들은 기존의 방식에서 벗어나 새로운 전략을 수립했습니다.

『다윗과 골리앗』에는 약자들이 그들의 약점을 이겨 낸 수많은 사례들을 들려줍니다. 난독중에 걸려 글을 읽을 수도, 쓸 수도 없었던 소년 데이비드 보이스는 청각을 발달시켜 들은 내용을 적지 않고 암기하는 능력을 키웠습니다. 그의 그런 능력은 미 정부를 대변해 MS 반독점 소송을 담당한 유명 변호사가 될 수 있게 합니다. 런던 시티대 줄리 로건의 연구에 따르면 이케아 대표, 골드만삭스 회장, 버진그룹 총수 리처드 브랜슨, 시스코의 최고경영자 존 체임버스 등 성공한 기업가 중 1/3이 난독중을 겪고 있다고 합니다. 하지만 그들은 읽는 재능 대신 듣는 재능과 이미지를 남들보다 더 잘 파악할 수 있는 능력을 개발하고 발휘했습니다. 난독중은 개인에게 커다란 시련이지만, 오히려 그 시련을 역이용하여 승리한 사람이 의외로 많다고 합니다.

이러한 신체적인 약점뿐만 아니라 결손가정이라는 약점을 이겨 낸 사례도 많습니다. 1960년대 초 심리학자 마빈 아이젠슈타트는 브리태니커나 아메리카나 백과사전에 비중 있게 수록된 인물을 추려내어 분석합니다. 이 조사에서 573명의 1/4에 해당하는 인물은 그들이 열 살이 되기도 전에 한쪽 부모를 잃었다는 사실을 밝혀냅니다. 19세기 초부터 2차 대전이 시작될 때까지 영국 총리 중 67%가 열여섯 살이 되기 전에 한 부모를 잃었다는 사실, 44명의 미국 대통령 중, 버락 오바마를 포함한 12명이 젊었을 때 아버지를 여의었다는 사실은 약점을 이겨 낸 사람이 적지 않다는 것을 말해 줍니다.

이러한 예를 제시하면서 말콤 글래드웰은 이를 '바람직한 역경'이라고 설명합니다. 난독중, 결손가정, 폭력, 전쟁, 인종차별 등 피할 수 없는 역경이 오히려 강점으로, 승리를 이끌어 내는 장점으로 작용했다는 것이죠. 그의 주장은, 자신이 원하지 않았던 역경 속에서 좌절하며 희망을 잃고 있는 사람들에게 포기하지 말고 다시 일어설 수 있다는 자신감을 줍니다. 약자의 입장에서는 더 많은 선택지가 있을 수 있다는 희망을 주기도 합니다.

그렇다고 하더라도 '바람직한 역경'이라는 말에는 쉽게 동의하기는 힘듭니다. 역경을 가능한 피할 수 있으면 좋겠죠. 피할 수 없는 역경이라고 하더라도 그게 '나'에게 주어진다면 쉽게 받아들이기가 힘듭니다. 우리 사회에는 수많은 약자가 존재합니다. 장애인, 다문화가정, 결손가정, 저소득층 가정, 혼자된 노인, 비정규직 노동자가 그렇습니다. 그들에게 주어진 것들이 결코 '바람직한 역경'일 수는 없습니다. 누구나 역경을 이겨 낼 수도 없고, 이겨 내기도 쉽지 않습니다.

우리는 누구든지 한순간에 약자가 될 수도 있습니다. 경제적 가치가 삶의 중심이 되고 경쟁이 지배하는 신자유주의 체제에서 더욱 그렇습니다. 사회적 약자들이 가진 역경이 '바람직한 역경'이라 여기고 그들이 스스로 이겨 내기를 기다릴 수는 없습니다. 국가나 사회가 약자의 손을 잡아 역경의 늪에서 한 발짝이라도 빼낼 수 있게 해야 합니다. 좀 더 쉽게 한 단계 올라설 수 있도록 디딤돌을 놓아 주어야 합니다. 그러한 손길이 금전적 혹은 물질적인 것일 수도 있고, 그저 보통 사람과 다른 신체적 조건이나 상황을 있는 그대로를 인정해 주는 것, 그들이 가진 또 다른 능력에 대한 가능성을 인정하는 것일 수 있습니다. 그러면서 그들은 늘 우리와 함께하는 이웃이라는 것을 아는 것입니다.

함께 읽으면 좋은 책

- **이주희, 『강자의 조건』, MiD, 2014**
  고대 패권국가 로마, 세계제국 몽골, 대영제국의 탄생, 17세기 황금시대를 이끈 네덜란드, 20세기 초강대국 미국. 그들은 어떻게 강자가 되었는가?

무엇이 우리를 강하게 하는가

단일 품종의 바나나는 취약하다

카이로에서 근무할 당시에 학교 텃밭에서 바나나를 키워 본 적이 있습니다. 전문적으로 키운 것은 아니고, 누가 바나나 묘목을 구해다 줘서 재미 삼아 학교 텃밭에 심어 봤습니다. 아주 작은 거였습니다. 카이로는 기온이 높아 온실이 아니더라도 식물이 자라기에는 아주 좋은 환경입니다. 물만 잘 공급해 주면 되죠. 학교 화단이나 텃밭, 잔디 운동장에 스프링클러를 설치해 놓아서 물을 주기 위해 특별한 노력을 기울인 것도 아니었습니다. 바나나가 엄청 잘 자라더군요. 하루하루가 다르게 커 가는 모습이 신기할 정도였습니다. 몇 달 지나 바나나가 열렸습니다. 크기는 보통의 바나나보다는 훨씬 작았습니다. 어른 손가락보다 좀 더 큰 정도였죠. 작아도 맛은 달고 좋았습니다.

더 신기했던 것은 처음 심었던 바나나 나무 옆에 어느새 다른 바나나 나무가 자라고 있었다는 사실입니다(바나나는 나무처럼 보이지만 여러해살이풀이라고 합니다). 그 당시에는 심었던 바나나에서 가지가 떨어져 자연스럽게 자라게 된 것이라고 생각했었는데, 후에 인터넷 등을 찾아보니 그렇지 않더군요. 땅속 줄기에서 새로운 어린 바나나 줄기가 자란다고 합니다. 그러니 모든 바나나는 유전적으로 동일합니다. 모두 같은 DNA를 가지고 있다는 뜻이죠.

바나나는 우리나라에서는 과일로 먹지만, 아프리카에서는 주식으로 사용할 정도로 중요한 식량입니다. 세계에서 가장 많이 재배되는 과일이기도 하죠. 우리가 지금 먹고 있는 바나나는 단일 품종입니다. 캐번디시(Cavendish)라는 종인데, 1960년대 이후에 재배된 종입니다. 1950년대 이전에는 그로미셸(Cros Michel) 종이었는데, 이 종은 곰팡이 균에 의해 멸종되고 말았습니다. 바나나는 씨로 번식하는 것이 아니라 같은 뿌리에서 새로운 줄기가 만들어져 성장하기 때문에 다른 종이 생겨날 수 없습니다. 성장과 번식은 빠르지만, 질병에도 취약합니다.

1903년에 파나마에서 최초로 발견되어 파나 병이라고 불리는 곰팡이 균에 의해 그로미셸 종은 사라져 버립니다. 다행히 영국의 캐번디시 경이 새로운 종을 교배해 내어 지금 우리가 바나나를 먹을 수 있게 된 것입니다. 그렇지만 여전히 바나나는 단일 DNA를 가지고 있어서 균이 퍼지기 시작하면 그 피해가 엄청난 속도로 전파됩니다. 현재 우리가 먹고 있는 캐번디시 종에도 곰팡이 균 TR4가 퍼지기 시작했다고 합니다. 중남미 바나나 농장이 큰 타격을 받고 있는데 생산량이 줄고 그에 따라 가격이 상승하고 있다고 하네요. 아직까지는 TR4를 막을 수 있는 방법이 전무하다고 하니 얼마 동안이나 마트에서 바나나를 사 먹을 수 있을지 알 수 없는 노릇입니다.

바나나 이야기는 『강자의 조건』이라는 책의 도입 부분에서 언급

되지만, 다른 책에서도 가끔 인용됩니다. 단일 종의 취약성, 종교나 학문의 순혈주의가 가져오는 위험성을 이해하는 것이 좋은 사례가 됩니다. 소통하지 않고, 변화를 받아들이지 않으면 식물이든 조직이든 생존하기 어렵습니다. 최근에는 학문 분야에서도 학문 간의 이종교배가 건강한 발전을 가능하게 한다는 통섭의 원리를 강조합니다. 문과·이과의 통합, 과학과 인문학의 만남 등 다윈의 진화 논리가 지금은 다양한 분야에서 그 세력을 넓히고 있습니다.

언어도 마찬가지입니다. 고종석은 『감염된 언어』에서 언어도 타언어를 개방적으로 수렴해 가면서 발전해 나가는 것이라고 했습니다. 적자생존(適者生存)! 찰스 다윈이 말한 적자생존은 강한 자만이 살아남는다는 의미가 아니라 변화에 적절하게 적응하는 개체가 살아남는다는 뜻입니다. '말 위에서 천하를 지배할 수 있어도, 말 위에서 천하를 다스릴 수 없다.'라는 몽골제국의 오래된 경구가 있습니다. 단순히 힘과 권력만으로 사람을 이끌 수는 없다는 의미입니다. 진정한 강자가 가진 리더십의 실체는 힘이 아니라 관용과 개방을 통한 포용이라고 합니다. 고대 로마제국에서부터 20세기 미국에 이르기까지 2,500년의 역사는 그렇게 말하고 있습니다.

강대국은 어떤 나라들일까요? 무엇이 그들을 강하게 했을까요? '다원성'과 '관용'입니다. 17세기 네덜란드와 20세기 이후의 미국의 모습에서 확인할 수 있습니다.

작은 강대국 네덜란드, 20세기 강대국 미국

튤립과 풍차로 유명한 네덜란드는 작은 나라입니다. 국토의 총면적이 우리나라 경상도보다 약간 큰 정도입니다. 게다가 국토의 1/4이 바다보다 낮은 저지대입니다. 2016년 네덜란드 국민 1인당 GDP는 44,000달러가 넘습니다. 세계 13위의 부자 나라입니다. 17세기에는 지금보다 더했죠. 당시 전 세계 국제 무역선 중 3/4이 네덜란드 선박이라는 통계도 있을 정도입니다. 이 작은 나라는 어떻게 부자 나라가 되었을까요? 해답은 '종교적 자유'에 있었습니다.

1556년 카를 5세의 퇴위에 이어 그의 아들인 펠리페 2세가 통치하던 16세기 중엽은 종교개혁으로 인해 기독교 분파가 성행하던 시기입니다. 네덜란드 상인들 사이에서는 신이 직업을 부여했다는 칼뱅주의가 확산되고 있었습니다. 펠리페 2세는 가톨릭의 수호자로 자처하며 신교를 무자비하게 탄압합니다. 이런 탄압으로 인해 많은 네덜란드 거주자들은 탄압이 자행되던 남부를 떠나 북부지역으로 이주하게 됩니다. 계속되는 탄압에 북부지역 사람들이 반발하게 되고 전쟁도 일어나게 되죠. 지속적인 북부 네덜란드의 저항에 펠리페 2세는 결국 네덜란드의 독립을 허용하기에 이릅니다.

당시 유럽 대륙의 가톨릭 국가에서는 종교적 불관용에 의한 종교재판 등이 성행하고 이를 빌미로 인종청소도 행해지고 있었습니다. 종교를 빌미로 다른 민족을 탄압한 것이죠. 특히 1492년 스페인에서는 '유대인은 모두 떠나라'는 명령으로 당시 스페인에 거주하던 유대인은 그들이 살던 곳을 떠나게 됩니다. 그들은 포르투갈 등지로 떠돌다가 종교적 자유가 허용되던 네덜란드에 정착합니다. 그즈음 네덜란드는 스페인으로부터 독립을 선언하면서 종교의 자유를 확고한 신념으로 제시합니다.

벨기에, 프랑스, 스페인, 포르투갈, 독일 등 인근 지역에서 종교 탄압을 피해 네덜란드로 사람들이 모여들게 됩니다. 이렇게 모여든 대부분의 사람은 상인이거나 특별한 기술을 가진 장인들이었습니다. 이들로 인해서 국가 경쟁력이 생기게 된 거죠. 다른 선박에 비해서 속도가 훨씬 빠른 '플류트선'의 개발로 해상 무역을 장악하고, 사치품인 설탕과 다이아몬드 산업 등이 이주해 온 사람들을 따라 네덜란드로 유입됩니다. 특히 경제 감각이 탁월한 유대인의 유입은 경제 발전의 원동력이 된 것이죠. 종교적 자유가 가져온 선물이었던 것입니다.

시리아 출신 아버지를 둔 스티브 잡스와 케냐 출신 아버지를 둔 버락 오바마, 헝가리 이민자 출신의 조지 소로스가 공존하는 미국은 그 다원성만으로도 전 세계의 인재를 끌어들이는 힘을 가지고 있습니다. 미국이 강대국이라는 건 누구나 알고 있는 사실입니다. 미국에 대한 좋은 인상을 가지고 있는 사람이든, 반미 감정을 가진 사람이든 상관없이 말이죠. 1776년 영국으로부터 독립을 선언했으니 독립 이후의 미국 역사는 240년에 불과합니다. 이런 짧은 기간에 이룬 성과는 놀랍습니다. 인구 3억 2천만 명으로 세계 3위, GDP 세계 1위, 1인당 GDP 세계 5위의 부국입니다. 뿐만 아니라 군사력으로는 세계 1위를 누구도 의심하지 않습니다.

2016년 미국 대선에서는 공화당의 도널드 트럼프가 숱한 기행에도 불구하고 대통령에 당선됩니다. 당선 이후 그의 행보는 그를 지지했던 또는 반대했던 사람들 모두에게 우려를 안겨주고 있습니다. 하지만 그의 당선은 미국이라는 나라를 어떻게 볼 것인가에 대한 인식의 변화를 요구합니다. 겉으로 드러난 모습이 아니라 그 내부에 존재하고 있는 알 수 없는 힘 같은 것 말이죠. 그들은 변화를 두려워하지 않습니다. 그럴 것이라는 고정관념을 여지없이 깨트려버립니다. 기존의 힘과 권력에 언제든 반대표를 던집니다. 여전히 인종차별이 존재하는 나라, 그러면서도 아프리카 이민자의 자손을 대통령으로 뽑는 나라입니다. 그 힘은 아마도 미국 사회의 다원성에 있지 않나 생각됩니다.

이민자의 나라인 미국은 이민자를 받아들일 당시 종교적인 면에서도 관대했습니다. 종교와 인종과 관계없이 이민자를 포용했습니다. 원했든 원하지 않았든 미국은 다종교, 다민족, 다문화 사회라는 정체성을 가지게 되었습니다. 이 정체성이 바로 미국의 성장과 발전을 이끈 원동력입니다. 다양한 의견, 생각, 문화는 끊임없는 변화를 이끌어 내고 새로움을 창조해 내는 밑거름이 됩니다. 지극히 개인적이면서도 다른 개인들을 이해하고 인정하고 배려하는 문화를 만들어 갑니다. 바로 미국이 초강대국이 된 힘입니다.

우리에게 던져진 질문

우리나라도 다문화 가정이 늘고 있습니다. 통계에 의하면, 2016년을 기준으로 결혼 이민자 수가 28만 명에 이릅니다. 이 중에서 여자가 24만 명으로 다수를 차지합니다. 농촌 총각과 결혼하여 이민을 오게 된 여성이 많다는 의미입니다. 다문화 가정에서 태어난 자녀는 19만 명이 넘습니다. 이제 농촌이나 도시할 것 없이 초등학교에 가면 다문화 가정 아이들을 볼 수 있습니다. 아이뿐만 아니라 식당이나 중소기업체 등에서도 외국인 노동자를 쉽게 만날 수 있습니다. 한때는 외국인이라고 하면 주한 미군이나 대기업 등의 고급 기술자, 영어 교육을 위해 들어온 강사 등을 생각했지만, 지금은 오히려 결혼이나 직장을 구하기 위해 들어온 동남아인들을 더 쉽게 떠올립니다.

가끔, 이주해 온 외국인들로 인해 일어나는 갖가지 사회문제가 언론을 장식하기도 합니다. 하지만 더 심각한 문제는 그들에 대한 무시와 차별입니다. 같은 외국인이라도 서양인을 대할 때와 동남아인을 대할 때의 우리의 자세와 마음가짐이 다릅니다. 부끄러운 우리의 자화상입니다. 시민의식 변화를 위한 여러 가지 노력의 결과가 서서히 나타나고 있는 점은 그나마 다행스러운 일입니다.

『논어』의 자로 편에 이런 글귀가 있습니다. '군자화이부동 소인동이불화(君子和而不同 小人同而不和)', '군자는 화합하지만 부화뇌동하지 않고, 소인은 부화뇌동하지만 화합하지 않는다.' 군자는 크고 강한 사람이고 소인은 작고 약한 사람입니다. 군자가 되는 길은 포용하고 화합하는 것이라고 읽힙니다. 고 신영복 선생은 차이를 존중하고 다양성을 포용하는 공존의 철학이 화(和)라고 했습니다. 반대로 모든 것을 자기중심적으로 동화하려는 패권의 논리가 동(同)이라고 하면서 화이부동은 공존과 평화의 원리라고 역설했습니다.

선진국 문턱에서 서성이고 있는 우리의 현실에서 무엇이 우리에게 진정으로 필요한 것인지 우리 자신에게 질문을 던져야 할 때입니다.

함께 읽으면 좋은 책

- **고종석, 『감염된 언어』, 개마고원, 2007**
  이 시대의 문장가 고정석이 쓴 에세이로, 우리말과 외래어의 섞임과 스밈에 대한 고찰을 통해 우리 말과 글의 생존과 발전을 위한 방향을 제시한다.

내가 꿈꾸는 나라

촛불의 의미와 버락 오바마의 위로

2017년은 대한민국 국민 모두에게 잊혀지지 않는, 잊을 수 없는 한 해가 되었습니다. 박근혜 전 대통령이 최순실 국정농단 등의 이유로 탄핵되기 전부터 온 나라에는 밤마다 촛불이 켜졌습니다. 촛불을 들고 광장에 모인 많은 국민은 "이게 나라냐?"라고 묻고 있었습니다. 그런 질문은, 이러고도 정말 나라냐고 대통령을 비롯한 정부에게 묻는 것이기도 하고, 이 지경이라면 나라라고 할 수도 없다는 자조이기도 했습니다.

나라, 국가란 무엇인가? 국가가 존재하는 근거와 의미는 무엇인가? 국가와 국민의 관계는 또 어떠한가? 그렇지 않아도 어려운 경제 상황에 힘들어하면서도 광장에 모여서, 텔레비전 뉴스를 보면서, 직장 동료들과 마주 앉아서, 평소에는 잊고 살았던 질문을 던지고 답했습니다. 우리가 살면서 국가란 무엇인가에 대해 이토록 절절히 생각해 본 적이 있었던가 싶을 정도입니다.

유시민의 『국가란 무엇인가』는 그런 질문에 대해 여러 가지 답을 내놓습니다. 국가는 국민의 안전과 평화를 보장하기 위한 것이라는 홉스의 국가주의 국가론, 국민의 자유를 보장하기 위한 것이라는 로크와 밀, 스미스와 루소의 자유주의 국가론, 국가란 평등의 실현을 가로막는 장애물일 뿐이라는 칼 마르크스의 사회주의 국가론 등을 소개합니다. 그의 글을 읽으면서 그런 생각이 들었습니다. 나는 우리나라가 어떤 나라이기를 바라는가? 나뿐만 아니라 평범하게 살아가는 많은 사람들, 거실에서 광장으로 나온 많은 시민들이 살고 싶어 하는 나라, 가슴에 품고 싶은 국가는 어떤 모습일까?

2016년 6월 26일 미국 사우스캐롤라이나 주 찰스턴의 농구 경기장. 같은 달 17일 벌어졌던 흑인 교회 총기 난사 희생자인 클레멘타 핑크니 목사의 장례식에 버락 오바마 대통령이 참석했습니다. 30분 남짓 추모 연설을 합니다. "선량함이라는 은총을 발견한다면 모든 것이 가능해집니다. 그 은총을 통해 모든 것이 바뀔 수 있습니다. 어메이징 그레이스, 어메이징 그레이스…" 그는 고개를 숙입니다. 한동안 침묵이 이어집니다. 이후 그의 입에선 찬송가 '어메이징 그레이스(놀라운 은총)'의 첫 소절이 흘러나옵니다. 청중은 잠시 어리둥절해합니다. 곧 박수가 터져 나오고 단상에 있던 교회 인사와 장관들이 차례로 일어납니다. 오르간은 반주를 시작하고 성가대와 6,000여 명의 추모객이 '어메이징 그레이스'를 함께 부릅니다. 슬픔에 잠겨 있던 장례식장은 웃음과 박수가 가득한 감동의 장으로 변합니다.

이 장면이 미리 각본으로 짜여 있었을까요? 알 수 없는 노릇이긴 합니다. 하지만 그 장소에 있던 사람들, 뉴스로 지켜보던 모든 사람들은 그렇지 않다고 생각합니다. 그가 진정으로 사고로 생명을 잃은 사람을 추모하고 그곳에 모인 모든 사람들의 마음에 공감하고 있다는 것을 느낄 수 있기 때문입니다. 나는 국가가 국민의 아픔과 불행에 대해 같이 아파해 주면 좋겠습니다. 사고의 원인을 분석하고 대책을 세우는 일도 중요하지만, 그보다 앞서, 가족을 잃거나 희망을 잃은 사람들에게 위로의 손을 내밀어 주었으면 좋겠습니다. 슬픔과 절망에 빠져 깊은 어둠 속을 헤매는 국민에게 국가가 작은 희망의 등불이 되었으면 좋겠습니다.

국가의 역할

2017년 초에 대만으로 여행을 갔던 젊은 여성 두 명이 대만 택시 기사에게 성폭행을 당하는 사건이 발생했습니다. 택시 기사가 건넨 수면제를 먹고 잠든 사이에 몹쓸 짓을 당했다는 겁니다. 깨어나 대사관으로 신고 전화를 했더니 직원의 반응이 "자는데 왜 이 시간에 전화를 하느냐."였다고 합니다. 이 사실이 알려지면서 비난 여론이 높아지자, 외교부에서 내놓은 해명은 더 가관입니다. 그런 말을 한 적도 없고, 신고할지 말지를 결정해서 다시 연락하라고 했다는 겁니다. 자국민이 피해를 당했다고 하면 시간이 몇 시인가가 중요한 것이 아니라 당장 달려가서 자국민을 위한 조치를 취하는 것이 당연한 일 아닌가요? 피해 여성들은 피해를 당한 것에 놀라고 충격을 받았을 뿐만 아니라 대사관 직원의 반응에 더 심한 상처를 받았습니다. 이런 소식은 가해자인 대만 택시 기사보다 대사관 직원에 대한 분노를 더 크게 만들었습니다.

반면에 청해부대가 2011년 1월 21일 새벽, 삼호주얼리호의 선원

21명을 무사히 구출한 아덴만 여명 작전은 국가가 해야 할 일이 무엇인지 명확하게 알려 줍니다. 소말리아 해적에게 나포된 선박을 구해 낸 우리 군의 자랑스러운 모습은 우리 모두를 가슴 뜨겁게 했습니다. 대한민국 국민이라는 것이 그때만큼 뿌듯할 때도 없었을 겁니다. 홉스의 국가주의 국가론이 진부한 이론일지라도 국민의 생명과 재산을 보호하는 것이 국가의 존재 이유라는 사실 하나만으로도 충분한 가치가 있습니다. 국가가 존재하는 가장 기본적인 이유이니까요. 내가 사는 이 나라는 타국에서 위험에 처하거나 불이익을 받을 때 국가가 나서서 위험에서 구해주고, 부당한 대우를 받지 않도록 해 주면 좋겠습니다. 국가가 나와 내 가족을 보호해 줄 것이라는 믿음을 가질 수 있었으면 좋겠습니다.

2017년 2월 1일 자 한국일보 인터넷 신문에 "'그래도 난 서 있겠다.' 홀로 선 고교생의 조용한 시위'라는 제목의 기사가 한 장의 사진과 함께 올라왔습니다. 사진은 지역 여자 배구 시합에 참가한 한 배구팀이 미국의 국가가 울려 퍼지는 순간, 일어서서 경의를 표하지 않고 한 명을 제외하고는 모두 앉아 있는 광경입니다. 기립을 거부한 선수들은 미국 내 흑인, 유색 인종 등 소수 집단에 대한 차별에 저항한다는 의미를 담고 있다고 합니다. 다른 선수와 다르게 일어서서 경의를 표하고 있는 라이스라는 선수는 그런 의사 표현 방식에 반대하기 때문에 앉지 않습니다. 하지만 자신은 동료의 다른 의사 표현을 존중한다고 말합니다. 또한, 앉아서 의사 표현을 한 팀의 다른 동료들도 그런 라이스의 의사를 존중한다고 기사는 전하고 있었습니다.

팀워크가 생명인 스포츠팀에서 이런 다른 의견이 존재한다는 것에 우려가 되지 않느냐는 기자의 질문에 코치가 하는 말은 이렇습니다. "라이스가 한 손을 팀 동료의 어깨 위에 올려놓은 것은 나도, 너도 의견이 다를 수는 있지만, 여전히 서로를 존중한다는 의미입니다." 서로의 생각은 다르지만 다른 생각과 의견을 서로가 인정하고 존중한다는 것입니다.

이런 나라에서 반이민정책 행정명령에 서명한 도널드 트럼프 대통령에 대한 반대시위는 당연한 일일 수밖에 없겠죠. 우리의 현실도 다르지 않습니다. 하나의 역사관으로 역사를 가르치겠다고 시작한 역사 국정교과서, 좌파 예술인에 대한 지원을 제한하기 위해 만든 블랙리스트, 좌파와 우파, 보수와 진보, 촛불과 태극기, 남과 북, 우리는 늘 편을 가릅니다. 나는 옳고 너는 틀렸다고 합니다. 내 편이 아니면 싸워서 없애야 할 적으로 간주합니다. 다름을 인정하지 않고 존중하지 않습니다. 내가 사는 이 나라에서는 나의 생각을 자유롭게 말할 수 있고, 내가 몸담고 있는 회사나 조직과 다른 가치관일지라도 자유롭게 표현할 수 있었으면 좋겠습니다. 생각이 다르다는 이유만으로 차별을 받거나 처벌을 받는 일이 없었으면 좋겠습니다.

일과 가정이 양립 가능한 나라

2015년 기준, 우리나라 출산율은 1.23입니다. 이는 2014년의 1.20, 2013년의 1.18에서 약간 올라간 수치이긴 하나 여전히 낮습니다. 저출산 위기국가라고 한때 위기감이 높았던 일본은 1.4, 프랑스는 2.0이나 됩니다. 미국은 1.89, 호주와 영국은 1.92 입니다. 다른 주요 국가들과 비교해서도 심각한 수준이라는 걸 알 수 있습니다. 특히 올해부터 발표하기 시작한 '최근 5년 이내 혼인한 부부(159만 6,000명 대상)'와 관련된 통계치를 살펴보면 더 걱정스럽습니다. 맞벌이 부부 중에서 자녀가 있는 비중은 57%로 외벌이 부부(70.1%) 보다 낮으며, 평균 출생아 수는 0.72명으로 외벌이 부부(0.9명) 보다 낮습니다. 최근 혼인한 부부 중에 자녀가 없는 비율이 30~40%나 된다는 뜻입니다. '2016년 일가정 양립 지표'를 한 번 살펴보겠습니다. 2015년 낮 시간 동안 1세 이하 자녀는 어머니가, 2세 이상은 기관에서 주로 돌본 것으로 조사되었습니다. 영유아(0~5세)는 하루 평균 7시간 16분간 기관을 이용했다고 합니다.

출산율은 여전히 낮고, 외벌이보다 맞벌이 부부가 아이 낳기를 꺼린다는 의미로 해석됩니다. 우리나라 아이들은 2세 이상만 되면 주로 어머니 손이 아닌 '기관'에서 돌보아진다는 겁니다. 아이를 적게 낳고 부부끼리 재밌고 즐겁게 살자는 신세대의 변화된 의식 탓만 할 수 없습니다. 취업이 힘들고, 취업이 되었더라도 자녀 양육과 일을 병행하기 힘든 여건, 게다가 사교육 등 자녀 교육에 들어가는 비용이 만만치 않다는 현실적인 문제들이 복잡하게 얽혀 있는 거죠. 그러니 부모가 직접 어린 자녀를 돌보고 키우기가 힘듭니다.

그러면서 국가는 어린이집과 유치원, 초등학교의 '돌봄' 기능을 강화하는 정책으로 부모에게 일을 할 수 있는 시간을 더 주기 위해 노력합니다. 좀 다른 시각으로 보면 부모에게서 자녀를 떼어 놓는 방향으로 정책이 추진되고 있는 것은 아닌가 걱정스럽습니다. 당장의 문제를 해결하기 위해 더 소중하고 가치 있는 '가정과 가족'의 의미를 희석시키고 해체하는 쪽으로 가고 있는 것이 아닌가 하는 우려입니다. 육아휴직 사용자가 늘고, 육아기 근로시간 단축제도 등을 활용하는 사람들이 많아지고 있기는 하지만 근본적인 대책이 되기 어렵습니다. 일과 가정이 의미 있게 양립하기 위해서는 부모와 자녀가 함께하는 시간이 많아지도록 하는 실질적인 정책이 필요합니다. 내가 사는 이 나라는 '저녁이 있는 삶'을 국민에게 돌려주는 나라였으면 좋겠습니다. 저녁이 되면 불 켜진 아파트 창문으로 가족의 행복한 모습이 많이 보이는 나라였으면 좋겠습니다.

고졸 취업자도 자신의 능력에 따라 정당하게 대우받고, 학력에 따른 임금 격차를 최소화해야 합니다. 1~2년 정도 취업하지 못하거나, 직장을 그만두고도 자기계발 등 재충전의 시간을 가질 수 있는 사회보장과 복지가 확충되어야 합니다.

내 아이가 살아갈 나라는 이런 나라였으면 좋겠습니다. 여러분은 어떤 나라를 꿈꾸시나요?

함께 읽으면 좋은 책

- 이철희, 『이철희의 정치 썰전』, 인물과사상사, 2015
  시사 예능 프로그램 <썰전>에서 해박하고 날카로운 분석을 하던 저자가 국회의원이 되기 전에 내놓은 정치에 대한 돌직구를 담고 있다.
- 조국, 『조국, 대한민국에 고한다』, 21세기북스, 2011
  서울대 법학전문대학원 교수 시절에 낸 사회 비평집으로 정부, 보수와 진보, 시민, 그리고 법률가에 합리와 상식의 회복, 성찰과 혁신의 필요성을 요구한다.
- 김경준, 『지금 마흔이라면 군주론』, 위즈덤하우스, 2012
  통치자를 위한 고전인 마키아벨리의 군주론을 역사 속의 인물이나 사건, 현대 기업의 성공담과 실패담 등 다양한 사례를 통해 해석하고 있다.

- 안재혁, 유연주, 『국가대표 바리스타 안재혁, 유연주의 커피수업』, 라이스메이커, 2012

부정청탁 및 금품 등 수수의 금지에 관한 법률(일명 김영란법)에 의하면 3만 원짜리 식사를 대접받고 카페에서 커피도 얻어 마시면 처벌 대상이 됩니다. 점심식사 후에 흔히들 카페를 찾는데, 공직자일 경우에는 가격 계산을 잘해야 문제가 생기지 않을 듯하네요. 아무튼, 요즘은 점심식사 후에 카페를 찾는 사람이 참 많습니다. 세종 청사 주변 카페들은 점심시간 때면 문전성시를 이룹니다.

커피를 만드는 사람, 바리스타

카페에서 주문받고 커피를 만들어 주는 사람을 바리스타(Barista)라고 합니다. 바(Bar)에서 커피를 만드는 사람이라는 뜻이죠. 카페에서 일하는 사람 중에 아르바이트생이 많아 그들을 바리스타라고 부르기에는 다소 적절하지 않을 것 같기도 합니다만 자격을 갖춘 사람도 있기도 하고, 아무튼 커피를 만드는 사람이니 바리스타라고 해야겠죠.

국내에 바리스타 개념이 도입된 것은 1999년에 스타벅스 프랜차이즈가 한국에 들어오면서부터입니다. 특히 2007년에 탤런트 공유, 윤은혜, 이선균 등이 출연한 커피프린스 1호점이라는 드라마가 있었는데 인기가 아주 높았습니다. 평균 20%대의 시청률을 기록했는데, 한여름에 마시는 아이스 아메리카노 같은 시원함을 가진 공유, 카푸치노같이 달콤한 매력의 이선균, 그리고 모두에게 사랑받는 아메리카로의 달콤쌉쌀한 느낌의 남장 역할을 한 윤은혜의 매력이 돋보였죠. 이 드라마로 인해 커피에 대한 대중의 관심이 매우 높아졌습니다.

높아진 커피에 대한 관심은 소비로 이어져 카페들이 우후죽순처럼 생겨났습니다. 한 신문기사에 따르면 2013년에 1만 8,000개이던 카페가 2014년에는 2만여 개로, 2015년에는 무려 4만 9,600개로 늘어났다고 하니 말 그대로 커피 전성시대입니다.

카페의 확대와 소비량이 증가함에 따라 커피 바리스타에 대한 관심도 덩달아 높아진 것은 당연한 일입니다. 민간자격등록서비스(PQI)에 '바리스타'라는 단어로 검색을 해 보니 등록 민간자격이 무려 158개나 되더군요. 그만큼 커피와 바리스타에 대한 관심이 많다는 거죠. 학교 선생님 중에도 학원에 등록해서 강의를 듣고 시험에 응시해 바리스타 자격을 취득한 사람을 종종 보게 됩니다. 은퇴 후의 제2의 인생을 준비하는 측면도 있고, 단지 커피가 좋아서 그러시는 분도 있습니다.

바리스타 국가대표가 있다는 건 최근에 알았습니다. 세계 바리스타 챔피언십(World Barista Championship)에 출전하는 우리나라 대표를 선발하기 위한 대회가 매년 열립니다. WCCK바리스타 대회(World Coffee Championship of Korea)를 개최해서 세계 대회에 나갈 5명의 국가대표를 선발하는 겁니다. 월드컵이나 올림픽에 나가는 국가대표 선수처럼 커피 바리스타 대회에 우리나라를 대표해서 나가는 것이죠. 커피를 사랑하는 사람이 모여서 누가 더 향기롭고 맛있는 커피를 만드는지 경쟁을 한다는 건데, 생각만 해도 멋지네요. 기회가 되면 한 번 참관이라도 해 봐야겠습니다.

커피의 쓴맛, 단맛, 신맛

아메리카노나 카푸치노를 프랜차이즈 카페에서 주로 사 마시는 사람은 "커피 맛이 뭐, 그냥 커피지." 하며 쓴맛이나 달콤한 맛에 마시는 거로 생각합니다. 커피에는 쓴맛 이외에도 단맛, 신맛이 있고, 이 맛들이 얼마나 잘 어우러 지는가에 따라 커피 맛이 달라집니다. 커피의 이런 입체적인 맛을 바디감이라고 합니다.

산지별로도 맛에 차이가 나는데 에티오피아 예가체프는 고구마 맛이 나고, 인도네시아 만델링은 신맛을 좋아하는 분이 많이 찾는 커피입니다. 케냐 AA는 강한 쓴맛이 일품이죠. 대부분의 사람들은 커피의 원산지에 따른 종류에는 별로 관심을 갖지 않는 편입니다. 사실 알 수도 없습니다. 카페에서 커피콩의 산지가 어디고, 어느 정도의 강도로 로스팅을 했는지 등의 정보를 제공해 주지 않으니까요.

같은 생두라도 로스팅한 정도에 따라서도 맛이 달라지는데 약하게 로스팅하면 신맛이, 검은색에 가깝게 로스팅하면 쓴맛이 강해집니다. 카페의 커피 머신 통에 담겨 있는 커피를 살펴보면 강하게 로스팅한 것이라는 걸 알 수 있습니다. 색깔이 검은색에 가깝거든요. 쓴맛을 많이 내기 위해서 그런 거죠. 간혹 커피콩을 담은 통에 커피콩에서 나온 기름이 묻어 있는 경우가 있습니다. 커피를 로스팅한 지 오래되었다는 뜻입니다. 신선하지 않다는 얘기죠. 생두를 로스팅한 후 3~5일 정도 밀폐 용기에서 숙성을 시킨 다음, 10~15일 정도 이내에 사용하는 커피 맛이 제일 좋습니다. 커피 속에 들어 있는 커피 본래의 여러 가지 맛을 최적의 상태로 음미할 수 있고, 커피 향도 좋을 때입니다.

뭐 그리 복잡하냐고요? 그래도 관심을 가지고 보면 소소한 재미가 있습니다. 단순히 커피의 쓴맛만을 즐기는 것이 아니라 커피가 가지고 있는 단맛과 신맛 등 다른 맛을 찾아보는 것이죠. 요즘엔 핸드드립을 해 주는 커피점도 많이 생겼는데, 그런 곳에서 마시고 싶은 커피를 기호에 맞게 주문해서 한 잔 마시는 것도 색다른 재미를 줍니다. 바리스타가 주는 똑같은 아메리카노가 아니라 자신이 선택한 자신만의 커피를 마시는 즐거움을요.

커피에는 그들만의 이야기가 있다

최근에는 인스턴트 커피에도 프리미엄 커피 바람이 일고 있습니다. 커피 광고에 커피를 재배하는 콜롬비아 농부를 앞세워서 품질을 내세우기도 하고, 바리스타를 등장시켜 선별과 로스팅하는 모습을 보여주며 바리스타에 의한 커피라는 것을 강조합니다. 어떤 커피는 아예 제품의 이름이 '바리스타'입니다. 커피 로스팅을 특히 강조해서 로스팅 후 단 10일 이내에 먹을 수 있는 커피를 광고하기도 하고, 1일 이내에 로스팅한 커피만을 사용하는 점을 강조하는 제품도 등장했습니다. 인기 있는 어느 상품은 편의점에 들어오자마자 동이 나기도 한다더군요. 그만큼 커피를 즐기는 사람의 수도 많아지고, 눈높이도 높아졌다는 얘기죠.

알고 보면, 커피에는 그 커피만의 이야기가 들어 있습니다. 칼디라는 목동에 의해서 커피가 시작되었다는 에티오피아 예가체프와 아프리카 커피의 최고봉 케냐 AA에는 그 옛날 아프리카 목동의 풀피리 소리가 들어 있습니다. 홍해 건너편 아라비아 반도에 위치한 모카커피의 탄생지이며 고흐가 즐겼다는 예멘의 모카 항이 고향인 마타리에는 사막의 모래바람이 섞여 있는지도 모릅니다. 세계 최대 커피 생산국인 브라질의 산토스는 그 항구를 통해 드나들던 커피를 실은 컨테이너의 수에 따라 나라의 운명이 좌우되기도 했습니다. 험한 지형적 환경에서 최고의 커피를 생산하는 콜롬비아 블루마운틴은 세계 최고 커피라는 명성을 가지고 있습니다. 코스타리가 SHB 따라주, 콰테말라 안티구아는 외세의 침략에 굴하지 않고 꿋꿋이 삶을 살아낸 남미 원주민의 이야기입니다. 세계 3대 커피 중의 하나이고 최근 우리나라에 수입이 많이 되고 있는 하와이안 코나에는 하와이로 이민 간 우리 선조들의 아픔이 묻어 있습니다. 커피에는 단순히 쓴맛만 들어 있는 것이 아니라 그 커피와 함께하는 사람들의 이야기가 담겨 있습니다.

가끔, 그렇게 복잡한 걸 알고 마시면 맛이 더 좋아지냐고 핀잔주는 사람도 있지만, 알고 마시면 맛이 더 좋다는 건 확실합니다. 커피를 알면 사랑하게 되고, 사랑하면 커피 맛이 좋아지고, 그때 맛보는 커피는 이전에 맛보던 커피와 달라집니다.

이 글을 읽고 난 후, 마시는 커피는 아마도 맛이 더 좋아질 겁니다.

4장

생각하며 살아간다는 것

에드워드 윌슨, 장대익 저, 최재천 역, 『통섭』, 사이언스북스, 2005

통섭은 우리 가까이에 있다

시대에 따라 필요한 능력도 달라진다

아주 오래전 수렵 채집 시대에는 인간의 어떤 능력이 중요했을까요? 먹이를 구하기 위해 사냥하는 능력, 인간을 해치는 다른 동물이나 자연의 위험을 감지하는 능력이 필요했겠죠. 농경사회에서는 조금 달랐을 겁니다. 농사일을 감당할 수 있는 건강한 신체 능력과 더불어 식물과 계절에 대한 지식이 필요했겠죠. 그런 능력이 자신이나 가족의 생존을 지켜주니까요. 산업사회에서는 아무래도 전문성이 중요해졌을 겁니다. 어떤 분야에 전문적 지식과 기술을 가진 사람이 우대받았습니다. 이른바 I(아이)자형 인재입니다.

그런 시대도 지나고 한 가지 전문성만을 가지고서는 살아남지 못하는 사회로 바뀝니다. 일본의 도요타가 그런 시대상을 반영하여 처음으로 T(티)자형 인재 채용을 표방했습니다. T자의 가로 방향은 다양한 분야에 대한 지식과 기술을 가진 사람(Generalist)을 의미합니다. 세로 방향은 한 가지 분야에 전문성을 가진 사람(Specialist)을 의미하는데, 이 두 가지를 모두 겸비한 인재를 말하는 거죠. 한 가지 전문성만으로 복잡 다양한 사회에서 발생하는 문제 해결이 어렵다는 뜻입니다.

최근에는 π(파이)형 인재와 A(에이)형 인재를 요구합니다. π형 인재는 통섭형 인재를 말합니다. 한 가지가 아니라 여러 분야에 대한 전문성을 요구합니다. 현대사회에서 발생하는 인구, 환경, 경제 문제는 한두 가지의 전문성만으로는 그 해결책을 찾기 힘듭니다. 경제 문제를 주로 다루는 한국은행에서 인문학적 소양을 가진 사람을 선발한다던지, 두산중공업 같은 기계, 기술 분야에 종사하는 사람에게 인문, 사회 분야의 강의를 듣게 하는 것 등이 그런 현상의 반영이라고 볼 수 있겠네요.

한편, 한때 젊은이들의 멘토 역할로 인기가 많았던 안철수는 A 자형 인재가 필요한 시대라고 말했습니다. 그는 "끝없는 배움으로 자신의 한계를 넓혀가는 차가운 머리와 뜨거운 가슴을 가져라."라고 주문했습니다. 그러면서 다른 사람과의 소통을 강조했죠. 이처럼 사회의 변화와 시대에 따라 바라는 인간상이 달라져 왔습니다. 후기정보사회, 지능정보사회, 제4차 산업혁명의 시대라고 하는 지금 우리가 맞이한 사회의 복잡성과 다양성에 비춰 볼 때 한두 가지 분야의 전문성만으로는 버텨 내기 어려운 것이 사실로 여겨집니다. 특히, 최근 들어 더욱 강조되고 있는 학문 간의 통합과 융합, 전문 분야 간의 이종교배는 창의성 발현의 씨앗이 된다는 점에서도 그렇습니다.

통섭(統攝, Consilience)을 알게 되다

몇 해 전, 교장 선생님으로 있는 한 선배가 불쑥 물었습니다. "너 혹시, 통섭이라는 말을 들어 봤어?" 뜬금없는 질문이었습니다. 그 당시에는 '통섭'이라는 말을 들어 본 적이 없어서 순간적으로 '통습(通習)'으로 생각했습니다. '여러 가지를 동시에 습득하거나 배우는 것'을 말씀하시나 보다 했습니다. 배우고 익히는 데 게을리하지 말고 부지런히 해야 한다는 말씀을 하시고 싶어서 그러셨구나 하고 짐작만 했습니다. 그 이후 인문학 책을 습독하면서 최재천의 책을 통해 '통섭'을 접하게 됩니다. 그제야 그 당시 선배님이 했던 '통섭'이 '통습'이 아니라는 것을 알게 된 것이죠.

에드워드 윌슨의 『통섭』을 처음 접했을 당시에는 진화생물학이나 유전자에 대한 배경 지식이 한참 부족해서 그런지 이해가 쉽지 않았습니다. 지금도 그 수준에서 그리 많이 벗어나지는 않았지만요. 그 책을 처음 읽고 난 후에 책에 메모한 글이 이렇습니다.

딱 한 달 만에 다 읽었다. 그동안 여러 책을 읽기도 했고 『다윈지능』, 『통섭의 식탁』 등으로 준비운동을 했음에도 이 책의 내용을 이해하고 수용하는 것에는 역부족이다. 밑줄 그어 놓은 걸 노트에 옮겨 적어 보니 8페이지나 된다. 그나마 그것들로 인해 어렴풋이 감이 잡히긴 하다.

최근에 이 책을 다시 읽으면서 이전에 이해하지 못했던 부분들이 좀 더 쉽게 다가오는 것에 대해 스스로 놀랐습니다. 아마도 다음번에 다시 읽을 때는 그 의미가 다르게 와 닿을지도 모릅니다.

통섭(統攝, Consilience)은 '지식의 대통합'이라는 의미로 쓰입니다. 자연과학과 사회과학, 인문학 등 학문 간의 통합적인 접근을 의미합니다. 이 단어는 이화여대 최재천 석좌교수가 하버드 대학교 생물학자인 에드워드 윌슨의 『Consilience』(1998, 한국어 출판은 2005년이며 책의 제목은 '통섭'이다)라는 책을 번역·출판하면서 사용하기 시작했습니다. 생소한 이 단어의 번역과 사용에 대한 여러 가지 논란이 있었지만, 지금은 통섭이라는 단어가 대체로 받아들여지고 있습니다. 책의 서문에 그가 '통섭'이라는 단어를 선택하기 위해 아주 오랫동안 고민했다는 이야기가 있습니다. 처음에는 통일, 통합, 일치, 합치 등의 단어를 고려했지만, 결국에선 통섭을 선택하게 되었다고 합니다. 통섭은 '큰 줄기 또는 실마리'라는 뜻의 통(統)과 '잡다 또는 쥐다'라는 뜻의 섭(攝)을 합친 것으로 '큰 줄기를 잡다'라는 의미를 갖습니다.

Consilience라는 용어는 1840년에 출간된 자연 철학자 윌리엄 휴얼(William Whewell)의 『귀납적 과학의 철학(Philosophy of the Inductive Science)』에서 처음 사용됩니다. 휴얼은 consilience를 한마디로 'jumping together', '더불어 넘나듦'으로 정의했습니다. 서로 다른 현상들로부터 도출되는 귀납들이 서로 일치하거나 정연한 일관성을 보이는 상태를 말합니다. 현상에 대한 설명의 공통 기반을 만들기 위해 분야를 가로지르는 사실과 사실에 기반을 둔 이론을 연결함으로써 지식을 '통합'하는 것입니다. 개별적인 특수한 사실이나 원리로부터 발생한 일반적인 명제가 일관성을 보인다는 것은 그러한 결과가 보편성을 가진다는 것이고, 여러 학문 분야에서도 동일하게 적용될 수 있다는 것입니다.

통섭에 대한 사회과학의 비판

에드워드 윌슨은 이 책에서 자연과학과 인문학, 사회과학의 통합, '지식의 대통합'을 주장합니다.

세계가 정말로 지식의 통섭을 장려하게끔 작동한다면 나는 문화의 영역도 결국에는 과학, 즉 자연과학과 인문학, 특히 창조적 예술로 전환될 것이라고 믿는다. 자연과학과 인문학은 21세기 학문의 거대한 두 가지가 될 것이다.

특히 사회과학은 계속해서 세분화되면서 어떤 부분은 생물학으로 편입되거나 생물학의 연장선에 있게 되어, 결국 생물학에 통합될 것으로 전망합니다. 그가 생물학이 기본이 된다고 주장하는 근거는 '후성규칙'입니다. 후성규칙이란 문화의 진화를 한쪽으로 편향시켜 유전자와 문화를 연결해 주는 정신 발달의 유전적 규칙성을 말합니다. 이런 후성규칙은 오랜 세월 동안 생존과 번식을 통해 살아남은 유전자 속에 내재되어 자연선택의 길을 걸어온 것인데, 이것은 생물학의 주된 연구내용입니다. 결국, 생물학이 기본이 되어 모든 현상을 근본적인 차원으로 분석하는 환원주의적인 시각으로 진리에 대한 답을 찾아갈 수 있다고 주장하는 거죠.

이러한 유전자 결정론은 그것으로 인해 발생하는 인종차별이나 성차별의 문제를 정당화하는 이론적 배경을 제공한다는 엄청난 비판에 직면합니다. 사회과학을 연구하는 사람들도 비난의 화살을 쏘아댔습니다.

한편, 사회과학(인류학, 사회학, 정치학, 경제학, 심리학, 지리학 등)은 인간과 인간 사이의 관계에서 일어나는 사회현상과 인간의 사회적 행동을 탐구하는 과학의 한 분야입니다. 사회과학은 자연과학의 발전에 영향을 받아 과학적 방법을 사용하여 사회현상을 연구합니다. 따라서 자연과학과 같이 사회과학 역시 경험적 지식체계를 구축하는 과학이라 할 수 있습니다. 그러나 자연과학과 달리 사회과학은 인간 사이의 관계를 연구하기 때문에 가치관의 문제가 대두될 수밖에 없습니다. 무엇이 옳고 그른 것이냐, 인간으로서 어떤 판단을 해야 옳은 것이냐, 인간과 자연, 인간과 다른 동물에 대한 우선순위는 어떻게 할 것인가 하는 문제들입니다. 사회과학이 가치관의 문제에서 자유로울 수 없다는 점 때문에 오랫동안 사회과학이 진정한 과학이 될 수 있는가에 대한 비판이 있었던 거죠. 하지만 사회과학자들은 이러한 비판을 어느 정도 인정하면서도 사회과학의 엄정한 과학성을 증진하기 위해 노력하고 있다고 주장합니다.

통섭으로 향하는 길

이러한 학문 간의 통합을 주장한 학자가 윌슨이 처음은 아니었습니다. 그보다 훨씬 전, 윌슨의 책이 나오기 30년 전인 1959년 케임브리지의 리드 강연에서 영국의 과학자 겸 소설가인 C. P. 스노우의 유명한 강의가 있었습니다. '두 문화와 과학혁명'이라는 제목으로 과학과 인문학의 소통을 강조하는 내용이었습니다. 『두 문화』의 작가인 스노우는 당시 사회의 문제점들을 해결하는 데 가장 큰 걸림돌이 과학과 인문학의 소통 단절이라고 주장합니다. 이러한 그의 주장은 그 당시 학문을 주도하던 과학자들로부터 엄청난 비난을 받습니다. 과학이 인문학과 동등한 취급을 받는 것이 불만이었던 거죠. 하지만 그의 남다른 생각은 그때나 지금이나 뛰어난 통찰이 아닐 수 없습니다.

지식의 거대한 가지들이 통일된 계몽사상의 비전에서부터 나와 자연과학, 사회과학, 인문학으로 갈라져 현재의 모습을 하게 된 것은 르네상스 이후인 17~18세기의 일입니다. 15세기 중엽에 태어나 16세기 초까지 활동한 이탈리아 르네상스의 상징인 레오나르도 다 빈치(Leonardo di ser Piero da Vinci, 1452~1519)를 소개하는 말을 보면 이렇습니다. "그는 화가이자 조각가, 발명가, 건축가, 기술자, 해부학자, 식물학자, 도시 계획가, 천문학자, 지리학자, 음악가였다." 그는 과학자이자 사회학자이며 예술가였습니다.

그러나 17세기 이후 유럽은 르네상스의 시대가 저물고 상식, 경험, 사상, 특히 이성을 중요시하는 계몽사상이 확산됩니다. 계몽사상의 영향으로 지식도 전문화, 세분화됩니다. 이러한 환원주의(reductionism)가 엄청난 양의 지식을 발굴해 내는 것에 기여한 것은 사실이지만 전체를 보는 시각을 잃게 한 것도 사실입니다. 윌슨도 통섭을 위해서 환원주의를 내세우는데, 그것이 하나의 방안일지라도 사회과학이나 윤리, 예술을 유전자 수준이나 뇌 수준까지 환원하여 설명하는 것에는 거부감이 생기기도 합니다.

통섭이 필요하다고 해서 우리 모두가 과학자, 인문학자가 되어야 하는 건 아니겠지요. 우리가 서 있는 각자의 위치에서 자신이 하는 일, 자신이 전문성을 가진 일에서 조금 더 관심을 넓히는 것이 우리가 할 수 있는 '통섭'이 아닐까요? 내게 주어진 문제에 대한 답을 찾는 일이든, 세상의 일을 바라보는 일이든, 우리 자신의 시야를 한 발짝 더 넓혀 세상과 좀 더 소통할 수 있는 길을 만들어 가는 것입니다.

요즘 jtbc 뉴스가 인기입니다. 여러 코너 중에서 '앵커 브리핑'이 뉴스의 신선함을 줍니다. 세상의 밝은 곳보다는 어두운 곳을 비춰 어둠을 걷어 내고자 하는 뉴스에 시와 노래와 책을 더합니다. 어느 연예인이 했던 '거짓은 결코 참을 이길 수 없다.'라는 말을 뉴스에 더합니다. 뉴스에 사람과 감동을 실었습니다. 통섭은 그렇게 이미, 우리 가까이에 있습니다.

함께 읽으면 좋은 책

- **최재천, 『다윈지능』, 사이언스북스, 2012**
  다윈의 '종의 기원' 이후, 150여 년간 진화 이론이 발전해 온 과정과 진화론을 둘러싼 논쟁, 현재 진화 이론의 핵심을 담은 진화 생물학의 교과서다.
- **장대익, 『다윈의 식탁』, 바다출판사, 2014**
  현재 진화론의 중요한 이슈들을 대가들의 논쟁이라는 설정을 통해 진화론의 핵심 내용과 쟁점들을 친절하게 설명한다.
- **최재천, 『통섭의 식탁』, 명진출판, 2011**
  자연과학, 인문, 사회 분야를 아우르는 56권의 다양한 책을 코스요리에 비유해서 소개하고 있다.

랄프 옌센 저, 서정환 역, 『드림 소사이어티』, 리드리드출판, 2005

이야기는 개인의 고유한 역사다

이야기, 스토리텔링의 시대

십수 년 전, 덴마크의 수도 코펜하겐 미래학연구소에서 아침 회의가 열렸습니다. 연구소의 주 고객인 통신회사와 은행이 던진 질문에 대한 답을 찾기 위해서입니다. 그들은 '정보화 사회 다음에는 어떤 사회가 도래할까?'라는 질문을 던졌습니다. 기업의 입장에서는 다가올 미래를 어느 정도 예측하고 대비할 필요가 있습니다. 한때 잘 나가던 기업인 노키아나 소니, 후지필름의 사례에서 보듯이 미래를 예측하고 대비하지 못하면 기업은 살아남지 못합니다. 그날, 아침 회의에서 나온 결론은 드림 소사이어티(Dream Society)였습니다. 정보화 사회 다음에 올 사회는 개인이나 기업, 조직이 데이터나 정보가 아니라 '이야기'가 중심이 될 것으로 전망했습니다.

2016년 초에 이세돌과 알파고 간의 세기의 대결이 있었습니다. 인간과 인공지능 간의 바둑 대결에 전 세계인이 주목했습니다. 어떤 이는 컴퓨터의 승리를 점치기도 하고, 아직까지는 인간을 이기기는 어려울 것이라고 전망하는 이도 있었습니다. 결과는 알파고의 승리였습니다. 이 대결 이후에 인공지능에 대한 논의가 활발히 이루어졌습니다. '정보화' 단어 앞에 '지능'이라는 말이 붙어 '지능정보사회'

라는 말이 유행했습니다. 컴퓨터의 인공지능이 인간 능력의 어디까지를 대체할 수 있을지에 대한 기대와 우려가 함께 터져 나왔습니다. 하지만 그런 인공지능의 능력보다 사람들이 더 주목한 것이 있습니다. 네 번째 판에서 승리한 이세돌 프로의 약간 어색하면서도 환한 웃음입니다. 그 웃음은 우리에게 여러 가지 의미를 던져 주었습니다. 모두의 예상과는 다르게 겨우 한 판을 이긴 것에 불과했지만, 그 웃음을 보고 사람들은 환호하고 감동했습니다. 컴퓨터나 인공지능이 더욱더 발달한다 하더라도 인간이 가진 어떤 것은 결코 가질 수 없을 것이라는 믿음 때문입니다.

랄프 옌센이 그날 아침에 말한 '드림 소사이어티(Dream Society)'란 무엇을 말하는 것일까요? 그는 이렇게 말합니다. "드림 소사이어티는 정보사회 다음에 도래할 사회이다. 이는 기억, 지역사회, 개인이 데이터나 정보가 아니라 '이야기'를 바탕으로 성공하게 되는 새로운 사회이다." 이세돌과 알파고의 대결에서 보았듯이 지식을 얼마나 많이 가지고 있느냐, 정보를 얼마나 빠르게 처리하느냐 하는 것은 이제 인간이 컴퓨터와 대결해서 인간이 이기기는 어려운 시대입니다. 앞으로는 더욱더 그 격차가 벌어질 것입니다.

그렇다면 미래 사회에서 우리에게 필요한 것은 무엇일까요? 인공지능이 갖지 못하는 능력, 인간만이 갖출 수 있는 고유한 능력이 무엇일까요? 랄프 옌센은 그것을 스토리텔링, 이야기라고 말합니다. 이야기는 개인의 역사입니다. 개인의 거대한 역사일 수도 있지만, 대개의 경우는 개인의 소소한 경험으로 이루어집니다. 하루하루를 살아가면서 웃고 울고 화내고 슬퍼한 자신만의 지문 같은 일상입니다. 그러니 이야기는 다른 사람과 같은 것일 수 없는 자기만의 고유한 것입니다. 친구와 같이 여행을 갔더라도 보고 듣고 느낀 것들은 다를 수밖에 없습니다. 같은 책을 읽고도 사람마다 생각과 느낌이 다를 수밖에 없는 이유입니다.

나와 너를 이어주는 다리, 이야기

개인의 이야기는 다른 사람의 공감을 얻기가 쉽습니다. 직접 체험하고 느낀 것은 다른 사람의 마음에도 쉽게 자리를 잡을 수 있습니다. 랄프 옌센이 이야기가 중요하다고 생각한 이유가 바로 이것입니다. 아득한 옛날부터 인간은 말이나 이미지 또는 글로 표현된 신화나 동화, 전설과 함께 살아 왔습니다. 시대를 막론하고 유목민과 고대 그리스인부터 현재에 이르기까지 모든 인간에게는 각자의 이야기와 전설이 있습니다. 이야기를 갈망하는 마음은 인간이라는 존재의 의미, 즉 호모 사피엔스에 대한 정의의 일부입니다. 프랑스의 문학평론가 르네 지라르는 신화, 전설과 같이 이야기들이 그 공동체의 도덕과 법의 근간을 형성한다고 주장합니다. 요컨대 이야기가 지금까지 우리가 다룬 추상적이고 윤리적인 개념의 범주화를 가능케 한다는 겁니다. 따라서 인간이 어떤 집단의 이야기를 듣고 그것에 길들여진다는 것은 그 사회의 구성원이 된다는 것이며, 그 사회에서 능력을 발휘할 수 있게 된다는 것을 의미합니다.

미래사회에 '이야기'가 필요한 이유는 바로 이야기를 바탕으로 한 '감성시장(emotional market)'이 지배하기 때문입니다. 모험을 판매하는 시장, 연대감, 친밀감, 우정, 그리고 사랑을 위한 시장, 관심의 시장, '나는 누구인가(Who-am-I)' 시장, 마음의 평안을 위한 시장, 신념을 위한 시장. 이런 시장의 핵심은 바로 이야기입니다. 다른 사람의 이야기뿐만 아니라 나의 이야기, 나와 관계된 가까운 사람의 이야기가 중요해지는 시대가 된다는 것입니다.

매년 서울대학교 생활과학연구소 소비트렌드분석센터(Consumer Trend Center, CTC)에서 새해의 트렌드가 될 키워드를 발표하고 있는데, 2014년 이후에 공통적으로 나타나는 키워드는 바로 '경험의 소비'입니다. 2017년 트렌드 키워드 중에 '경험 is 뭔들'이 있습니다. 사람을 움직이게 하는 힘, 그것은 바로 '체험과 재미'라는 겁니다. 물건을 파는 것에서 경험을 파는 것으로 시장의 법칙이 바뀌고 있다는 의미죠. 소비자가 적극적으로 몸을 움직여 체험하거나 오감을 자극하는 경험을 일종의 놀이로 생각하면서 경험의 시장, 즉 자기만의 이야기 시장이 점차 확대되고 있다고 말합니다.

하이컨셉, 하이터치의 시대

엘 고어 부통령의 연설문 작성자로 유명한 다니엘 핑크는 『새로운 미래가 온다』라는 그의 책에서 미래 사회에서 중요하게 생각되는 능력을 하이컨셉과 하이터치라고 주장합니다. 난독증에 관한 이야기를 하는 부분에서 얘기했듯이, 하이컨셉은 패턴과 기회를 감지하고, 예술적 미와 감정의 아름다움을 창조해 내며, 훌륭한 이야기를 창출해 내는 능력입니다. 관계가 없어 보이는 아이디어들을 서로 결합해 뭔가 새로운 것을 창조해 내는 능력과 관계가 있죠. 그리고 하이터치는 다른 사람과 공감하고, 미묘한 인간관계를 잘 다루는 능력입니다. 자신과 다른 사람의 즐거움을 잘 유도해 내고, 목적과 의미를 발견해 이를 추구하는 능력을 말하죠. 즉 하이컨셉은 미와 창의성을, 하이터치는 재미와 공감능력을 말합니다.

뇌 과학자들이 말하는 좌뇌의 논리적, 분석적, 합리적, 수리적 사고 능력보다는 우뇌의 창의적, 심미적, 감성적인 능력이 더 필요한 사회가 된다는 것입니다. 인간의 좌뇌가 하던 역할은 점차 컴퓨터나 인공지능이 담당하게 됨에 따라 우뇌의 역할과 기능에 더 필요하다는 것입니다. 논리와 분석을 통해 만들어가는 지식만으로는 인류에게 새로운 삶의 부가가치를 더 이상 제공해 줄 수 없다는 거죠. 그는 하이컨셉과 하이터치의 시대에는 기능보다는 디자인, 주장보다는 스토리, 집중보다는 조화, 논리보다는 공감, 진지함보다는 놀이, 물질보다는 의미가 중요하다고 말합니다.

디자인, 스토리, 조화, 공감, 놀이, 그리고 의미

풍요로운 지금의 세상에서 물건을 구매할 때 우선적으로 고려하는 것이 무엇일까요? 구매하고자 하는 물품의 기능이 중요하기는 하지만 기술이 진보함에 따라 기능의 차이는 거의 없어졌다고 봐야 합니다. 우리 모두가 가지고 있는 스마트폰의 경우, 애플 아이폰과 삼성의 갤럭시 중에서 선택할 때 이제 기능은 거의 고려 사항이 되지 못합니다. 그 기능이라는 것 또한 디자인에 의해서 결정되는 것이 대부분입니다. 편리한 기능을 제공하기 위해서는 디자인이 먼저 고려되어야 하니까요.

어느 대입 면접관이 그런 얘기를 하더군요. "왜 이 대학, 이 학과에 지원하게 되었습니까?"라는 질문에 사회에 공헌하기 위해서라거나 인류의 발전에 도움이 되기 위해서라거나 하는 식상한 답변은 면접관의 관심을 끌지 못한다고요. 다른 사람과의 차별성이 없다는 거죠. 자기만의 이야기가 있어야 한다고 합니다. 다른 사람은 갖지 못한, 혹 가졌더라도 개개인이 경험을 통해 얻은 기쁨과 슬픔, 성공과 실패의 스토리가 더 강한 인상을 심어주는 거죠. 김정태『스토리가 스펙을 이긴다』라는 책에서 한결같이 주장한 것과 같은 내용입니다.

요즘 기업에서 사람을 채용할 때 중요하게 보는 것이 조화, 공감과 관련된 부분입니다. 개인의 뛰어난 능력보다는 다른 사람과 어울리면서 업무를 수행할 수 있을지, 동료와의 협력을 통해 더 큰 시너지를 만들어 낼 수 있는 능력을 갖췄는지를 중요하게 생각합니다. 재외교육기관에 파견할 교사나 교장을 선발하기 위한 면접관으로 여러 번 참여한 경험이 있습니다. 파견자를 선발하기 위해 면접관이 가장 중요하게 생각하는 것 중에 하나가 바로 조화와 협력입니다. 외국의 현지 학교에서 기존에 근무하고 있는 교직원, 학부모와 잘 융화될 수 있는지가 중요한 면접 포인트입니다. 다른 사람과 잘 어울리기 위해서는 다른 사람의 입장에서 생각할 수 있어야 합니다. 바로 공감입니다. 논리적으로 생각하고 말하는 사람이 잘못된 것은 아니지만 우린 그런 사람보다는 나의 입장에서 생각해주는 사람, 내 말에 귀를 기울여주는 사람을 더 필요로 합니다.

네덜란드의 역사가이며 철학자인 요한 호이징아는 인간을 호모 루덴스(Homo Ludens), 유희의 인간이라고 했습니다. 인간은 즐기는 것을 통해 문화를 만들어 왔다는 의미입니다. 『나는 놈 위에 노는 놈 있다』의 저자 김정운도 "즐겁지 않은 삶은 무효다."라고 했습니다. 직장과 가정에서, 일과 여가생활에서 즐거움을 찾는 것이 중요한 시대입니다. 그러면서 그 속에서 의미를 찾게 됩니다. 몇백만 원짜리 명품을 구입하는 것보다 군산의 안젤라 분식점에서 2,000원짜리 떡볶이를 먹는 경험에 더 많은 의미를 두는 시대입니다.

함께 읽으면 좋은 책

- 다니엘 핑크 저, 김명철 역, 『새로운 미래가 온다』, 한국경제신문사, 2012
  지식정보 사회를 넘어 창의성의 시대, 감성의 시대에는 하이컨셉, 하이터치와 같은 능력이 미래 사회의 핵심 능력이 될 것임을 내다 보고 있다.

- 김정태, 『스토리가 스펙을 이긴다』, 갤리온, 2010
  스펙이 청년 취업을 결정하는 시대에 스펙보다는 개인 고유의 스토리가 왜 필요하고 왜 더 중요한지 사례를 들어 흥미롭게 서술하고 있다.

미래 인재의 조건

언젠가 조벽 교수의 강의를 들은 적이 있습니다. 이 분은 기계공학을 전공하신 분인데 강의 주제는 주로 학교 부적응 아이와 관련된 것입니다. 그건 아마도 배우자인 최성애 박사가 심리학과 인간발달학을 공부하신 영향이 아닌가 싶네요. 두 분 모두 Wee센터 활동에 관심이 많고 적극적으로 참여하셨는데 그때 강의도 학교 부적응 아이들의 지도와 경험, 본인의 교육철학을 들려주는 자리였습니다. 강의는 참 편안합니다. 실제로 있었던 일을 중심으로 학교생활에 힘들어하는 아이들의 내면의 소리를 들려주니 잔잔한 감동도 함께합니다. 교육에 대해서 할 말이 아주 많으신 분이라는 생각이 들었습니다.

『인재 혁명』이라는 책은 그런 분위기와는 조금 다릅니다. 이 책은 우리의 미래 세대가 맞이하게 될 새로운 세상은 어떤 세상이고, 그런 세상에서는 어떤 인재가 필요한지에 대해 이야기를 합니다. 하루가 다르게 세상이 변해가고 있어서 다가오고 있는 미래의 모습을 그려 내기도 어려울뿐더러, 그런 세상에 대비한 인재상을 만들어가는 것도 사실은 쉽지 않은 일입니다. 그렇다고 하더라도 무방비 상태로 엄청난 변화의 파도를 받아 낼 수는 없는 노릇이죠. 과거를 돌아보고, 현재를 살펴보면서, 다가올 아침을 맞이할 준비는 해야 겠지요. 새로운 아침을 맞이하기 위해서 우리는 어떻게 해야 할까요? 미래를 살아갈 아이들을 위해서 학교는 무엇을 준비해야 할까요? 또 국가는 어떤 큰 그림을 그려서 그 나라의 국민들이 상큼한 아침을 맞이할 수 있도록 도와줄 수 있을까요?

미래 사회는 평생학습사회

조벽 교수는 미래 사회의 특징을 평생교육사회라고 정의합니다. 사람이 태어나서 죽을 때까지, 평생 배우고 익히는 학습 사회라는 의미입니다. 초, 중, 고, 대학 이후의 취업, 첫 직장이 평생직장이 되는 시대는 지났다는 얘깁니다. 이러한 현상은 미래 사회가 아니라 당장 우리 눈앞에 펼쳐져 있는 현실입니다. 의료기술이 발달하고, 물질이 풍요해지면서 인간의 수명도 늘었습니다. 50대 후반이나 60대 초반에 직장에서 퇴직한 이후에도 우리는 40~50년을 더 살아야 합니다. 퇴직금이나 연금만으로는 살기도 힘들고, 설령 경제적인 어려움이 없다 하더라도 그런 긴 시간을 일없이 지내는 것도 쉽지 않은 일입니다. 제2의 직장, 제3의 일자리가 필요한 거죠. 생계유지를 위해서 뿐만 아니라 사람들과 교류하고 소통하고 부대끼며 살아가는 공간이 있어야 합니다.

그런 의미에서 미래 사회는 학력(學歷)이 아니라 진정한 학력(學力)이 중요한 세상이 될 것입니다. 대학 졸업장이나 석사, 박사라는 타이틀이 중요한 것이 아니라 내 삶의 문제를 해결할 수 있는 능력, 새로운 것을 배우고 익힐 수 있는 능력이 필요한 시대가 됩니다. 어느 학교, 어느 대학을 나왔느냐 하는 것보다 앎에 대한 지식과 철학과 태도가 얼마나 무장되어 있느냐가 중요하다는 뜻이죠. 『백년을 살아보니(2016, 덴스토리)』의 저 김형석 옹도 긴 노후에 꼭 필요한 것 중에 하나가 평생에 걸친 '공부'라고 했습니다. 그런데도 여전히 세상은 학력(學歷)에서 시선을 떼지 못하고 있습니다. 세상살이에서 학연은 또 얼마나 큰 힘을 발휘하는가요?

2016년에 발간된 조정래의 소설 『들꽃도 꽃이다』는 학벌을 만들기 위해 그 외의 모든 것을 포기해 버리고 사는 우리들의 낯 뜨거운 자화상을 보여줍니다. 좋은 대학을 가는 것을 인생의 목표로 삼아 그 목표만을 위해 달려드는 불나방 같은 우리의 현실을 고발하고 있습니다.

기술과 기능이 우대받는 사회

학벌보다는 실제 산업현장에서 필요한 기술과 기능도 제대로 된 대우를 받는 사회가 되어야 합니다. 졸업장이 아니라 능력, 자격이나 기술이 존중받는 사회로의 전환이 필요합니다. 평생학습 사회에서는 이러한 기술과 기능을 가진 사람이 더 우대받는 사회가 될 것으로 전망됩니다. 이런 측면을 고려할 때 그동안 교육부와 고용노동부가 추진해 왔던 국가직무능력표준(National Conpetency Standard, NCS) 개발과 한국형 국가역량체계(Korean Qualification Framework, KQF)의 구축이 의미가 있는 일이라고 여겨집니다.

NCS란 지식, 기술, 태도 등 직업 능력을 과학적으로 도출해 표준화한 것입니다. 예를 들면 호텔 직원이라면 룸 세일즈 마케팅(지식),

룸 서빙 기술(기술), 손님 접대 매너(태도) 등 현장에서 필요한 직무 능력을 체계화하여 교육과정으로 만든 것입니다. 어떤 일을 하는 데 필요한 기술과 기능을 체계적으로 만들어 놓고, 그것을 배우고 익히면 자격증도 주고, 학력도 취득할 수 있도록 하자는 거죠. 그렇게 함으로써 일을 하는 현장, 공부를 하는 학교가 서로 연계될 수 있도록 합니다.

2016년 7월에 고용노동부에서 847개의 NCS를 고시했습니다. 직업의 종류가 그보다는 훨씬 많으니 앞으로 사회 변화에 따라 더 많은 NCS를 개발해야겠죠. 인공지능, 항공우주, 로봇, 글로벌 온라인 쇼핑몰, 바이오, 생명공학, 의료기기, 나노신소재, 빅데이터, 인공지능, 데이터마이닝, 핀테크, 전기차, 자율주행차, 신재생 에너지, 스마트 그리드, 3D 프린팅, 친환경 등 4차 산업혁명에 따른 신산업분야에 대해 대비도 해야 합니다.

이러한 NCS를 기반으로 직업교육, 직업훈련, 자격, 현장경력 등을 상호 연계하는 국가 차원의 틀을 국가역량체계(NQF)라고 합니다. 대학 졸업장을 가진 사람과 고등학교를 졸업하고 일정한 현장 경력이 있는 사람을 동등하게 대우해 주는 제도를 말하는 거죠. 그러기 위해서는 학교와 산업 현장뿐만 아니라 훈련기관이나 사설 학원 등 관련 기관들이 대의적 견지에서 양보하고 협력하는 노력이 필요합니다.

미래 인재의 조건, 천지인(天地人)

학력(學力)이 중요한 글로벌 시대, 평생학습 사회에서 인재가 갖추어야 할 조건은 무엇일까요? 조벽 교수는 '天地人'이라고 합니다. 천지인이란 하늘같이 활짝 열린 사고력인 창의성(天), 땅과 같이 단단한 전문적 지식인 전문성(地), 남과 함께 더불어 사는 능력인 인성(人)을 말합니다.

창의성은 새로운 것을 만들어 내는 능력, 기존에 있던 것을 다르게 보는 능력을 말합니다. 하늘 아래 새로운 것은 없다는 말이 있듯이, 요즘에는 세상에 없던 새로운 무엇을 만들어 내는 것보다는 기존에 있던 것과 다른 것을 결합해서 무언가를 창조하는 능력을 더 강조합니다. 스마트폰 시대를 연 애플의 아이폰도 알고 보면 기존에 있던 전화기, 카메라, 컴퓨터를 작은 기기 안에 모아 놓은 것입니다. 최근 세계적인 주목을 받고 있는 엘론 머스크의 전기자동차는 다른 사람들이 모두 전기 배터리의 용량을 늘리는 데 주목하고 있을 때, 그는 기존의 휴대폰 배터리를 결합해서 고성능의 출력을 만들어 내는 데 성공했습니다. 관점을 다르게 한 것이죠.

알고 보면 쉬운 일인 것 같아도 이러한 창의성은 사실 타고난 것이라기보다는 노력으로 만들어진다는 것이 학자들의 공통적인 의견입니다. 여러 번의 실패를 두려워하지 않고 끈기 있게 노력하는 사람이 결국 창의적인 결과물을 만들어 내는 데 성공할 수 있다는 거죠. 시행착오와 실패가 축적되어야 성공의 경험을 할 수 있습니다. 이러한 창의성의 바탕에는 땅과 같이 단단한 전문적 기반이 있어야 합니다.

만유인력의 법칙을 통해 고전 물리학을 정리한 뉴턴도 이런 얘기를 했습니다. "나는 단지 앞선 거인들의 어깨 위에 올라앉아 있었을 뿐이다." 뉴턴의 위대한 발견과 연구 결과는 뉴턴 혼자만의 지식에 의한 것이 아니라 그보다 앞선 수많은 과학자들의 연구결과물이 축적되어 있었기 때문에 가능했다는 의미입니다. 그러한 연구결과에 대한 이해와 분석, 그에 따른 부단한 탐구활동이 있었기 때문이죠.

인(人)은 인성입니다. 남과 더불어 사는 능력이라고 합니다. 공부를 많이 하고 단단한 전문적 기반 위에서 창의성을 발휘할 수 있다는 것만으로 좋은 인재라고 할 수 없습니다. 한 가지 더 필요합니다. 다른 사람과 협업하고 협동할 수 있어야 합니다. 개인이 가지고 있는 지식의 양과 창의력으로는 미래 사회에서 한계가 있다는 거죠. 여러 사람의 아이디어와 힘을 합쳐야 합니다. 굳이 에드워드 윌슨의 '통섭'이라는 개념을 가져오지 않더라도, 한 가지의 전문 지식만으로는 해결되지 않는 문제가 너무나 많습니다. 과학과 인문학, 생물학과 철학, 경제와 심리학 등 학문 간의 교류와 협력이 더욱 필요한 사회가 되어가고 있습니다. 조벽 교수는 이러한 인성도 실력이라고 합니다. "인성이란 오랜 학습을 거쳐 내 몸에 배어 있는 것입니다. 오랜 학습의 결과입니다. 오랜 학습의 결과를 가지고 실력이라는 단어를 씁니다. 그렇다면 인성도 실력인 것입니다."라고 주장합니다.

창의성과 전문적 지식, 인성은 하루아침에 생겨나는 것이 아니라 부단히 노력하고 학습하는 것이라는 공통점을 가집니다. 미래 사회에 필요한 인재가 갖추어야 할 '천지인'을 통해 역으로 미래 사회의 모습을 가늠해 볼 수 있습니다.

미래의 어느 날 아침을 어떤 모습으로 맞이 할 것인가는 우리 개개인이, 그리고 국가가 무엇을 준비하고, 무엇을 하는가에 달려 있습니다.

한께 읽으면 좋은 책

· 알렉사 클레이, 키라 마야 필립스 저, 최규민 역, 『또라이들의 시대』, 알프레드, 2016
해적, 해커, 갱스터, 전략가, 사회운동가 등 아웃사이더에게서 배우는 창조적이고 파괴적인 5가지 성공의 기술을 담고 있다.

말콤 글래드웰 저, 노정태 역, 『아웃라이어』, 김영사, 2009

1만 시간의 법칙을 아시나요?

젊은 교사, 나이 든 의사

선생님을 대상으로 창의성이나 인문학과 관련된 연수나 강의를 할 때 1만 시간의 법칙을 간혹 소개합니다. 이 법칙에 의하면, 10년 이상의 경력이 있는 교사는 '전문가'라고 말할 수 있다고 강조합니다. 교사를 전문직이라고 하지만 그런 전문성을 인정받지 못하는 현실에서 전문가로서의 선생님의 자긍심을 높여주기 위해서입니다. 한편으로는 교육 전문가로서 스스로 반성해 보아야 한다는 의미에서도 그렇게 말합니다.

그러면서 선생님들에게 한 가지 질문을 던집니다. 질문은 이렇습니다. "내 아이가 많이 아파 병원에 데려갔는데 병원에 아주 젊은 의사와 중년의 의사가 있다면, 어느 의사에게 아이의 진료와 치료를 맡기겠습니까?" 선생님들은 거의 대부분 '중년' 쪽을 택합니다. 중년이 아니라 나이가 더 들었어도 상관없습니다. 나이 든 의사는 경험이 많아 진료와 치료를 훨씬 더 잘할 것으로 기대하는 거죠. 젊은 의사는 아무래도 경험이 적어 제대로 된 치료를 하지 못할 거라고 생각합니다. 불안한 거죠.

다시 질문을 던집니다. "아이가 학교에 입학하는 경우, 젊은 선

생님과 나이 든 선생님 중 어느 쪽을 택하시겠습니까?" 이번에는
대부분 '젊은' 쪽을 택합니다. 간혹 나이 든 선생님을 선호하는 분
도 있긴 한데 극히 소수입니다. 선생님 본인이 나이가 들었든 그렇
지 않든 거의 비슷한 결과입니다. 젊은 선생님이 아이들을 더 잘 이
해하고 같이 잘 놀아주고 수업도 더 열심히 잘할 거라고 생각합니
다. 의사는 나이가 들수록 경험과 의술이 더 좋을 것으로, 전문성
이 더 커질 것으로 생각합니다. 반면에 선생님은 경력을 쌓아갈수
록 전문성 면에서는 오히려 신뢰감을 더 주지 못하는 현상이 생깁
니다. 교사를 전문가, 교직을 전문직이라고 합니다. 가르치는 일, 아
이들을 지도하는 일에 전문가라는 의미입니다. 그렇지만 현실은 그
렇지 못합니다. 교사의 경력과 경륜이 전문성으로 연결되지 못하고
있는 것이 현실입니다. 이런 질문에 대해 대답을 하고 생각을 해 보
도록 하면 선생님은 살짝 자괴감에 빠집니다.

초등학교에서 담임으로 10년 동안 아이들을 직접 가르쳤고, 교감
과 해외 한국학교 파견 교장을 해 본 경험에 의하면 그러한 선택의
결과가 잘못된 것이 아닌가 하는 생각이 듭니다. 제 경험에 의하면,
교사 초임 시절을 포함해서 저 경력일 때보다는 경력이 쌓여갈수록
아이들의 마음이나 상태를 더 잘 이해할 수 있었으니까요. 저 경력
교사 시절에는 아무래도 의욕만 넘쳤거든요. 아이들과 잘 어울리기
는 했지만 제대로 된 소통보다는 고함치고 야단쳤던 경우도 많았습
니다. 지금 생각해보면 '젊은 교사인 나와 함께한 아이들에게는 미
안해집니다.
  교감을 할 때도 그런 생각이 들더군요. 너무 젊은 선생님보다는

적어도 10년 전후의 경력을 가진 교사가 학급경영이나 학생 지도를 더 잘 하는구나 하구요. 교실도 더 깨끗합니다. 물론 모두 그런 건 아니고 대체로 그렇다는 겁니다. 젊은 선생님이 아이들과 잘 어울리고 활동적이기는 해도 아이들을 이해하고 눈높이를 맞추는 건 오히려 경력이 더 많은 선생님이라는 거죠.

아웃라이어가 되는 1만 시간의 법칙

1만 시간의 법칙은 워싱턴포스트 기자 출신 저널리스트인 말콤 글래드웰이 2009년 발표한 저서 『아웃라이어』에서 소개되어 많은 사람들이 알게 되었습니다. 글래드웰은 이 책에서 빌 게이츠, 비틀스, 모차르트 등 시대를 대표하는 천재들을 아웃라이어라고 합니다. 그들이 아웃라이어가 된 공통점은 바로 '1만 시간의 법칙'이라고 소개합니다. 자신의 분야에서 최고의 자리에 오르기 위해서는 선천적 재능보다는 1만 시간 동안 꾸준히 노력하는 것이 필요하다는 거죠.

1만 시간은 하루 3시간, 일주일에 20시간씩 총 10년 동안 빠짐없이 노력해야 하는 시간입니다. 그가 사례를 든 것 중에서 특히 비틀스의 사례가 인상적이더군요. 베토벤 '운명 교향곡' 보다는 비틀스의 'Yesterday'가 더 친근하기 때문이겠지만, 고교 록밴드에 불과하던 시절에 보냈던 함부르크에서의 엄청난 시간 동안의 연주에 대해서는 처음 알았기 때문입니다. 함부르크 시절의 1만 시간이 그들에게 없었다면 결코 우리가 현재 알고 있는 '비틀스'는 탄생하지 않았을 것이라고 말합니다.

글래드웰은 '1만 시간의 법칙'을 소개하면서 그 법칙을 1993년, 스웨덴 출신의 안데르스 에릭슨(K. Anders Ericsson)의 바이올린 연주자에 대한 연구에서 가져왔다고 말합니다. 미국 콜로라도대 연구원이었던 에릭슨은 1987년 독일 막스플랑크 인간발달 연구소에서 일하게 되면서 랄프 크람페(Ralph Th. Krampe), 클레멘스 테쉬뢰머(Clemens Tesch-Römer) 연구원과 함께 심리학평론(Psychological Review)에 '전문역량 습득에 의도적 연습의 역할(The role of deliberate practice in the acquisition of expert performance)'이라는 논문 하나를 싣습니다. 베를린 음악대학에서 공부하는 바이올린 전공자 30명을 대상으로 한 연구였습니다. 연구 논문은 그리 많이 알려지지 않았는데 글래드웰의 책을 통해서 '1만 시간의 법칙'으로 알려지게 됩니다. 이 책을 통해 '1만 시간 동안 한 분야에 종사하면 전문가, 아웃라이어가 된다.' 라는 신화가 만들어집니다.

1만 시간의 법칙은 의식적인 연습으로 이루어진다

그런데 1만 시간의 법칙의 원래 연구자로 알려진 안데르스 에릭슨은 『1만 시간의 재발견』에서 알고 있던 것과는 조금 다른 이야기를 합니다. 단순히 1만 시간 동안 종사하거나 연습하거나 해서는 특정 분야의 전문가가 될 수 없다고 일침을 가합니다. 올바른 연습인 '의식적인 연습'을 해야만 가능한 일이라는 거죠. 아무리 많은 시간 동안 연습하더라도 '의식적인 노력'이 아니라면 아무 소용이 없습니다. 의식적인 목표를 가지고, 집중해서 연습하고 훈련해야 효과가 있다고 말합니다.

그러기 위해서는 컴포트 존이라고 하는, 어느 정도 수준에 올랐을 때 편안함을 느끼는 그 구간을 넘어서는 남다른 노력이 필요하다고 강조합니다. 비틀스가 함부르크의 클럽에서 단순히 반복적인 연주만을 했다면 'Yesterday'나 'Hey Jude' 같은 노래를 지금 우리가 들을 수 없었을 것이라는 거죠. 에릭슨은 이렇게 주장합니다.

첫 번째로 자신의 약점을 없애고 기량을 높이기 위한 목적으로 학습하고, 자신을 연마해야 한다. 두 번째는 그런 목적을 위해 자신이 하는 노력의 방향과 성과를 다시 피드백해 줄 수 있는 자신보다 앞선 사람이 있어야 한다.

젊은 교사, 나이 든 의사 이야기로 돌아가 봅니다. 에릭슨의 주장에 비추어 보면, 교사가 수업을 10년 동안 하는 것만으로는 진정한 전문가가 될 수 없음을 알 수 있습니다. 전문가가 되기 위해서는 '의식적인 노력'이 필요합니다. 수업을 잘하기 위한 노력, 아이들의 행동과 심리를 더 잘 이해하기 위한 노력, 학부모와 사회가 요구하는 것이 무엇인지를 알기 위한 '의식적인 노력'이 필요하다는 것입니다. 그러기 위해서는 자신보다 앞선 사람의 도움을 받아야 합니다. 수업 컨설팅을 받고, 교사 연수를 통해 전문가의 노하우를 지속적으로 내면화해야 합니다. 힘들고 고된 과정입니다. 하지만 이런 과정 없이는 10년, 아니 20년이라는 시간이 지나도 결코 말콤 글래드웰의 신화는 이루어지지 않을 것입니다. 그런 의미에서 1만 시간의 법칙을 처음 제안한 안데르스 에릭슨의 말을 되새겨 봅니다.

전문가들은 다년간의 의식적인 연습을 통해 단계적으로 실력을 향상시켜 비범한 능력을 갖게 되었다. 이는 길고도 힘든 과정이며, 이를 건너뛸 묘안이나 손쉬운 지름길 같은 것은 없다.

함께 읽으면 좋은 책

• 안데르스 에릭슨, 로버트 풀 저, 강혜정 역, 『1만 시간의 재발견』, 비즈니스북스, 2016
1만 시간의 법칙은 단순히 시간의 투자만으로는 성공할 수 없는 이유와 실패의 원인을 분석하고 새로운 시각에서 해결책을 제시한다.

알파고가 던진 질문

미래는 상상하는 것이다

〈사례 1〉 국내 직장인 3명 중 2명은 향후 인공지능(AI)이 사람의 직무를 상당수 대체한다고 생각하는 것으로 나타났다. 직장인들이 익명으로 자신의 회사에 관해 이야기할 수 있는 소셜미디어 '블라인드'를 운영하는 팀 블라인드는 서비스를 이용하는 직장인 351명을 대상으로 조사한 결과 이같이 나타났다고 24일 밝혔다. 조사 결과에 따르면 향후 인공지능의 직무 대체 수준을 묻는 말에 전체 응답자의 51.9%가 '상당수의 직무가 인공지능으로 대체될 것'이라고 답했다. '거의 모든 업무가 대체될 것'이라는 응답은 14%로, 총 65.9%가 직장 내 인공지능의 직무 대체를 예상했다. '일부만 대체된다'는 응답은 16%였고 '거의 대체되지 못한다'는 응답은 1.4%에 불과했다. 16.8%의 응답자는 '대체가 되더라도 인간의 새로운 직무가 창조될 것'이라는 긍정적인 전망을 내놓았다.

- 이데일리뉴스, 2015. 3. 24. 인터넷 신문

2016년 3월. 이세돌과 알파고의 바둑대결이 세계의 관심과 우려 속에서 펼쳐졌습니다. 이 세기적 이벤트는 우리에게 많은 질문을 던져 주었습니다. 기계가 인간의 영역을 얼마나 많은 부분을 대체할 수 있을까? 지금 내가 하고 있는 이 일을 기계나 컴퓨터가 할 수 있게 될까? 그렇게 된다면 나의 일자리는 어떻게 되는 것인가? 자신에 대한 문제뿐만 아니라 다음 세대를 살아갈 자녀의 교육 문제로도 이어집니다. 당장의 문제보다는 사실 머지않아 다가올, 어쩌면 눈앞에 와 있는 현실이 더 걱정입니다. 내 자녀의 장래 직업은 어떻게 될 것인가 라는 물음에 더 관심이 많아집니다. 그래서 그런지 가정과 직장에서 사람들이 몇 명이라도 모이기만 하면 뜨거운 토론이 이어집니다. 그러면서 각자 나름대로 예상과 처방을 내놓기도 합니다. 사람들이 내놓은 처방과 예상은 제각각이지만 공통점이 하나 있습니다. '사례 1'의 기사 내용처럼 인공지능 시대에는 직무의 많은 부분이 인공지능으로 대체될 것으로 생각한다는 사실입니다.

"미래는 예측하는 것이 아니라 상상하는 것이다." 미래학자 앨빈 토플러의 말입니다. 그의 말은 미래는 예측으로는 알 수 없는 미지의 세계이고 단지 우리의 상상으로 그려 볼 수 있다는 의미입니다. 여러 가지 첨단 장비를 동원해서 예측한다 하더라도 예측은 빗나가기 일쑤죠. 변수가 많기 때문입니다. 기술의 발달로 변수를 줄인다고 해도 마찬가집니다. 수백억 원의 예산을 들여 최신 컴퓨터를 동원해서 예측을 하는 일기예보가 번번이 빗나간다는 사례에서도 알 수 있습니다. 다음 날의 날씨 예측도 그만큼 어려운 일인데, 수년 또는 수십 년 뒤에 살아남을 직업이 무엇일지 예측하는 것은 더 말할 나위도 없겠죠.

그래도 미래에 어떤 직업이 없어지고 살아남을 수 있을 것인지에 대해 나름 전문가들이 여러 가지 전망을 내놓고 있습니다. 또한 '미래'라는 의미도 세대에 따라 달라졌습니다. 젊은 세대일수록 미래의 시점이 훨씬 더 가까이, 빠르게 다가옵니다. 세상이 변화하는 속도가 빠르다 보니 그만큼 '미래'도 우리들 곁으로 오는 속도가 빠릅니다. 최근에 출판되는 책들은 미래를 '10년 후'로 내다봤으나 이제 그 10년도 너무 긴 시간이 되어 버린 느낌입니다. 그래서 『상상, 현실이 되다』의 저자들은 미래를 예측하기보다는 상상하고 그 상상이 현실이 되도록 노력하는 것이 중요하다고 말합니다.

미래가 현실이 되다

〈사례 2〉 2020년 12월 직장인 김미래(가명) 씨는 눈을 뜨자마자 스마트폰을 집어 든다. 침대에 누운 채 스마트폰을 몇 번 터치하자 토스터기와 커피머신이 작동하며 아침식사를 준비한다. 양치질하며 거울을 보니 오늘 날씨가 표시된다. 바깥 온도는 영하 8도. 스마트폰으로 자동차의 히터를 미리 틀어 놓고 출근을 준비한다. 회사에 도착해서는 영국 런던에 있는 직원과 3차원(3D) 입체영상(홀로그램)으로 회의를 진행한다. 마치 앞에서 회의하는 것처럼 생생하다. 앞으로 6년 후면 우리 주변에서 보게 될 직장인들의 모습이다. 지금보다 최고 1,000배 빠른 5세대(5G) 이동통신이 실현되고, 이를 기반으로 모든 사물이 인터넷으로 연결되는 '초연결(Hyper-Connected)' 시대가 도래하면서 우리 삶은 이렇게 바뀔 전망이다.

- 중앙일보 〈Business&Money〉 섹션, 손해용 기자 블로그 인용

'사례 2'가 보여주는 시점은 2020년입니다. 이 글을 쓰는 지금이 2017년이니까 3년 후의 모습이네요. 사실 이 기사 내용에 있는 많은 부분들은 이미 실행되고 있습니다. 위의 내용들은 대부분 사물인터넷(Internet of Things, IoT)이 실현된 모습입니다. 이는 인간과 사물, 서비스의 세 가지 분산된 환경 요소에 대해 인간의 명시적 개입 없이 상호 협력적으로 센싱, 네트워킹, 정보 처리 등 지능적 관계를 형성하는 사물 공간 연결망을 의미합니다. 예를 들면 스마트폰으로 자동차 시동을 미리 걸어 놓거나, 집에 있는 에어컨이나 냉장고를 제어하는 일, 집에 있는 반려동물을 관찰할 수 있는 CCTV 모니터링 등 현재 다양한 서비스가 이루어지고 있습니다. 상상하던 것들이 현실이 되고 있는 거죠.

이전에도 미래를 상상하고 그 상상을 실현하기 위해 노력한 사람들이 있었습니다. 레오나르도 다빈치, 아이작 뉴턴, 아인슈타인, 토머스 에디슨, 리처드 파인만, 라이트 형제 등 이들의 공통점은 보통 사람들은 생각하지도, 꿈도 꾸지도 못했던 것을 '상상'했다는 점입니다. 그들이 상상했던 것을 다 이루지는 못했겠지만 그들의 상상을 통해서 그들로부터 멋 훗날에 사는 우리는 그 '상상'의 혜택을 받고 살고 있는 거죠.

<사례 3> 1965년도에 만화가 이정문 씨가 '서기 2000년대 생활의 이모저모'라는 제목으로 그린 그림이 있습니다. 태양열을 이용한 집, 전자신문, 컴퓨터의 이용, 움직이는 도로, 소형 TV와 전화기, 원격진료, 재택학습, 로봇 청소기, 달나라로의 수학여행을 그려 놓았습니다.

그가 그린 만화의 내용 중에서 현실화되지 않은 것은 달나라로의 수학여행, 단 하나뿐입니다. 수학여행을 가지는 못했지만, 인간이 달에 간 것은 그가 상상한 내용 중에서 가장 먼저 이루어진 일이기도 합니다. 암스트롱을 비롯해서 마이클 콜린스, 버즈 올드린의 세 명의 비행사가 아폴로 11호를 타고 달 표면에 착륙한 것이 1969년 7월의 일입니다. 중요한 것은 상상했다는 점입니다. 지금으로부터 50년 전에 그 모든 것들을 상상했다는 것이죠. 지금 우리는 그가 상상했던 것보다 훨씬 더 발전하고 진보된 '현실' 속에서 살고 있습니다. 지금 상상하는 것은 50년이 아니라 바로 10년 후, 아니 그보다 훨씬 가까운 '미래'에 실현될 가능성이 훨씬 높지 않을까요?

불편한 미래?

궁금해집니다. 저는 몇 살까지 살 수 있을까요? 인간의 수명은 얼마나 늘어날까요? 암이나 뇌졸중 같은 난치병은 치료제가 개발될까요? 수명이 늘어남에 따라 육체적인 힘도 증가시킬 수 있는 방법을 개발해 낼 수 있을까요? 이런 생명의 한계에 대한 궁금증에서 나아가 지구는 과연 언제까지 소멸되지 않고 존재할까요? 바닷속과 지구 내부를 지금보다 더 깊숙이 들여다볼 수 있을까요? 지구가 아니라면 지구 밖 어느 별에 인간이 정착할 수 있을까요? 우주의 다른 생명체와 소통할 수 있는 시기가 오기는 할까요? 과학과 기술이 과연 얼마만큼 발전할 것인가, 그런 진보가 인간에게 얼마나 더 큰 이익을 가져다줄 것인지 생각해 봅니다.

수명이 늘어나 120세까지 살게 되는 세상, 지금 해외여행을 가듯 우주여행을 가는 모습을 상상해 봅니다. 그러다가 살짝 두려운 생각도 듭니다. 우리가 상상하는 '거의 확실한 미래'가 마냥 반갑지만은 않다는 거죠. 기계와 컴퓨터로 편리해진 세상은 해킹의 위험은 둘째치고라도 인터넷과 전화가 불통이 되어 있는 단 몇 시간 동안의 우리 모습을 생각해 보면 그렇습니다. 인간이 편리해지기 위해, 그로 인해 행복한 삶을 살기 위한다는 근원적 목적이 훼손될 경우도 '상상'해 보아야 하지 않을까요? 혹시 모를 '불편한 미래'가 '현실'이 되지 않도록 하는 상상도 필요한 이유입니다. 그런 의미에서 말콤 글래드웰이 2015년 캐나다에서 있는 멍크 디베이트에서 한 말의 의미를 되새겨볼 만합니다.

제가 강조하고 싶은 것은 이것입니다. 우리가 매번 새로운 문제를 낳게 된다는 사실을 감안하면 우리가 이룩한 진보에 대한 열광을 누그러뜨릴 필요가 있다는 겁니다. 인류의 진보는 어떤 문제를 해결했을 때조차 또 다른 문제를 만들어 내 왔기 때문입니다.

함께 읽으면 좋은 책

- 유영만, 『상상하여? 창조하라!』, 위즈덤하우스, 2008
  상상력과 창조력의 본질은 무엇이며 그것을 개발하기 위해 어떻게 해야 하는지에 대한 안내서이다.
- 김용섭, 최종일, 『집요한 상상』, 쌤앤파커스, 2012
  아이들의 대통령, 뽀로로의 기획자인 저자가 뽀로로의 탄생 과정을 통해 창조의 노하우를 들려준다.

魂을 가지고 創으로 通하자

지금은 저가항공이 흔해졌지만 몇 년 전에는 저가항공을 이용한다는 것은 다소 생소하고 왠지 불안한 일이었습니다. 대한항공이나 아시아나항공 등 메이저 항공사를 이용하지 않고 저가항공을 이용하는 것은 남들 보기에 좀 체면을 구긴다고 생각하는 사람들도 더러 있던 시절이었습니다. 그래도 싼 항공료 때문에 이용하고 공직자인 경우에는 가능하면 저가항공을 이용하도록 권장해서 이용에 익숙해져 가던 때의 일입니다.

한 번은 제주도 출장길에 에어부산 항공기에 탑승했습니다. 이륙한 지 얼마 되지 않아 승무원들이 분주하게 움직이더니 무슨 이벤트를 시작했습니다. 승객들로 하여금 제비뽑기를 하도록 해서는 쪽지에 적힌 좌석 번호에 앉은 사람에게 제주도 관광지 입장권과 이용권 등을 나눠 주는 것이었습니다. 이전에 그런 경험이 있던 사람들은 모르겠으나 저처럼 처음 접하는 사람에게는 제비뽑기에 당첨이 되지 않았더라도 그런 분위기나 상황 자체가 즐거운 일이었습니다. 이벤트가 끝난 후에는 음료수 서비스를 하는데 물과 오렌지 주스를 종이컵에 담아 큰 쟁반에 들고 다니면서 주더군요. 이런 모습도 이전의 다른 메이저 항공사의 서비스와는 다른 모습이죠. 항공사의 이벤트는 여러 저가항공사 간의 경쟁에서 자사 항공사의 이미지를 높이기 위한 것일 것이고, 간단한 음료 서비스는 경비를 절감하기 위한 것이겠죠.

일명 저가항공(Low-Cost Carrier)은 퍼스트 클래스 같은 등급 개념을 없애고 전 좌석을 이코노미석으로 지정해서 승객을 최대한 많이 태웁니다. 음료 서비스 등을 최소화하여 경비도 줄입니다. 국내에서는 2005년 한성항공(2010년 티웨이항공으로 변경)과 제주항공을 시작으로 2007년에 에어부산과 이스타항공, 2008년에는 진에어 등의 항공사가 서비스를 시작했습니다.

사람을 움직이는 힘, 혼

미국의 경우는 저가항공의 효시인 사우스웨스트항공(Southwest Airlines)과 제트블루(Jet Blue), 버진아메리카항공(Virgin America) 등이 운항하고 있습니다. 특히 사우스웨스트 항공은 금연 안내문을 '금연' 대신에 '흡연은 비행기 날개 위 스카이라운지를 이용해 주십시오. 거기에는 〈바람과 함께 사라지다〉가 상영되고 있습니다.'라는 문구를 사용하는 등 FUN 경영을 하고 있는 것으로 유명합니다. 인터넷에 관련 사진이 올라와 여러 차례 화제가 되기도 했습니다. 유튜브를 검색하면 관련 동영상도 바로 검색해서 볼 수 있습니다. 이러한 FUN 경영 철학은 창업자인 허버 캘러허(Herbert D. Kelleher)가 강조하는 것입니다. 그는 일터는 즐거운 곳이 되어야 한다면서 고객도 고객이지만 직원이 즐거워야 고객도 즐겁다고 주장합니다. 직원이 즐겁지 않으면서 억지로 하는 이벤트는 고객에게 진정한 웃음과 편안함을 줄 수 없을 테니까요. 그가 내세운 경영철학이 바로 이지훈이 『혼창통』에서 강조하는 혼입니다.

그는 "혼(魂)은 사람을 움직이는 힘이다. 내가 왜 여기에 있는가 라는 물음의 과정이며 개인을 뛰어넘는 대의(大義)이다." 라고 역설 합니다. 그가 말하는 혼은 우리가 흔히 사용하는 말로 하자면, 신 념이고 비전이며 가치관이라고 할 수 있습니다. 성공하는 기업을 살 펴보면 기업의 비전이 명확합니다. 그런 비전을 회장에서부터 말단 직원까지 공유하면서 동질감과 소속감을 갖게 합니다. 기업이 나아 갈 방향이 명확하게 설정되어 있으니 목표 의식이 뚜렷해집니다. 목 표를 향한 과정에서 어떤 어려움이 닥쳐도 어디를 향해 헤쳐나가야 할지 집중할 수 있습니다. 밤바다의 등대처럼 말이죠.

유명한 기업들의 비전이 무엇인지 한 번 살펴볼까요? 페이스북 (facebook)은 '세상을 더 개방적이고 더 연결된 곳으로 만들려는 사 회적 책무를 완수한다.'이고, 애플(Apple)은 '사람들에게 힘이 되는 인간적인 도구를 제공하여 우리가 일하고, 배우고, 소통하는 방식 을 바꾼다.'입니다. 구글(Google)은 '세상의 정보를 누구나 쉽게 사용 하고 접근할 수 있게 한다.'라는 기업의 신념을 표방하고 있습니다. 우리나라 기업들도 비전을 제시하고 있는데, 삼성전자는 VISION 2020으로 '미래사회에 대한 영감, 새로운 미래 창조'를, 현대자동차 도 VISION 2020으로 '자동차에서 삶의 동반자로(Lifetime partner in automobiles and beyond)', LG전자는 '시장에서 인정받으며 시장을 리 드하는 선도기업이 되는 것'입니다. 비전을 보면 기업이 추구하는 방향이 보입니다. 비전이 확고한 기업이 성공한다는 것은 불문가지겠죠.

매일매일의 부단한 노력, 창

'창(創)은 혼을 노력과 근성으로 치환하는 과정이며, 매일 새로워지는 일이다. 익숙한 것과의 싸움이다. 창을 얻기 위해서 가장 중요한 것은 선천적인 능력이나 IQ가 아니라 부단한 노력'이라고 합니다. 창은 기업의 비전과 같이 사람을 움직이는 혼을 실천하고 실현하는 과정입니다. 중요한 것은 이전에 하던 대로의 실천이 아니라 매일 새로워지는 과정이라는 것입니다. 그래서 창의 발현을 위해서는 부단한 노력이 필요합니다.

대개 창의성이나 창의력을 기발한 생각, 갑자기 떠오르는 아이디어와 연결 지어 생각하는 경향이 많습니다. '아하!'나 '유레카!'라는 거죠. 머리가 좋은 사람, 창의력이 뛰어난 사람은 태어날 때부터 그런 능력을 가지고 있을 것으로 생각합니다. 하지만 많은 창의성 관련 연구와 책에서는 창의성은 '부단한 실패를 통한 인내'라고 말합니다. 실패와 시행착오 축적의 과정이라고 합니다. 말콤 글래드웰이 『아웃라이어』에서 언급하여 유명하게 된 '1만 시간의 법칙'이라는 것이 있습니다. 자신의 분야에서 최고의 자리에 오르기 위해서는 선천적인 재능 대신에 1만 시간 동안 꾸준히 '의식적으로' 노력해야 한다는 의미죠.

1만 시간은 하루에 3시간, 일주일에 20시간, 10년 정도의 기간을 의미합니다. 모차르트의 걸작으로 통하는 협주곡 9번은 그가 21살 때 쓴 작품입니다. 모차르트가 처음 협주곡을 쓰기 시작한 지 10년이 지난 뒤에 그런 걸작이 나왔습니다. 아인슈타인이 특수상대성이론의 기초에 대해 처음 생각한 것은 1895년이며, 논문으로 발표한 것이 10년 후인 1905년으로 알려져 있습니다. 그냥 10년이라는 시간이 지나간다고 해서 창의적 산물이 나오는 건 아니겠죠. 그 기간에 그들은 매일 새로워지기 위해 얼마나 부단한 노력을 했을까요?

입장 바꿔 생각하기, 통

'통(通)은 큰 뜻을 공유하는 일이며 상대를 이해하고 인정하는 일이다. 마음을 열고 서로의 차이를 존중하는 일이다.'라고 합니다. 허준의 『동의보감』에 '통즉불통 불통즉통(通卽不痛 不通卽痛)'이라는 말이 있는데, 우리의 인체에 대해서 하는 말입니다. 혈관의 흐름이 원활하지 못하면 병이 나고 아프게 된다는 의미입니다. 어디 사람의 혈관뿐이겠습니까? 사람과 사람 사이, 사람과 동물, 사람과 사물 간의 관계에서도 마찬가지입니다. 가정에서도 부부간, 부모와 자식 간, 또 자식들 간의 관계가 그 가족 행복의 바로미터입니다. 가족 간의 믿음과 사랑이 있다면 어려운 일도 함께 헤쳐나갈 수 있지만, 그렇지 않다면 가족이라는 울타리도 쉽게 붕괴되어 버리죠. 직장은 어떤가요? 직장에서 힘들어하는 분들의 얘기를 들어 보면 그 이유가 업무의 과중보다는 사람과의 관계 때문이라고 합니다. 일이 힘들고 많은 건 해결해 갈 수 있지만, 상사나 동료들과의 관계가 힘든 건 견디기 힘들다고들 합니다.

요즘 들어 특히 반려동물에 대한 관심이 많아지는 것이 그런 이유입니다. 반려동물의 주인에 대한 조건 없는 사랑이 사람들에게 위로를 주잖아요. 싫은 소리 좀 했다고 삐지지도 않고, 집에 늦게 들어왔다고 화내지도 않습니다. 술 좀 마셨다고 피하지도 않죠. 늦은 밤 현관문을 열고 들어갈 때마다 기다렸다는 듯이 쪼르르 뛰어나와 반겨주는 건 반려동물입니다. 사람과의 소통에 힘들어하는 사람들이 반려동물과의 소통으로 대안을 찾는 것이 아닌가 싶네요. 소통을 위해서는 무엇보다도 상대방의 입장에서 생각하는 것이 우선입니다. 나의 처지에서 내 입장만 고려하다 보면 소통은 요원해집니다. 말은 쉬운데 실제로는 참 힘든 것이 바로 '입장 바꿔 생각하기' 입니다.

제가 근무했던 학교나 지금 근무하고 있는 교육부를 혼창통의 관점에서 생각해 봅니다.

혼: 학교가 가야 할 방향을 명확히 제시하고 있었던가? 중앙부처인 교육부의 미션은 명확하게 세워져 있는가? 그 미션을 전 직원이 공유하고 있는가? 정권의 변화와 정치적 압력에도 흔들리지 않고 꿋꿋이 걸어갈 수 있는가?

창: 그런 신념을 실천하기 위해 매일 새로워지는가? 아이들의 조금 다른 생각들을 지지하는가? 관료조직 문화에서 새로운 시도에 허용적인가?

통: 선생님은 아이들의 입장에서, 학부모의 입장에서 생각해 보는가? 교감이나 교장은 선생님의 마음을 이해하려고 노력하는가? 부서 간에 서로 소통하기 위해서 노력하는가?

질문을 던지면서 그런 질문에 대해 스스로 답을 찾아봅니다. 혼창통의 핵심 원리들은 우리가 몸담고 있는 조직과 가정, 그리고 남과 더불어 살아가야 하는 삶의 지침이 됩니다.

함께 읽으면 좋은 책

- **이지훈, 『단』, 문학동네, 2015**
  너무 많은 정보, 너무 많은 물건, 너무 많은 관습에 맞서기 위한 세 가지의 전략(버리고, 세우고, 지키기)을 통해 단순함에 대한 통찰을 제시한다.

- **강신장, 『오리진이 되라』, 쌤앤파커스, 2010**
  오리진은 세상에 없는 제품 또는 그것을 만든 사람을 지칭한다. 스스로 오리진이 되는 통찰과 아이디어란 어떤 것인가?

비너스의 두 번째 탄생

머리카락 그림과 선생님

최윤규의 『물속의 물고기도 목이 마르다(책이있는마을, 2016)』라는 카툰을 그린 책에 이런 이야기가 나옵니다. 저자가 초등학교 4학년 미술 시간에 있었던 일이라며 소개하는 내용입니다. 선생님께서 학생들에게 자기가 그리고 싶은 것을 그려 보라고 하셨답니다. 다른 친구들이 사자, 자동차, 농촌풍경을 그릴 때, 저자는 도화지를 노랗게 칠하고 그 위에 검은색으로 구불구불한 줄을 세 개 그렸다고 합니다. 책에 그가 그린 그림이 나와 있는데 가만히 들여다보아도 무엇을 그린 것인지 모르겠더군요. 설명해 놓은 글을 읽어 보니 약간 어이가 없어집니다. 그가 그린 것은 아침에 방바닥에 떨어져 있던 머리카락이랍니다. 1980~1990년대 우리가 살던 집의 방바닥에는 대개 노란색 장판을 깔았습니다. 그러니 도화지를 노랗게 칠한 거죠. 방바닥에 떨어진 머리카락이 왜 생각이 났던 것인지는 모르겠지만, 아무튼 그는 그것을 그린 겁니다.

그런 그림을 받아 본 선생님의 반응이 어땠을까요? 1시간 동안 요령을 피우고 겨우 머리카락 몇 개를 그려 놓은 그림을 보고서 말입니다. 보통의 선생님은 화를 내지 않았을까요?

"너 이 녀석, 그리기 귀찮으니까 이렇게 그런 거지? 이게 뭐야?" 하면서요.

그런데 그때 그 선생님은 그러지 않았다고 합니다. 껄껄 웃으며 꿀밤을 주는 시늉만 했다는군요. 껄껄 웃은 건 어이가 없어서 그랬을 테고, 꿀밤을 주는 시늉을 했던 건 아이가 요령을 피웠다고 생각해서 그랬을 것이라는 짐작이 됩니다. 그래도 선생님은 딱 거기까지만 했습니다. 만약 그때 그 선생님이 아이들 앞에서 야단을 치거나 창피를 주었다면 어땠을까요? 그는 아마 지금처럼 그림을 그리는 사람은 되지 못했을 것이라고 말합니다.

비너스의 탄생과 존 러스킨

'비너스의 탄생'이라는 15세기 르네상스 시대의 화가 산드로 보티첼리가 그린 그림이 있습니다. 그리스 로마 신화에서 사랑과 미를 관장하는 여신인 비너스(그리스 신화에서는 아프로디테라고 함)가 정신적인 사랑의 상징인 제피로스가 부는 바람을 타고 해안에 상륙하는 모습을 묘사한 그림입니다. 그림의 중앙에 비너스가 벌거벗은 모습으로 조개 위에 서 있고, 왼쪽에서는 서풍의 신 제피로스가 입으로 바람을 불고, 오른쪽에서는 봄의 여신인 호라이가 옷을 들고 비너스를 맞이합니다.

이 그림은 그리스 신화의 한 대목을 표현한 것입니다. 하늘의 신 우라노스가 어머니 가이아의 청에 따라 자신의 아버지인 시간의 신 크로노스의 성기를 낫으로 잘라 바다에 버렸는데 거기서 나온 정액에서 거품이 생기면서 비너스가 탄생했다는 이야기입니다. 지금으로써는 이해가 안 되는 부분이 있기는 하지만 그리스 신화에는 그런 얘기들이 많습니다. 아무튼, 이 그림은 현재 이탈리아 피렌체의 우피치 미술관에 소장되어 있는데 해마다 엄청난 관람객을 끌어모으고 있습니다.

그러나 그림이 그려진 당시에는 세상 사람들의 주목을 받지 못했습니다. 첫 번째 이유는 레오나르도 다빈치나 라파엘로와 같은 르네상스 거장들의 작품에서 느낄 수 있는 엄격한 고전적 사실주의와는 화풍이 달랐기 때문입니다. 비너스의 목을 비현실적으로 길게, 어깨의 기울기는 해부학적으로는 있을 수 없는 각도로 묘사했습니다. 보티첼리가 미적인 면을 강조하기 위해서 그렇게 했다고는 하나 당시의 화풍으로는 받아들이기 힘든 일이었던 거죠. 두 번째 이유는 당시 시대를 지배하고 있던 기독교 사상과 맞지 않았기 때문입니다. 성모나 성자를 그린 성화가 아니라 그리스 신화에 나오는, 그것도 벌거벗은 여인의 모습을 그렸으니 그럴 수밖에요.

보티첼리가 이 그림을 그릴 때는 메디치가의 후원이 있었으나 그 후 메디치 가문이 몰락하면서 이 그림도 우피치의 지하 창고에서 먼지를 뒤집어쓰고 있는 신세가 되어 버립니다. 하지만 그렇게 창고 속에 갇혀 있을 운명은 아니었던 모양입니다. 그림이 완성된 1485년에서 거의 500년이 지난 후인 19세기에 다시금 주목을 받게 됩니다. 영국의 저명한 문예비평가 존 러스킨(John Ruskin)의 그림에 대한 호평이 보티첼리의 비너스를 세상 밖으로 불러오게 합니다. 자연의 생명력이 느껴지는 이 작품이 왜 그때까지 버려져 있었던가 하는 러스킨의 회한과 찬사가 사람들의 호기심을 자극한 것입니다.

창의성의 세 가지 모델

최인수는 『창의성의 발견』에서 창의성의 세 가지 모델을 소개합니다. 창의성은 경험(개인)-사회(평가자)-문화(평가된 산물)의 세 가지가 유기적으로 연결될 때 제대로 평가되고 발현된다는 것입니다. 창의적 산물은 단지 한 개인의 능력이 탁월하다고 해서 만들어지는 것이 아니며, 뛰어난 재능을 가지고 있는 사람들의 아이디어가 제대로 평가되고 선택되어야만 탄생할 수 있다는 의미입니다.

우선 개인이 있어야 합니다. 창의성을 발현하는 주체인 거죠. 기존의 것에 새로움을 더하거나 빼는 사람입니다. 기존의 것과 기존의 것을 결합하여 새로운 것을 생각하고 만들어 내는 창의성의 주체입니다. 미술 시간에 방바닥에 떨어진 머리카락을 그린 아이, 아이폰을 만든 스티브 잡스, 비너스의 탄생을 그린 보티첼리, 해시계를 만든 장영실입니다.

두 번째 요소는 사회(평가자)입니다. 창의적 개인을 평가하고 인정해 주는 주체입니다. 보티첼리의 천재성을 인정한 존 러스킨이나 장영실의 창의력을 지지해 준 세종대왕이 그 예입니다. 학교에서는 아이들의 다름을 인정하고 격려해 주는 선생님입니다. 직장에서는 새로운 생각과 시도를 지지해 주는 동료나 상사가 되겠네요.

세 번째 요소는 문화입니다. 창의성을 통한 산물을 말합니다. 그림이 될 수 있고 음악이 될 수도 있습니다. 아이폰, 비너스의 탄생, 해시계입니다. 창의적 활동을 통해 만들어진 결과물이 사람들의 생각과 사회를 변화시킵니다. 이렇게 세 가지가 유기적으로 연결될 때 창의성이 제대로 발현된다고 합니다.

『해리 포터』를 쓴 조엔 롤링은 그 책이 출판될 때까지 9개의 출판사로부터 거절을 당했습니다. 과학사에서 가장 강력한 패러다임의 전환을 가져온 찰스 다윈의 진화론이 받아들여지기까지는 수백 년이 걸렸습니다. 마르셀 뒤샹의 변기 '샘(Fountain)'이라는 작품은 처음에는 조롱거리로 취급받아 전시장 뒤쪽으로 치워졌습니다. 운이 좋게도 현재의 우리는 해리 포터를 읽을 수 있고, 다윈의 생각이 틀리지 않았다는 것을 알고 있습니다. 뒤샹의 그 변기는 현대 미술에 엄청난 영향을 끼친 작품이라는 사실도 알고 있습니다.

그러나 누군가가 창의적인 생각을 하고 새로운 시도를 하려고 해도 그것을 비난하거나 비웃으며 인정해 주지 않으면 그런 노력을 지속하기 어려워집니다. 남과 다른 생각을 인정하고 지지해 주지 않으면 창의적인 산물로 받아들여지기 힘듭니다. 조엔 롤링이 10번째의 시도를 하지 않았더라면, 다윈이 종교적인 이유로 그의 생각을 책으로 출판하지 않았더라면, 뒤샹이 비평가들의 비난에 굴복했다면 어떠했을까요?

미래 사회는 창의적인 인재를 필요로 하고, 학교에서도 창의성을 강조하고는 있지만, 교사들의 생각을 조사해 보면 놀라운 결과가 나온다고 합니다. 창의적인 아이는 문제를 만들거나 골치 아픈 존재로 인식되고 있어 가장 싫어하는 유형의 학생이라고 생각한다는 거죠. 그런 학생보다는 기존의 질서에 순응하는 아이, 소위 말해 결과적으로 범생이를 선호한다고 말해줍니다. 범생이들이 창의성이 없다고 할 수는 없습니다. 그렇지만 새로운 생각을 가진 아이들, 기존의 것과 다른 이야기를 하는 아이들, 다소 특이하게 행동하는 아이들을 '문제가 있는' 아이로 보는 시각은 염려스러운 일입니다.

창의성의 세 가지 모델에서 평가자의 중요성을 생각해 볼 때, 학교에서 교사의 역할이 얼마나 큰 영향을 미칠 수 있는가 짐작해 볼 수 있습니다. 학교의 역할이 중요한 이유가 바로 이것입니다. 인공지능이 날로 발전하는 시대에 컴퓨터가 할 수 없는 일이 바로 창의성의 발현입니다. 학교에서 배운 지식이 학교를 졸업한 후에, 직장에서 업무를 수행하면서, 개인적인 삶을 영위하면서 계속 유용한 시대는 이미 지났습니다. 새로운 지식을 만들어 내는 능력을 키우는 일, 그런 연습을 하는 곳이 바로 학교입니다. 먼지 덮인 비너스를 우피치 미술관의 제일 화려한 곳으로 끄집어낸 러스킨처럼…

함께 읽으면 좋은 책

- 미하이 칙센트미하이 저, 노혜숙 역, 『창의성의 즐거움』, 북로드, 2003
  창의성에 대한 세계적인 석학인 저자의 30년에 걸친 창의성의 연구 결과물이자 창의성의 바이블이다.
- 톰 켈리, 데이비드 켈리 저, 박종성 역, 『유쾌한 크리에이티브』, 청림출판, 2014
  세계적인 디자인 기업인 IDEO의 설립자 겸 회장과 그의 동생이 경험한 혁신 사례와 연구 결과를 바탕으로 창조적 잠재력을 발현하는 방법과 해답을 제시한다.

자동화에 대한 맹신

환자와 의사

2017년도 1월에 '낭만닥터 김사부'라는 드라마가 인기를 끌었습니다. 배우 한석규가 김사부라는 의사 역으로 출연하는데, 강원도 어느 한적한 고장의 '돌담병원'을 배경으로 하고 있습니다. 김사부는 요즘 의대생들이 잘 선택하지 않는 외과 의사입니다. 지금은 우여곡절 끝에 돌담병원에 와 있지만, 한때는 서울에 있는 '거대병원'의 잘 나가는 의사였었죠. 그런 김사부의 의술이 아주 뛰어납니다. 그의 손을 거치면 대부분의 사람들이 생명을 구하니까요. 김사부와는 대조적인 인물이 있습니다. 거대병원의 원장인 도윤완(최진호 역)입니다. 그는 환자의 이익에 충실하겠다는 히포크라테스의 선서도 잊은 모양입니다. 환자의 생명에는 별로 관심이 없어 보입니다. 병원장으로서 권력을 유지하고 행사하는 데 열중합니다.

시청자들이 김사부에게 열광하고 박수를 보내는 건 그가 뛰어난 의술로 환자들을 살려내는 데만 있는 것 같지는 않습니다. 그는 의사로서 환자를 치료하는 데 혼신의 힘을 다합니다. 뿐만 아니라 후배 의사들이 훌륭한 의사로 성장하도록 돕기도 하고, 병원에서 같이 근무하는 동료들과도 소통 등 그의 인간적인 면이 우리를 감동시킵니다. 우리가 접하는 의사들 중에서 그런 사람을 쉽게 발견하지 못한다는 현실 때문에 오히려 드라마에 더 열광하는 건 아닐까요?

몇 해 전에 아내가 서울에 있는 병원에서 큰 수술을 했습니다. 수술 후에도 몇 년간은 주기적으로 병원에 다니면서 검사를 해야 합니다. 당연히 몇 주나 몇 달 후에 있을 검사나 진료를 위해 예약을 합니다. 그래도 검사 당일에 병원에서 기다리는 시간이 길어집니다. 진료실 앞 대기석에 많은 사람들이 앉아 있습니다. 대기실에 있는 진찰환자 순서를 나타내는 스크린을 보고 있으면 30분 지연, 60분 지연 등이 예삿일입니다. 오랜 기다림 끝에 호명을 받고 진료실에 들어가서 의사를 만납니다. 의사와의 면담시간은 길어야 5분입니다. 의사의 한두 가지 질문에 간단히 대답하면 끝입니다. 다음에 언제 올지는 간호사와 얘기하랍니다.

환자 입장에서는 의사에게 물어볼 것이 많습니다. 아픈 원인이 무엇인지, 생명에는 지장이 없는 건지, 수술해야 하는 건지, 수술하고 나면 완쾌가 가능한 건지, 수술비용은 얼마나 드는지, 이런저런 음식은 먹어도 되는 건지, 그 약을 먹고 나면 왜 소화가 잘 안 되는 건지… 의사에게는 당연하고 사소한 일이라도 환자에게는 그렇지 않습니다. 그런 궁금증을 해결할 시간이 주어지지 않습니다. 환자는 심각해도 의사는 심각하지 않습니다. 실제로는 어떨지 모르지만, 의사는 심각해 보이지 않습니다. 컴퓨터 모니터를 보면서 톡톡톡톡 키보드로 뭔가를 입력합니다. 괜찮을 거라는 말에 안심하지만, 먼 거리를 달려와 오랜 시간 동안 기다린 것에 비해 의사를 만난 시간은 허무할 정도입니다.

전자기록 시스템의 허와 실

니컬러스 카의 『유리감옥』에서 소개하는 연구 결과도 그렇습니다. 의사들은 환자 진찰시간의 25~55%를 스크린을 보는 데 시간을 보낸다고 합니다. 의사들이 환자에 대한 차트를 기록하는 데 걸리는 시간을 줄이기 위해서 전자의료기록(Electronic Medical Record, EMR)을 활용해서 진료 내용을 기록하고 보관합니다.

네이버 지식백과(IT 용어사전, 한국정보통신기술협회)에는 '전자의료기록이란 병원 진료 지원 업무 중 의료 기록 업무를 전산 처리하는 것으로, 의료 기록은 수작업 처리가 많은데, 종이 없는 기록 방식이라는 측면에서 광디스크나 콤팩트디스크(CD)로 기록을 보관하는 방법에서 발전하여, 현재 사용하는 대부분의 의료 기기에 컴퓨터가 내장되어 있으므로 주 시스템과 접속하여 기록, 보관하게 되었다. 전자 의료 기록으로 신속한 업무 처리와 인력 및 비용 절감의 효과가 있으며 기록의 신속한 전달과 활용이 가능하고 환자의 대기 시간 단축 등 서비스 향상의 효과도 있다.'라고 정의하고 있습니다. 이처럼 전자의료기록 도입이 수작업에 따른 업무 부담과 비용을 줄이고, 환자의 대기 시간을 단축할 것으로 기대했습니다.

하지만 미국의 여러 연구에서는 국민건강관리에 대한 예산 절감과 치료 수준을 획기적으로 높여줄 것이라는 당초의 예상과는 달리, 그 효과가 미미하다는 결과들이 속출하고 있다고 합니다. 오히려 환자 진료에 대한 부주의와 전산화에 대한 맹신으로 인해 그 부

작용도 만만치가 않다는 문제점도 제기되고 있습니다. 손으로 기록할 때는 기록될 정보의 질과 특성에 상당한 주의를 기울이게 되는데 비해 전산시스템을 활용할 때는 그렇지 않다는 것이죠.

> 진찰이나 상담에는 무엇보다 복잡하면서도 친밀한 형태의 개인적인 소통이 필요하다. 의사 입장에서는 말과 보디랭귀지에 감정을 실어 세심하게 표현하면서, 증거에 대해서는 냉철하고 이성적으로 분석해야 한다. 의사는 복잡한 의학적 문제나 불만을 해결하기 위해서 환자가 해주는 이야기를 신중하게 경청하면서 동시에 인정된 진단 틀을 통해서 이야기를 이끌어내고 걸러내야 한다.

전자의료기록 시스템의 도입으로 얻고 있는 것에 비해 잃어버리고 있는 것이 더 많은 것은 아닌지 걱정스럽습니다.

전산시스템의 도입은 학교에서의 기록문화도 바꿔 놓았습니다. 학교에서는 학생의 학업성취도 및 인성 등을 종합적으로 관찰·평가하여 학생지도 및 상급학교의 학생 선발에 활용될 수 있도록 학생생활기록부를 기록하게 되어 있습니다. 예전에는 종이에 기록하던 것이 2002년부터 시작된 교육정보시스템(NEIS)의 도입으로 모두 전산화되었습니다. 과목별 성취기준에 따른 성취수준 및 특성을 기록하는 '교과학습발달상황', 학생의 행동특성을 수시로 관찰하여 누가 기록하는 '행동특성 및 종합의견' 등을 전산으로 처리합니다. 전산화로 인해서 수기로 작성할 때보다 교사의 업무 부담이 줄고 편리해진 것은 사실입니다.

문제는 이러한 전산화로 인해서 아이들 개개인의 '특성'과 '개별성'이 줄어들고 있다는 데 있습니다. 시스템에 내재되어 있는 기제 예시 자료에서 제공해 주는 단어와 문장들을 끌어와 작성하다 보니 기록들이 엇비슷하게 되는 경우가 많다는 거죠. 한 학급 아이들의 기록을 서로 비교해도 그렇지만, 한 학생의 여러 해 동안의 개인 기록을 모두 살펴보아도 상황은 마찬가지입니다. 6학년 담임을 맡은 교사가 한 학생의 지난 5년 동안의 생활기록부 자료를 읽어 보면, 그 아이의 행동특성과 교과학습발달과정에 대해 제대로 파악할 수 있을까요? 그 자료를 통해서 그 아이에 대한 지도계획을 세울 수 있을까요? 부모는 학년 말에 아이가 가져온 통지표를 보고 내 아이가 학교에서 어떻게 생활하는지, 어떤 교과를 잘하고 무엇이 부족한지 파악할 수 있을까요? 자동화가 가져온 편리함이 더 소중한 무언가를 지불 대가로 요구하고 있는 건 아닐까요? 학생부의 공정성과 신뢰성을 높이고자 도입한 자동화가 오히려 역으로 작동하고 있지는 않은지 살펴볼 필요가 있습니다.

쇠약해지는 뇌

니컬러스 카가 그의 책에서 이야기하고 있는 것이 바로 자동화에 따른 맹신입니다. 자동화가 인간이 하는 일을 대신함으로써 노동의 시간을 줄여 여가 시간을 더 많이 만들어 줄 것이라고 생각합니다. 그럴지도 모릅니다. 하지만 그 이면에 깔린 문제점도 새겨 보아야 합니다. 카는 '컴퓨터 스크린이라는 유리감옥 안으로 들어갈 때 우리는 우리 몸의 상당 부분을 포기해야 한다. 그렇다고 우리가 자유롭게 되는 것은 아니다. 쇠약해질 뿐이다.' 라고 주장합니다. 자동화로 인해 잃을 수 있는 것도 많다는 것이죠.

우리는 유리화면, 스크린을 들여다보고 있는 동안에는 다른 일을 할 수가 없습니다. 시간, 관심, 사고, 생각의 기능을 모두 빼앗겨 버립니다. 내비게이션이 없을 당시에는 모르는 길을 찾아가기가 힘들었습니다. 가끔씩 차를 세워 지도를 다시 보기도 하고, 가던 길을 되돌아가야 하는 경우도 종종 있었죠. 내비게이션이 있고부터는 그런 불편함이 줄었습니다. 대신 불편함과 함께 생각도 줄어들었죠. 이제는 가까운 사람들의 전화번호를 기억하지 못합니다. 노래방 기계에서 가사가 보이지 않으면 노래 한 곡 부르기도 힘듭니다. 모르거나 궁금한 것이 있으면 언제든 손 안의 컴퓨터에게 물어봅니다. 애써 기억할 필요가 없습니다.

뇌가 하는 일보다 손가락이 하는 일이 더 많아졌습니다. 우리 인간의 뇌도 그러한 환경에 점차 적응도를 높여 나가고 있습니다. 뇌가 굳이 하지 않아도 될 일은 하지 않게 되는 거죠. 뇌가 그렇게 적응도를 높여 나간다면 우리 후손들의 뇌는 지금보다 훨씬 퇴화된 뇌를 가질 수밖에 없지 않을까요? 김용규도 『생각의 시대(살림, 2014)』에서 '우리는 이제 개별적이고, 미시적이며 목적에 부합하는 지식은 컴퓨터에 내장된 검색엔진을 이용해 어느 때보다도 손쉽게 획득할 수 있다. 그러나 보편적이고 거시적이며 합리적인 전망과 판단에 도달할 수 없게 되었다.'라고 '생각'의 부재를 우려합니다.

그러나 인간은 인간 고유의 '생각'이라는 도구를 마냥 던져 놓고만 있지 않습니다. 자동화로 인한 편리함에 젖어 있지만은 않습니다. 편리함의 대가가 자율성의 상실이고 자율성의 상실은 곧 인간성의 상실로 이어진다는 것을 우리 인간은 '생각할 수' 있기 때문입니다. 니컬러스 카도 컴퓨터가 주는 편리함의 혜택을 잃지 않고도 유리감옥을 깰 수 있는 방법들이 분명히 있다고 주장합니다. 그의 말처럼 콘크리트 감옥이 아니라 '유리감옥'입니다. 유리는 우리가 원할 때 언제든지 깨트려 버릴 수 있습니다. 다만, 그런 의지가 우리에게 있는지가 문제이긴 합니다.

함께 읽으면 좋은 책

- 유발 하라리 저, 김명주 역, 『호모데우스』, 김영사, 2017
  인공지능, 유전공학 등 기술의 발달은 새로운 인류의 모습을 창조하고 있다. 인류가 가는 길이 옳은 방향인가에 대한 성찰과 통찰을 보여준다.
- 다이앤 애커먼 저, 김명남 역, 『휴먼에이지』, 문학동네, 2017
  수많은 지구 생물 중 인류가 지구 전체를 좌지우지하게 된 현상을 새로운 눈으로 살펴보며 인류의 미래를 위한 우리의 책임과 역할을 생각하게 한다.

성공과 실패의 축적은
사람에게 향한다

다른 모든 일도 마찬가지겠지만, 책 읽기에도 축적의 원리가 적용됩니다. 책을 많이 읽으면 읽을수록 책 읽기가 더 수월해지고 이해도가 높아진다는 원리입니다. 분야가 같은 책을 읽으면 그 효과가 더 크겠지만, 분야가 다른 경우에도 마찬가지의 효과가 있죠. 지식과 정보가 서로 연결되면서 이해도가 높아집니다. 책에 있는 내용을 다 이해하거나 기억하지는 못하더라도 어디선가 이미 본 내용을 다른 책에서 본다면 더 쉽게 이해되니까요. 이런 경험이 여러 번 쌓이면 의도적으로 기억하려고 하지 않아도 머릿속에 오래 남게 되고, 필요할 때 인출도 빨라집니다. 자신도 모르게 지식과 정보가 머릿속에 축적되어 가는 것입니다.

기본적인 지식과 인문학적 소양의 축적

세계적인 창의성의 대가인 미하이 칙센트미하이는 『창의성의 즐거움』에서 창의성이 무엇이며, 어디에서 연유하는지를 자세하게 말하고 있습니다. 창의성은 사람들의 머릿속에서 어느 날 갑자기 별

안간 생각나는 그것이 아니라 사람들의 생각과 그 사람이 속해 있는 사회, 문화적인 배경 사이의 상호 작용으로 만들어진다고 말합니다.

조벽 교수는 『인재 혁명』에서 미래 인재가 가져야 할 세 가지 조건을 천지인(天地人)이라고 제시했습니다. 천(天)은 하늘과 같이 열린 사고력, 지(地)는 땅과 같이 든든한 지식, 인(人)은 다른 사람과 더불어 사는 능력을 말합니다. 그는 창의력이 발현되기 위해서는 땅과 같이 든든한 지식이 필요하다고 역설합니다. 기본적 지식의 축적 없이는 창의력이 발현되기 힘들다는 것이죠.

박웅현은 광고를 직업으로 하는 사람이면서 인문학 책을 쓰고 강연도 합니다. 『인문학으로 광고하다』, 『책은 도끼다』, 『여덟 단어』, 『다시, 책은 도끼다』 등 그가 쓴 책은 모두 인문학과 관련된 내용입니다. 직업은 창의성이 있어야 하는 광고업이지만 창의성의 원천이 인문학적 소양이고 이는 책 읽기를 통해서 길러진다고 역설합니다. 창의성은 선천적으로 갖고 태어나는 것이 아니라 후천적인 노력으로 만들어지는 것이라는 의미입니다.

미하이 칙센트미하이, 조벽, 박웅현 등 세 사람의 주장을 종합해 보면 창의성은 기본적인 지식과 인문학적 소양을 배양하는 후천적인 노력, 즉 축적의 과정이 필수적이라는 결론에 도달하게 됩니다.

시행착오와 실패의 경험은 사람에게 축적된다

이정동 교수는 『축적의 길』에서 우리 경제가 '중간소득의 함정(Middle Income Trap)'에 빠졌다고 진단합니다. 한 국가의 경제가 가

난한 상태를 벗어나 성공적으로 경제개발을 시작하더라도 '중간소득' 수준에 이르면 이상하게도 성장이 서서히 멈추는 현상이 공통적으로 나타나게 되는데 이를 중간소득의 함정이라고 하죠. 그는 지난 60여 년 동안 고속성장을 해 오던 우리 경제가 2006년 국민소득 2만 달러를 돌파한 이후 10년이 넘도록 여전히 그 수준에 머무르고 있는 상태를 우려합니다. 원인은 개념설계 역량 부족 때문이라고 합니다. 경제 성장을 해 오던 시기에는 선진국들이 만들어 준 밑그림과 설계에 따라 실행에 충실하면 되었지만, 이제는 그러한 과실만 따 먹고 있을 수 있는 형편이 아니라는 것이죠.

혁신적인 제품 개발, 글로벌 챔피언 기업의 육성을 통한 경제 재도약을 위해서는 개념설계 역량이 절실하다는 진단입니다. 이러한 진단과 함께 처방도 함께 제시하는데, 개념설계 역량을 키우는 전략 다섯 가지는 다음과 같습니다. 첫째, 시행착오 경험을 담는 궁극의 그릇, 고수를 키워라. 둘째, 아이디어는 흔하다, 스케일업 역량을 키워라. 셋째, 시행착오를 뒷받침할 제조 현장을 키워라. 넷째, 고독한 천재는 없다. 사회적 축적을 꾀하라. 다섯째, 중국의 경쟁력 비밀을 이해하고 이용하라.

다섯 가지 전략을 요약하면 의외로 간단합니다. 사람에게 집중하라는 것이죠. 시행착오와 실패를 두려워하지 않는 꾸준한 시도를 할 수 있게 하고 그러한 경험이 사람에게 축적되게 하는 사회문화적 환경을 만들라는 것입니다.

학교혁신은 수업의 축적을 통해서

이정동 교수의 경제 살리기 전략을 교육에 적용해 보면 어떨까요? 우선 학교와 교육의 현실을 살펴보죠. '모난 돌이 정 맞는다'라는 속담이 의미하는 바와 같이 요즘의 학교에서는 뛰어난 학생도, 뛰어난 교사도 별로 대접을 받지 못합니다. 그랬다가는 학생뿐만 아니라 교사도 따돌림을 당하기 십상이죠. 서열이나 우열에 대한 거부감이 강해서 특별히 눈에 띄는 상황을 피하는 분위기입니다. 뭔가 자기와 다르고 자기보다 잘하는 것에 대해 긍정하고 박수를 치기보다는 '너만 잘났냐'고 하는 정서가 깔려 있습니다. 이런 분위기에서는 고수가 탄생하기 힘듭니다.

학교에 수업을 잘하는 교사, 초절정의 수업 고수가 필요합니다. 교육과정대로, 교과서를 그대로 가르치는 실행역량이 뛰어난 교사가 아니라 질문을 던지고, 스스로 문제를 해결하는 방법을 찾아가는 개념 설계 역량을 아이들에게 길러 줄 수 있는 수업을 잘하는 고수들이 절실하다는 것은 교사와 학부모 모두 공감하는 부분입니다. 그러기 위해서는 수업에 대한 혁신이 선행되어야 하죠. 자신의 수업을 스스로 들여다보고(성찰하기), 다른 교사와 수업에 대해 토론하고(수업나누기), 수업전문가에게 도움을 받는(수업컨설팅) 등 수업에 대한 활동이 활발하게 이루어져야 합니다.

학년 간, 동 과목 간의 수업교류뿐만 아니라 타 학년, 타 교과 간에도 수업에 대한 관찰과 토론 등 수업나누기가 이루어져야 합니다. 그러면서 실패한 수업, 좌절감을 안겨주는 수업 등이 용인되고 서로 간의 피드백을 통해서 보완해 가는 과정이 있어야 하는 것입니다. 그런 실패와 시행착오의 경험이 결국은 초절정 수업 고수가 되는 밑거름입니다.

예전에는 수업연구대회, 교사수업대회 등 수업 관련 대회나 행사가 더러 있었으나 요즘에는 거의 찾아보기 힘듭니다. 수업에 등수를 매긴다는 거부감과 교사의 업무 증가 등의 이유 때문이라고 해도 개인의 수업연구와 동료교사 간의 협력, 공개적 수업 참관과 토론에 대한 긍정적인 부분을 살리지 못한 점은 아쉽습니다.

지역 내 학교 간의 수업교류를 활성화할 수 있는 장을 마련할 필요가 있습니다. 그런 과정을 통해서 수업혁신 네트워크를 형성하고, 수석교사, 수업 명사, 명품교사 등 수업 잘하는 교사와의 연결을 통해 수업의 노하우를 축적해 가는 교육문화를 만들어 가야 합니다. 이러한 노력들을 통해 개념설계 역량 중심의 수업을 축적해 가야 학교혁신을 이룰 수 있습니다.

어려움을 겪고 있는 우리 경제에 대한 해결책으로 축적의 길을 제시하는 저자의 시각이 탁월합니다. 더구나 그러한 축적은 결국은 사람에게 귀결된다는 것과 그러기 위해서는 실패와 시행착오를 용인하는 문화와 장을 마련해야 한다는 처방에 공감합니다. 저자가 제안한 전략들은 경제뿐만 아니라 교육 문제에 대해서도 똑같이 적용해 볼 수 있습니다.

함께 읽으면 좋은 책

- 이정동, 서울대학교공과대학, 『축적의 시간』, 지식노마드, 2015
  서울대학교공과대학 26명의 전문가들이 말하는 우리 산업의 당면 과제와 이의 해결을 위한 객관적이고 전문적인 의견과 통찰을 담고 있다.

칼 세이건 저, 홍승수 역, 『코스모스』, 사이언스 북스, 2006

우주를 향한 인류의 위대한 상상

영화 '마션(Martian)'과 '인터스텔라(Interstellar)'

2015에 개봉한 영화 '마션(Martian)'은 '제이슨 본' 시리즈로 액션 연기가 인상 깊었던 맷 데이먼이 식물학자로 출연한 영화입니다. 영화 마션은 화성에 사는 사람, 화성인이라는 뜻입니다. 주인공 마크 와트니 역할을 맡은 맷 데이먼은 우주선을 타고 화성 탐사에 나섭니다. 화성(火星, Mars)은 태양계의 네 번째 행성입니다. 붉은색을 띠기 때문에 동양권에서는 불을 뜻하는 화(火)를 써서 화성이라 부르고, 서양권에서는 로마 신화의 전쟁의 신 마르스의 이름을 따 Mars(그리스 신화에서는 아레스라고 함)라 부릅니다.

주인공 와트니는 화성에서 탐사활동을 하던 도중 갑작스러운 먼지 폭풍에 날아가 버리고 일행과 떨어지게 됩니다. 그가 죽었다고 생각한 동료 우주비행사들은 화성을 떠나 지구 귀환에 나섭니다. 화성에 홀로 남겨진 주인공은 잠시 혼란과 좌절에 빠져듭니다. 외국의 어느 지역에 혼자 남겨졌다고 생각해도 끔찍한 일인데, 지구에서 7,000만km가 넘는 화성에 혼자 남겨지다니요? 자포자기에 빠질 법도 한데, 영화의 주인공은 실의에 빠지지 않고 곧 일어섭니다. 낙천적인 사고와 적극적인 자세로 구조대가 다시 올 때까지 생존의 방법을 스스로 찾는 거죠.

다행히 와트니는 식물학자로서 자신의 전문 지식을 십분 활용하여 기지 안에서 식량인 감자를 키웁니다. 우주 기지 안에 씨감자로 사용할 수 있는 감자가 있었던 거죠. 갖은 우여곡절 끝에 마침내 지구 기지와 통신을 하게 되고, 귀환 중이던 동료들이 다시 화성으로 돌아와 와트니를 구조합니다. 유쾌하고 즐거운 영화로 화성에 혼자 남은 와트니가 생존하기 위해 좌충우돌하는 모습이 긴장감보다는 웃음을 선사합니다. 이 영화를 보면 우주가 훨씬 가깝게 느껴집니다.

이에 반해 2016년에 개봉된 '인터스텔라(Interstellar)'라는 영화는 재미보다는 감동이 더 컸습니다. 영화의 줄거리를 다 이해하기도 사실 쉽지 않은 영화입니다. 지금으로부터 머지않은 미래인 2040년, 지구는 대기오염과 식량난으로 곧 인류가 멸망할 것이라는 암울한 전망을 목전에 두고 있는 시점으로부터 영화는 시작합니다. 모든 사람들이 가만히 인류의 멸망을 그저 기다리고 있을 수는 없는 일이죠. 미 항공우주국(NASA)은 인류의 종말을 막는 해결책은 우주에 있다고 생각합니다. 주인공 쿠퍼(매슈 매코너헤이 분)는 예전에 NASA에서 활동하던 우주비행 조종사인데, NASA의 요청으로 다시 우주비행에 나섭니다. 인류의 새로운 터전을 찾기 위해 우주 블랙홀로 기약 없는 비행을 떠납니다. 그렇게 블랙홀을 따라 미래로 간 쿠퍼는 중력을 이용하여 모스 부호로 자신이 떠나기 전의 과거로 메시지를 보냅니다. 미래가 아닌 지구에 남겨졌던 딸 머피(제시카 체스테인 분)는 과학자가 되어 있었고 그런 딸에게 인류를 구원

할 수 있는 메시지를 보냈던 거죠. 머피는 쿠퍼가 보낸 메시지를 단서로 마침내 중력을 제어할 방법을 찾아 인류를 구원하게 된다는 내용입니다.

이 영화 말미에 쿠퍼와 머피가 재회하는 장면이 나오는데, 머피가 아버지인 쿠퍼보다 훨씬 늙은 모습으로 나옵니다. 인류의 새로운 터전인 '쿠퍼 스테이션'의 어느 병실에서 깨어난 쿠퍼의 나이는 무려 124살! 블랙홀로 들어갔던 쿠퍼가 보낸 시공간과 머피가 지구에서 보낸 시공간이 달랐던 것이죠(또 한 가지 재밌는 것은 영화 '마션'의 주인공 역을 맡았던 맷 데이먼이 이 영화에서는 혼자만 살려고 이기적인 행동을 하는 얄미운 닥터 만 역을 한다는 것입니다). 이 영화에는 웜홀, 블랙홀, 5차원의 세계, 테스렉트 우주와 물리학에 대한 개념들이 언급됩니다. 그런 개념들을 다 이해할 수는 없지만, 지구와 우주는 떼려야 뗄 수 없는 관계라는 것, 지구는 우주의 한 부분이라는 것, 그리고 지구 밖 너머 저 우주에는 여전히 가슴 두근거리는 무언가가 있다는 것만으로도 영화를 볼만한 가치가 충분합니다.

가까워진 우주

'마션'과 '인터스텔라' 두 영화는 우주라는 공간이 우리에게 훨씬 가까이 와 있다는 생각을 갖게 합니다. 해가 뜨고 달이 뜨는 공간, 깜깜한 밤에 별들이 반짝이는 공간이 아니라 어쩌면 우리의 후손들이 살아가야 할 또 다른 터전이 될 수 있지 않을까 하는 설렘과 두려움을 갖게 합니다. 최근의 기술발달을 보면 우주여행의 실현이 머지않아 보입니다. 테슬라 전기자동차를 개발해서 실용화를 앞두고 있는 엘론 머스크는 우주 비행선을 재활용하는 방법으로 우주선 발사 비용을 대폭 줄였습니다.

칼 세이건이 말한 것처럼 지구 밖 우주에서 '작고 부서지기 쉬운 창백한 푸른 점'인 이 지구를 본다면 어떤 기분이 들까요? 우주에서 지구를 바라볼 때뿐만 아니라 지구에서 밤하늘을 올려다볼 때도 경이롭기는 마찬가지입니다. 누구나 한 번쯤은 그런 경험을 하잖아요. 밤하늘에 떠 있는 무수한 별들이 머리 위로 쏟아져 내릴 듯한 경험 같은 것 말입니다. 불빛이 많고 공기 중에 오염 물질이 많은 도심 속에서는 그런 경험을 하기 힘들지만, 한여름 바닷가나 하늘이 보이는 숲 속이나 또는 사막에서의 밤하늘이라면 가능합니다.

이집트의 바흐리야 사막에서의 밤하늘이 그랬습니다. 이집트 카이로에서 동남쪽으로 5~6시간을 내려가면 바흐리야 사막이 있습니다. 한낮의 사막은 황금빛 모래언덕과 그 위를 미끄러지듯 타고 넘는 바람과 열기로 가득합니다. 해가 지고 밤이 찾아오면 사막은 또 다른 얼굴로 다가옵니다. 사막의 열기는 빨리 식어버리고 어느덧 한기가 몰려옵니다. 모닥불을 피워 찬 밤을 데웁니다. 모닥불에서 조금 떨어져 까만 하늘을 올려다봅니다. 별들이 쏟아져 내립니다. 반짝이는 작은 조각들이 얼굴에 부딪힙니다. 세상의 모든 별들이 여기에 모였구나!

4,000억 개의 행성 중에 하나, 지구

칼 세이건(Carl Edward Sagan, 1934~1996)의 책 『코스모스』는 1980년 9월에 첫 방영된 다큐멘터리 'Cosmos: A Personal Voyage'를

기반으로 쓰였습니다. 코스모스는 질서와 조화를 이룬 체계로서의 우주, '우주적 질서'를 의미합니다. 이 책은 같은 해 10월에 출간됩니다. 다큐멘터리와 책의 두 프로젝트가 밀접하게 연결되어 동시에 진행되었던 것이죠(1980년에 방영된 다큐멘터리는 내셔널 지오그래픽에 의해 2014년 리메이크 및 업데이트되어 다시 방영됨). 제가 읽은 책은 칼 세이건 서거 10주년 특별판입니다. 책의 첫머리에 그의 아내 앤 드류얀이 쓴 세이건 사후 10주년을 추억하며 〈행성보고서〉 2006년 11/12월호에 쓴 글이 실려 있습니다. 그가 살았던 시대에 과학을 통해 인류의 지성에 영향을 준 과학자이자 연구의 동반자이자, 인생의 반려자로서의 삶을 추억하는 글인데, 인류에 대한 두 사람의 애정을 오롯이 느낄 수 있습니다.

우주의 탄생과 신비, 은하계의 진화, 태양의 삶과 죽음, 대폭발에 따른 생명의 탄생 등 700페이지에 달하는 이 책을 한 번 읽는 것으로 이해한다는 건 어려운 일입니다. 그런데도 생각보다는 책이 쉽게 읽히는 것은 전문가가 아니라 일반 대중과 눈을 맞추려는 그의 노력 덕분입니다. 게다가 책의 곳곳에서 느낄 수 있는 지구에 대한 애정과 과학이 인류에게 가져다줄 수 있는 희망에 대한 그의 절절한 마음에 공감할 수 있어서입니다. 우주에 대한 그의 설명을 따라가다 보면 어느새 책을 읽는 자신도 지구를 벗어나 우주 공간 어디에 서 있는 듯한 느낌이 듭니다.

그의 말처럼 코스모스를 거대한 바다라고 생각한다면 지구의 표면은 어느 한 바닷가일 터이고, 우리가 알고 있는 것은 우리가 이 바닷가에 서서 스스로 보고 배워서 알게 된 것이 전부일 뿐입니다.

우주 앞에서는 우리의 생명과 역사, 인류의 문명은 그저 보잘것없는 존재인지도 모릅니다. 지구 역시 4,000억 개의 행성 중에서 하나의 작은 점일 뿐이고, 그 점 속에 있는 우리 개개인은 우주적 관점에서 보면 또 어떤가요?

별들의 일생에 비하면 사람의 일생은 하루살이에 불과하다. 단 하루의 무상한 삶을 영위하는 하루살이들의 눈에는, 우리 인간들이 아무것도 하지 않으면서 그저 지겹게 시간이 가기만을 기다리는 한심한 존재로 보일 것이다. 한편 별들의 눈에 비친 인간의 삶은 어떤 것일까? 아주 이상할 정도로 차갑고 지극히 단단한 규산염과 철로 만들어진 작은 공 모양의 땅덩어리에서 10억분의 1도 채 안 되는 짧은 시간 동안만 반짝하고 사라지는 매우 하찮은 존재로 여겨질 것이다.

칼 세이건의 메시지

이런 관점에서 보면 우리의 삶이 너무나도 공허해집니다. 하지만 최초의 수소에서 시작하여 생명이 탄생하고 오랜 세월의 진화를 통하여 인류가 생겨났습니다. 그 인류는 광대한 우주 공간의 행성들 중 유일하게 지구 이외에는 존재하지 않습니다. 그래서 우리는 희귀종인 동시에 멸종 위기종입니다. 이러한 역설이 인간 존재 하나하나가 귀중할 수밖에 없다는 것을 말해 줍니다.

우주에서 본 지구는 쥐면 부서질 것만 같은 창백한 푸른 점일 뿐이다. 지구는 극단적 형태의 민족 우월주의, 우스꽝스러운 종교적 광신, 맹목적이고 유치한 국가주의 등이 발붙일 곳이 결코 아니다. 별들의 요새와 보루에서 내려다본 지구는 눈에 띄지도 않을 정도로 작디작은 푸른 점일 뿐이다.

우주적 관점에서 보면 인간은 하루살이에 불과하면서도 인종과 민족을 가르고, 종교를 앞세워 총칼을 겨눕니다. 단 하루의 삶을 위해 다른 민족과 국가들에 적의를 드러냅니다. 경쟁과 분쟁, 자민족과 자국을 위한 치열한 경쟁에 몰두하느라 소중한 '하루'가 어떻게 지나가는지도 모릅니다. 작디작은 푸른 점이 그 푸른빛을 잃어간다는 명백한 사실조차 인지하지 못합니다.

한 가지 다행스러운 일은 작은 점 위에 서 있는 하루살이라 할지라도 인간의 상상력은 우주의 넓이만큼이나 넓고 크다는 사실입니다. 인류의 상상력은 오래전부터 우주로 향해 있었습니다. 그 우주 속에 인류의 탄생 기원이 있다는 것을 알았으며 인류의 미래도 있다는 것을 알고 있습니다. 여전히 풀리지 않은 수수께끼가 없는 것은 아니지만, 인류의 탐험은 지속될 것이라는 것은 의심할 여지가 없습니다. 우주를 향한 인류의 탐험이 인류에게 새로운 시간을 가져다줄 것입니다. 칼 세이건이 우리에게 던져 준 메시지가 바로 그것이 아닐까요?

있는 그대로의 지구
영원한 침묵 속에서 떠도는 작고 푸르고 아름다운 지구를 보자니 우리는 모두 지구에 함께 탄 사람들이오.

영원한 추위 속 눈부시게 아름다운 지구 위의 형제란 걸 알겠다.

진정한 형제란 걸 아는 형제

- 아치볼드 매클리시(Arcahibald MacLeish)의 시, 뉴욕타임스

1968. 12. 25('공간이 사람을 움직인다, 콜린 엘러드, 드퀘스트'에서 재인용)

함께 읽으면 좋은 책

- **칼 세이건 저, 김한영 역, 『에필로그』, 사이언스북스, 2001**
  과학의 대중화에 힘쓴 천체물리학자인 저자의 유작으로 별과 우주, 그리고 인
  간을 사랑한 과학자의 아름다운 희망의 메시지를 담고 있다.
- **칼 세이건 저, 현정준 역, 『창백한 푸른 점』, 사이언스북스, 2001**
  창백한 푸른 점은 보이저 호가 찍은 사진 속의 지구의 모습이다. 20세기 천문
  학의 성과를 담고 있는 사진과 그림이 담겨 있다.

커피 한 잔의 경제학

- 스튜어트 리 앨런 저, 이창신 역, 『커피견문록』, 이마고, 2005

날씨가 무더울 땐 휴일이라고 종일 집에만 있는 것도 쉽지 않은 일입니다. 더위가 한풀 꺾였다고는 해도 8월 중순의 밤 기온은 여전합니다. 저녁쯤에 책 한 권을 들고 자전거를 타고 나갔습니다. 아랫동네에 카페가 새로 생겼는데 구경도 하고 커피도 한잔 해볼 요량이었습니다.

"케냐, 핸드드립으로요."

핸드드립을 하지 않는 카페면 몰라도 가능하다면 당연히 드립 커피를 주문합니다. 커피머신에서 내리는 아메리카노와는 맛이 다르기 때문입니다. 프랜차이즈 카페에서 판매하는 아메리카노는 커피 기계에서 내린 '에스프레소'에 물을 섞어 만듭니다. 90℃의 뜨거운 물을 9기압 정도의 압력에 25초 내외로 빠르게 커피 액을 추출한 것이 에스프레소입니다. 여기에 뜨거운 물만 섞으면 '아메리카노'가 되고, 스팀 우유를 1:4의 비율로 넣으면 '카페라떼', 커피와 스팀우유를 1:1로 섞으면 '카푸치노'가 됩니다. 개인의 취향에 따라 시럽을 넣거나 시나몬 가루를 뿌려 마시기도 합니다.

핸드드립 커피가 비싼 이유

아메리카노 한 잔의 원가를 생각해 본 적이 있나요? 유명 프랜차이즈 카페의 가격은 대략 3,500~4,500원 선입니다. 규모가 조금 작은 카페의 경우는 그보다 더 싸기도 합니다. 세종정부청사 건물 로비에 있는 카페의 아메리카노 한 잔 가격은 2,000원으로, 맛도 나름 괜찮은 편에 정말 착한 가격이라고 할 수 있습니다.

대부분 아메리카노보다 핸드드립 커피 한 잔의 가격이 더 비쌉니다. 흔히 다람쥐 똥 커피라고 잘못 알려진(실제로는 인도네시아 수마트라 지역에 사는 사향 고양이가 잘 익은 커피 열매를 따 먹은 후 겉의 과즙은 소화시키고 배설한 생두를 말려서 만든 커피콩을 말함) 코피 루왁(Kopi Luwak)은 판매하는 곳도 드물기는 하지만 대략 한 잔에 4~7만 원 정도나 합니다. 누가 사주지 않으면 자기 돈을 주고 마시기란 쉽지가 않습니다. 세계 3대 커피라고 하는 자메이카 블루마운 틴, 예멘 모카 마타리, 하와이안 코나 같은 커피도 보통은 한 잔에 1만 원이 넘습니다. 생두나 볶은 원두가 품질이 우수하기 때문입니다. 물론 맛의 차이 도 있습니다.

아메리카노를 만드는 커피 원두의 품질관리를 엄격히 하는 경우도 있지 만, 이것저것 여러 종류의 커피를 섞어 쓰는 경우도 있고, 분쇄기에 많은 양 을 한꺼번에 넣어 놓고 사용하기 때문에 원두의 품질 면에서 드립용 커피와 는 차이가 납니다. 신선하다는 얘기죠. 케냐AA, 에티오피아 예가체프, 인도 네시아 만델링, 콰테말라 안티구아 등 산지별로 구분해서 밀폐용기에 보관 합니다. 종류에 따라 커피 맛이 다르고, 또 로스팅의 정도, 핸드드립하는 사 람에 따라서도 맛이 다릅니다. 커피의 품질관리, 정성 등에서 아메리카노와 는 차이가 나는 것이죠.

커피 한 잔의 원가

오늘 제가 찾아온 이 카페의 케냐AA 드립 커피 한 잔의 가격은 7,000원입 니다. 아메리카노의 가격은 4,500원입니다. 커피 한 잔에 사용하는 로스팅한 커피양은 대개 10~15g 정도입니다. 로스팅한 커피콩 200g 가격이 13,000원 내외이니, 한 잔에 800~1,000원 정도의 커피가 들어가는 셈입니다.

생두로 계산하면 또 차이가 납니다. 볶기 전의 커피콩을 생두라고 하는데, 보통의 생두 1kg 가격은 13,000원 내외입니다(로스팅한 커피가 5배 정도 비쌈). 프리미엄 생두 또는 스페셜 티라고 해서 품질이 아주 우수한 커피는 같은 양 이라고 해도 그 가격이 수십 배 비싸기도 하지만 보통의 커피를 기준으로 하 면 그렇다는 얘깁니다. 커피를 로스팅하면 그 무게가 20%가량 줄어듭니다. 생두 속에 들어 있는 수분이 증발하기 때문이죠. 로스팅 후의 커피 800g으 로 계산해도 한 잔 속에 들어가는 커피의 값은 넉넉히 잡아도 200원 정도입 니다. 7,000원짜리 핸드 드립 커피 한 잔에 들어가는 커피의 가격은 생두를 기준으로 하면 200원이 되지 않는다는 뜻이죠. 4,500원짜리 아메리카노 한 잔에 들어가는 커피 가격도 마찬가지입니다. 원가가 너무 낮은가요? 여 기에 인건비, 시설비, 임대료와 기타 비용이 들어가니 원가가 그보다는 훨씬 비싸질 것입니다.

바리스타 흉내 내기

아침에 커피를 볶았습니다. 전동 로스터기가 없어서 둥근 프라이팬에 아주 원시적으로 볶습니다. 커피 볶는 냄새가 좋기는 하지만 8월의 날씨 속에 뜨거운 열기는 좀체 익숙해지지가 않습니다. 30분 정도 볶은 다음 체에 담아 화장실로 가서 선풍기 바람으로 식혀 줍니다. 빨리 식혀 주지 않으면 프라이팬의 열기 때문에 생각보다 훨씬 더 강하게 로스팅이 되어 버리기 때문에 빨리 식혀 주는 것이 중요합니다. 오버 로스팅이 되면 커피 속에 들어 있는 신맛, 단맛 등 쓴맛 이외의 다른 맛을 살리기가 어려워지기 때문입니다.

로스팅한 커피콩을 식히는 일은 여간 번거로운 일이 아닙니다. 커피를 볶으면 커피콩을 감싸고 있던 얇은 껍질이 터지면서 벗겨집니다. 이걸 체프라고 하는데, 잘 걸러 내야 잡맛이 없어지고 본래의 깔끔한 커피 맛을 살릴 수 있습니다. 식히는 과정에서 이 얇은 껍질들이 바람에 날려 부엌이며 화장실을 어지럽힙니다. 아내의 눈에서 나오는 레이저가 뒤통수를 쏘아 대도 어쩔 수 없는 노릇입니다.

밀폐 용기에 옮겨 담아 2~3일 숙성을 시킨 후에 먹어야 제대로 된 커피 맛을 느낄 수 있다고 합니다. '참된 커피를 즐기기 위해서 우리는 수고로움과 주변 사람들의 비아냥거림도 어느 정도 감내해야 한다.'는 『핸드드립 커피 좋아하세요?』의 저자 김훈태의 말을 실감하게 됩니다. 수고로움이, 아니 정성이 들어간 커피 맛이 더 맛있는 것은 당연한 것 아닐까요? 커피 한 잔은 150mL입니다. 오늘은 그 까만 액체 속에 담긴 이야기들에 귀를 기울이며 핸드드립 커피를 한 잔 하는 건 어떨까요?

함께 읽으면 좋은 책

- 전광수, 『기초 커피 바리스타』, 형설출판사, 2008
  산지별 커피 종류, 생두와 로스팅, 핸드드립을 위한 추출방법과 과정 등을 담고 있는 커피에 대한 백과사전이라 할 수 있다.